‹ SÉRIE QR ›

Nº 175

LA VERSION QUI N'INTÉRESSE PERSONNE

L'autrice remercie le Conseil des arts
du Canada de son soutien.

—

Le Quartanier remercie de leur soutien financier
le Conseil des arts du Canada (CAC)
et la Société de développement des entreprises
culturelles du Québec (SODEC).

Gouvernement du Québec – Programme de crédit d'impôt
pour l'édition de livres – Gestion SODEC.

Le Quartanier reconnaît l'aide financière
du gouvernement du Canada.

Canadä

—

Diffusion au Canada : Dimedia
Diffusion en Europe : Harmonia Mundi Livre

—

ISBN 978-2-89698-633-0

EMMANUELLE PIERROT

LA VERSION QUI N'INTÉRESSE PERSONNE

roman

LE QUARTANIER

Le Quartanier Éditeur
C.P. 47550, CSP Plateau Mont-Royal
Montréal (Québec) H2H 2S8
www.lequartanier.com

LA VERSION QUI N'INTÉRESSE PERSONNE

Prologue

C'EST SHAAW TLÀA, une femme tagish, qui aurait découvert la soi-disant première pépite d'or de la vallée du Tr'ondëk, un soir qu'elle lavait la vaisselle dans le ruisseau Rabbit – même si, selon les aînés du village de Moosehide, à cinq kilomètres de Dawson City, la notion de première pépite n'est qu'une fable de colonisation. Dänojà, *il y a longtemps,* les Hän Hwëch'in connaissaient les roches jaunes, ils en trouvaient chaque jour, mais ils ne voyaient pas en quoi racler le lit de chacune des rivières et de chacun des ruisseaux du territoire serait bénéfique pour quiconque. « Klondike » : c'est ce qui est resté du mot *Tr'ondëk* après que les Anglo-Saxons ont eu fini de le déformer. Dawson City est le nom donné à la ville champignon qui a surgi à la confluence de la rivière Tr'ondëk et du fleuve Yukon en 1897, lors de l'invasion de quarante mille chercheurs d'or.

J'y ai vécu huit ans. Les cinq dernières années, je travaillais l'été comme guide touristique. L'un de ces étés-là, j'ai loué une chambre chez une femme qui s'appelle Sharon et qui ne portait pas les guides dans son cœur.

Je la comprends, on était blancs, on s'était installés au Yukon par nihilisme, on racontait n'importe quoi juste pour s'en mettre plein les poches : des histoires de cannibalisme païen délirantes et fausses, qui perpétuaient des clichés racistes ; des légendes qui glorifiaient la ruée vers l'or et la colonisation. Mais on se gardait bien de raconter comment ces mêmes colons avaient décimé une population entière en les contaminant avec la fièvre typhoïde.

Sharon avait de la patience à revendre ; elle m'aimait bien, même si j'étais immature, ignorante, conne. C'est elle qui m'a raconté l'histoire de Shaaw Tlàa. J'ai vécu huit ans à Dawson et, d'année en année, j'ai fait de grands efforts pour apprendre, pour m'assagir. Je partais de loin, de si loin qu'aujourd'hui, après tout ce que j'ai vécu, je suis sans doute encore un peu conne ; en tout cas il reste beaucoup de choses que je ne sais pas, que je ne comprends pas.

Huit ans à Dawson, et je n'aurais pas pu m'imaginer ailleurs. Huit ans à me dire que j'avais gagné contre la vie, contre la mort et le suicide, puisque j'étais déjà au paradis. Et un jour, le village n'a plus voulu de moi. Il m'a attrapée, broyée, et il m'a recrachée. J'étais presque morte, et tellement facile à tuer. Mais personne ne m'a tuée. Même moi, j'ai échoué.

Et maintenant, je vais parler, et un jour, je vais mourir mais, en attendant, je ne fermerai plus ma gueule de chienne.

I

PARADIS

1

AU DÉBUT du monde, il n'y avait que Tom et moi. On ne s'est jamais rencontrés. On s'est toujours connus. Ce n'est pas quétaine, c'est vrai. On est nés ensemble, comme deux incarnations d'une même entité, un alien bicéphale non viable. Il finissait mes phrases, je finissais sa poutine, il détestait la mayonnaise, on a banni les œufs de notre vie. Je l'aimais plus que quiconque. Même quand j'avais des chums, je ne les voyais quasiment jamais, parce que j'avais dix fois plus de fun avec Tom qu'avec les vieux de trente-deux ans que je baisais pour de la coke – et quand Tom se faisait une blonde, la fille le laissait après deux mois en lui disant : « Sors donc avec Sacha, estie ! » Tom répondait dans un français de film doublé : « Moi et Sacha ! Non mais, t'es malade ou quoi ? » Il venait me voir et on mangeait des Fudgee-O. On chiait sur ses ex, qui insistaient pour dormir dans des draps propres et n'acceptaient pas que Sum 41 était le meilleur band de tous les temps.

On savait que le bonheur n'était pas pour nous, on était trop accros, dysfonctionnels, endettés. On se foutait de l'amour, de l'école, de la famille. Rien ne compenserait l'absurdité dont on avait été témoins avant même d'être en âge de parler. Nos mères nous avaient appris que ça ne servait à rien de se comporter gentiment : elles nous tabassaient en revenant du travail, qu'on soit sages ou pas. Dans *Le roi lion,* notre film préféré avant qu'on voie *Le seigneur des anneaux,* Timon dit : « Quand le monde entier te persécute, tu te dois de persécuter le monde. » On a suivi son conseil et on est devenus des petits crisses. Nos parents étaient en dépression, nos parents étaient en psychose, nos parents étaient seuls et sans surveillance, comme nous.

Pour passer le temps avant de vieillir, on écoutait MusiquePlus dans le sous-sol. Les adultes dans nos vies, c'étaient Louis-José Houde, Patrick Groulx et Mike Ward, qu'on a découvert dans *L'Gros Show,* puis qu'on a suivi religieusement dans *Cliptoman.* Mike Ward y ridiculisait les stars les plus riches et sexy de la planète en commentant leurs clips, choisis selon un thème qui changeait à chaque émission. Dans un épisode sur les années 2000, il présentait un clip de Shakira. Au début, elle surgit de la mer comme une sorte de déesse primitive toute vêtue de faux cuir brun : leggings taille basse et top de bikini, ceinture tribale en couvercles de boîtes de conserve. Trente secondes plus tard, ses cheveux sont secs et lustrés et elle chante au sommet d'une montagne. Puis elle danse dans un désert pendant que des chevaux sauvages galopent de chaque côté d'elle, les effets spéciaux sont à chier, il y a de la flûte de pan, et à un moment donné Mike Ward dit : « C'est tellement clair qu'elle est pas dans la même pièce que les chevaux. » On a hurlé de rire. Il était trois heures du matin, on avait pris du mush et bu toute la soirée des quilles de Molson Dry en se tapant un marathon d'épisodes qu'on avait enregistrés sur des cassettes. On a ri à en pleurer, à s'étouffer, à en avoir des crampes au ventre, on répétait « c'est tellement clair qu'elle est pas dans la même pièce que les chevaux ». On y a réfléchi longtemps : il y avait au moins cent cinquante chevaux dans la pièce, Shakira ne pouvait pas être là, c'était dangereux – en plus, elle ne portait pas de chaussures. Les humoristes qu'invitait Mike Ward essayaient d'être aussi drôles que lui, mais le plus souvent ils se plantaient, et le silence de malaise dans le studio traversait l'écran de notre télévision, c'était succulent. Tom et moi, on se disait qu'on aurait été infiniment plus drôles qu'eux, mais jamais plus que Mike Ward, il était notre dieu. Les adultes prétendaient que la vie était belle. Ils prétendaient qu'ils n'avaient pas sans cesse envie de se pendre. Mike Ward ne jouait pas ce jeu-là, ne faisait pas semblant. Il nous le disait, lui, que tout était de la marde.

Quand il s'est fait poursuivre à cause de sa blague sur une enfant portée disparue, on a pris pour lui sans hésiter. On s'est souvent imaginés captifs dans la cave d'un kidnappeur, à écouter la radio ; on serait tombés sur Mike Ward qui se moquait de nous et on aurait tellement ri que plus rien n'aurait eu d'importance ; on aurait trouvé le courage d'affronter notre ravisseur, puis on se serait précipités au studio de MusiquePlus et les VJ nous auraient interviewés live devant toute la province et on aurait enfin eu l'attention qu'on méritait.

On n'admirait aucune femme. En fait, on détestait les femmes célèbres. On riait de leurs vêtements, de leurs coupes de cheveux, de leurs chums, de leurs crises, de leur détresse et de leur musique. Céline Dion était quétaine, laide, lesbienne et mariée à un pédophile. Avril Lavigne et Marie-Mai étaient des poseuses qui chantaient mal, indignes de faire le signe de Rock On ! Katy Perry était grosse pour une pop star et Lady Gaga était laide pour une pop star. Mais celles qu'on haïssait le plus, c'étaient Britney Spears, parce qu'elle était folle, et Paris Hilton, parce qu'elle n'avait pas d'âme. On détestait aussi nos mères et nos enseignantes, on détestait toutes les femmes et on feignait d'ignorer que j'en deviendrais une et pas lui. Je n'étais pas une femme, j'étais comme lui. On était la même personne.

UN JOUR DE JUIN, on avait dix-huit ans, on a compris que rien ne nous interdisait de laisser nos parents crever dans leur dèche, on ne leur devait rien. On est sortis de chez nous, coin Dorion et René-Lévesque, on a marché, sac à l'épaule, jusqu'à la Gare d'autocars de Montréal. On a sauté dans un bus Greyhound qui terminait son trajet à Vancouver, dans le stationnement d'un Walmart, on a écrit GOING NOWHERE au sharpie sur une boîte de pizza, on est restés là des semaines à se laver dans les toilettes du Walmart, à voler du fromage et à apprendre la guitare. Puis la police nous a expulsés du parking. On a levé le pouce, une Honda Civic remplie de Quebs, de chiens, de backpacks et de banjos nous a embarqués puis débarqués à Oliver, dans la vallée de l'Okanagan. On a planté notre tente dans un verger de cerises, on a bu sans discontinuer pendant une semaine, avant que le boss nous chasse en nous engueulant dans son anglais cassé : « C'est pas camping, ici, cueille cerises ou va-t'en ! » Sur le pouce, on a traversé la Colombie-Britannique du sud au nord : Kelowna, puis Kamloops, où on a été coincés trois jours, puis on a passé une nuit dans les bois à Lac la Hache, où on a trouvé quelqu'un pour nous conduire jusqu'à Smithers, ce qui nous a évité de faire du pouce sur la Highway of Tears, dont on avait entendu de multiples horreurs. À Smithers, on a embarqué avec un mineur qui nous a déposés à Watson Lake, à la frontière du Yukon, puis accepté un lift vers un village du nom de Teslin, cent vingt-deux habitants ; on y est restés vingt-quatre heures. Enfin on est tombés sur un gars qui avait roulé depuis le Mexique pour aller « refaire sa vie au Yukon », il roulait tellement vite que sa voiture tremblait et pétaradait de façon inquiétante, mais on s'est quand même rendus à Whitehorse sans panne ni accident. Là-bas, on nous a conseillé d'aller nous laver et nous baigner au centre sportif. Après dix jours sans douche, c'était jouissif. On a campé pas loin, dans un boisé, et, le lendemain, on a croisé un grizzli, notre premier, sur l'autoroute du Klondike – nous, on n'était manifestement pas ses premiers humains, il nous a à peine accordé un regard. Ce matin-là, on a eu de la chance, on n'a attendu que deux heures sur l'accotement avant qu'une voiture s'arrête : un militaire qui s'en retournait sur sa base à Fairbanks. Il nous a déposés à Dawson City. On n'avait jamais rien vu d'aussi magnifique. Et on a pleuré, même si on n'est pas des téteux.

2

IL Y AVAIT LES SOMMETS enneigés de la chaîne de l'Alaska, il y avait la rivière Klondike, translucide et rapide, qui se jetait dans le fleuve Yukon, lent et laiteux, en formant des tourbillons bicolores à la surface. Il y avait les façades aux couleurs délavées, dépourvues de logos, qui nous donnaient l'impression de marcher dans un western, il y avait des trottoirs en bois où ce n'était pas évident de rouler en skate, et le Midnight Dome qui nous surplombait. Mille sept cents ans plus tôt, un énorme glissement de terrain avait creusé sur le flanc de la montagne une cicatrice beige visible de partout, Moosehide Slide. De l'autre côté se cachait Moosehide, le village traditionnel des Tr'ondëk Hwëch'in.

Comme tout le monde, on est arrivés par Front Street, prolongement de l'autoroute du Klondike et seule rue asphaltée du village, parallèle au fleuve. On a remonté la rue Queen, longeant les hôtels Downtown et Midnight Sun. Une fille fumait au coin de la Troisième Avenue. Elle nous a inspiré confiance, avec ses cheveux verts et son piercing dans la narine. Je lui ai quêté une cigarette. Elle s'appelait Rae, elle m'a demandé qui j'étais, je lui ai dit que je n'étais personne pour le moment, mais que je me cherchais une job. L'air ici était enfin respirable. Je n'avais pas cru possible que mon corps lourd et lourd de honte découvre un jour la légèreté, mais il l'avait découverte. J'ai aussi dit à Rae que je ne partirais plus jamais d'ici. Tom se contentait de hocher la tête à côté de moi, il ne parlait pas encore anglais, mais il comprenait le mien.

Rae m'a appris qu'elle était femme de chambre et que l'hôtel où elle travaillait manquait d'employés. Elle nous a montré d'un geste vague le nom du Midnight Sun, peint en hautes lettres brunes sur la façade beige de l'immeuble. J'ai commencé le lendemain. On a monté la tente au bord de la rivière Klondike, là où elle se jetait dans le fleuve Yukon, aux limites de la ville; dix à vingt minutes de marche du centre, selon notre état. C'est Leah, la petite sœur de Rae, qui nous avait guidés vers le site. Elle venait d'avoir seize ans, elle avait de longs dreads blonds, les dents blanches, des Converse rayés et des manières timides. Tous nos amis étaient amoureux d'elle, Tom le premier. Le soir, les bums de Dawson se réunissaient autour d'un feu, près de l'eau.

À cette époque, je n'avais pas de cellulaire. Je n'avais pas de montre non plus. C'était dur d'estimer quelle heure il était, parce qu'en juillet, à Dawson, la nuit dure cinq heures. Ma stratégie pour éviter d'être en retard au travail, c'était d'aller me coucher dans le gazon à côté de l'entrée. Rae me réveillait quand elle arrivait. Elle me laissait laver mon linge dans les machines de l'hôtel et siester dans les chambres que j'étais censée nettoyer. Quand elle trouvait des sachets de poudre oubliés par les clients, elle me les refilait.

Elle avait grandi dans les Kootenays, où elle avait complété un cours de coiffure, avant de déménager au Yukon. Dans nos temps libres, on s'amusait à se décolorer les cheveux et à se les teindre en orange ou en vert. C'est à elle que je dois ma coupe Longueuil. C'est aussi elle qui m'a emmenée pour la première fois au Hobo Mansion, la cabane la plus mythique de Dawson City.

Les parents de Leah et Rae habitaient sur une terre qui longeait la rivière Klondike. Rae y stationnait sa roulotte pendant l'été. Quand j'allais leur rendre visite, on se baignait nues dans l'eau pure et glacée, qu'on n'hésitait pas à boire, on se gavait de framboises et de fraises sauvages et on échangeait les derniers ragots du village en se prélassant au soleil. Kosmas et Drake étaient revenus de la cueillette des morilles. Paraissait qu'un soir, la pouffiasse de blonde à Drake s'était trompée de tente et avait baisé avec Kosmas. Drake avait rompu, et elle était retournée à Vancouver. Tant pis pour elle. Drake n'était pas resté libre longtemps, il sortait maintenant avec Flo. Dylan était toujours célibataire, il était peut-être gay. En tout cas il en avait l'air, surtout quand il portait son t-shirt jaune serin trop court.

Une nuit, fin août, il a neigé. Au matin, on a constaté en dézippant la tente qu'une fine couche de flocons recouvrait l'herbe, énormes, intacts, aux formes dentelées, fractales, fascinantes. J'ai annoncé ça à Rae, encore sous le choc, émerveillée. Elle m'a répondu que ça n'avait rien d'exceptionnel et qu'à partir de maintenant, on en avait pour deux semaines, tout au plus, à pouvoir encore dormir dans notre tente, ensuite il nous faudrait descendre au sud ou nous chercher un vrai toit, ne serait-ce qu'une tente prospecteur équipée d'un poêle à bois. On a laissé s'écouler quelques jours, on n'a plus repensé à la neige, qui avait fondu, puis il a reneigé, la température a baissé à moins cinq. Rae nous a invités à venir habiter avec sa famille et leurs quatre chiens rescapés. Il y avait toujours des gens de passage dans leur maison et sur leur terrain. J'ai rencontré Joy, la mère de Leah et Rae, qui s'occupait des chiens au Humane Society, et Phil, leur beau-père charpentier. Fin septembre, Leah est partie sur le pouce à Vancouver avec des bums qu'elle avait rencontrés à Dawson pendant l'été. Ça tombait bien, on a pris sa chambre. La saison morte s'amorçait, et le Midnight Sun m'a mise à pied. J'ai commencé à encaisser des chèques de chômage. Tom, qui avait travaillé tout l'été dans un café sur Front Street comme cuisinier, plongeur et serveur, se retrouvait lui aussi sans emploi. On était riches et oisifs. On a pu partir de chez Phil et Joy. On a emménagé dans une cabane sur la Sixième Avenue, off-grid, sans électricité ni eau courante – on se chauffait au bois. L'hiver s'installait : il y avait deux pieds de neige au sol. Les touristes qui avaient afflué par milliers de juin à septembre étaient tous repartis. Le ferry avait cessé ses opérations à cause des plaques de glace se formant sur le fleuve depuis la mi-octobre. En décembre, ce serait complètement gelé, les voitures pourraient recommencer à traverser en utilisant le pont de glace. En attendant, ce n'était pas simple de se rendre à West Dawson, sur l'autre rive – même chose au début du printemps, quand la glace faiblissait mais obstruait encore les flots.

Quatre mois par an, soit octobre et novembre, avril et mai, les West-Dawsonites vivent isolés du reste du monde, coincés entre un cours d'eau infranchissable et une route non déneigée menant à un poste-frontière fermé. Vers la fin de l'hiver, quand ils manquent de biens essentiels – c'est-à-dire surtout de cigarettes et de bières –, les West-Dawsonites les moins prévoyants se cotisent et louent un hélicoptère – deux mille piastres de l'heure –, qui leur rapportera de Dawson leurs commandes, passées par téléphone au magasin général, au Liquor Store, à la quincaillerie et à la station-service. À la mi-mai, les glaces libèrent le fleuve, les touristes reviennent, plus de soixante mille, pour une population permanente de mille cinq cents personnes. Ils envahissent le village et le ferry chargé de Winnebago fait la navette tous les quarts d'heure. Les motorisés en provenance de l'Est s'engagent sur l'autoroute du Top of the World, qui mène en Alaska. Avant de retourner chez eux, en Ontario, au Texas, en Alabama, en Floride ou en Allemagne, les touristes contemplent des meutes de loups, des grizzlis et des hardes de caribous. Le Top of the World, c'est le plus bel endroit au monde. Par monde, on veut dire Yukon. Le reste de la terre, c'est des métropoles polluées grouillantes de fonctionnaires et de policiers. Le reste, c'est nul. Le reste, on fait semblant qu'il n'existe pas.

3

TROIS ANS plus tard, après plusieurs déménagements à Dawson ou West Dawson, au gré des saisons touristiques, des amitiés et des colocations temporaires, on était de retour dans la même cabane sur la Sixième, la moins bien isolée, la plus petite, la plus chère, située derrière la grosse maison du proprio, mais qui avait l'avantage d'être presque toujours libre. C'était le mois de novembre. Il neigeait déjà beaucoup. On se chauffait avec un vieux poêle à bois en acier qui avait l'inconvénient, quand il surchauffait, de devenir rouge et blanc et de gémir comme un géant qui s'étouffe. Il fallait ouvrir la porte de la cabane et laisser entrer l'air glacial, ramasser le plus de neige possible et la lancer sur le poêle pour le refroidir et l'empêcher d'exploser. Il y avait aussi « la tornade », un courant d'air causé par un manque d'isolation dans le mur nord et qui traversait le côté gauche de notre lit. Tom et moi, on se chamaillait souvent pour ne pas être celui ou celle qui dormirait dans la tornade. Il n'y avait pas de bécosse à proximité ; pour chier, remplir nos jerricans ou brancher nos cellulaires, on devait marcher jusqu'au Triple J, à deux cents mètres, ou, s'il était fermé, aller jusqu'au Pit, à trois coins de rue . Même si le gaz et l'électricité se rendaient jusqu'à la Sixième, on n'y avait pas accès parce que le proprio était trop radin. Sinon, chez nous, c'était beau, petit, chaotique. On aimait ça, vivre là, et on était heureux, tellement que Tom s'est mis en tête d'adopter un chien.

— Dude, non. C'est la pire idée, je lui ai dit.

Je repartais le feu, qui s'était éteint pendant la nuit. Tom avait enfilé son manteau d'hiver et fumait une cigarette, assis sur le lit. Une ombre blanche s'échappait de ses lèvres un peu mauves.

— S'il te plaît !

— On pourra pus prendre l'avion, on pourra pus se permettre d'être cassés raide pendant trois mois, on pourra pus sneak in au Dawson City Music Fest, on va avoir encore plus de misère à trouver des places où vivre. On pourra pus squatter sur le divan de Juliette. Tu le sais, qu'elle est allergique. Pis on pourra pus envisager le suicide avec légèreté. Un bébé, ça finit par devenir autonome, mais un chien, jamais.

— Un bébé, ça lui prend quinze ans à devenir autonome. À quinze ans, un chien, ça meurt.

— Pis là, on va être full tristes.

— Joy m'en a montré une au Humane Society. Elle a un an, elle est belle en tabarnac, c'est une malamute croisée. Elle vient d'arriver au refuge. Joy et ses collègues pensent que son père, c'est un loup, mais ils sont pas sûrs.

— Ouin, pis.

J'ai soufflé sur les braises pour les raviver, j'ai reçu plein de boucane dans les yeux.

— Le seul problème, a hésité Tom, c'est que je pars à Montréal dans pas long pour aller voir ma mère à l'hôpital. Tu serais-tu down de garder Luna ? Genre deux semaines...

— Pas un autre estie de chien qui s'appelle Luna !

J'en connaissais au moins trois. J'ai déchiré des morceaux d'écorce de bouleau en lanières, que j'ai empilées dans le foyer.

— C'est pas moi qui ai choisi son nom, on peut sûrement le changer, l'appeler Whisky ou Timothé –

— Toé, t'es un p'tit motté. On change pas le nom d'un animal juste parce que ça nous tente.

Tom s'est levé, a lancé son mégot dans le poêle et s'est accroupi à côté de moi pour me serrer dans ses bras.

— Bon, tu vois ? Tu la défends. Tu l'aimes déjà !

— Je l'aimerai jamais.

Avec du bois d'allumage, j'ai construit un tipi autour des écorces de bouleau.

— Tu vas l'aimer tout de suite.

— Trop pas.

J'ai soufflé, le bois s'est embrasé, réchauffant mes joues. On avait notre feu.

— Je comprends pas pourquoi tout le monde veut un chien. On haït ça, les responsabilités, on haït l'autorité, on manque de toute, on est impulsifs, caves, pauvres, on perd tout le temps nos jobs pis nos logements, pourquoi on ferait subir ça à un être vivant qui a rien demandé ?

— Yo, Sacha, je devrais te mettre enceinte, comme ça t'arrêterais de capoter pour notre projet d'avoir un chien.

— Je vais faire un bébé avec toi le jour où ils vont légaliser l'infanticide.

— Je nous le souhaite.

— Tu veux pas attendre qu'on déménage dans une place où le poêle à bois risque pas d'exploser chaque fois qu'on le bourre un peu trop ?

Trois jours plus tard, je fendais des bûches en fines éclisses quand Tom est arrivé derrière la cabane avec un gros chien-loup femelle, une bête grandiose au pelage touffu. On aurait dit un ours ou un lion. Elle avait une tête puissante couronnée d'une crinière argent, fauve et noire. Ses yeux vairons – l'un à moitié jaune et à moitié bleu, l'autre complètement bleu – étaient blasés, tristes, désintéressés. Leur contour était noir et luisant, exactement comme le contour des miens quand je me maquillais. Elle nous ignorait, regardait loin devant elle, là où elle semblait vouloir fuir, puis elle se retournait et grugeait le plastique rouge translucide qui recouvrait le câble d'acier de sa laisse. Deux bandes noires verticales parcouraient de haut en bas ses pattes blanches. Elle avait des airs de prédateur contrarié.

— Oh my God, j'ai dit en laissant tomber ma hache. Elle est tellement belle. C'est-tu un loup, coudonc ?

— C'est comme un tamagotchi. On la nourrit, on la promène, on la flatte. C'est super facile. Le plus important, ça a l'air, c'est de pas oublier d'y donner de l'eau.

Tom a ébouriffé la tête de Luna. Elle et moi, on s'est observées sans broncher. Luna avait brièvement vécu sur une terre agricole au sud du village. Elle était censée protéger le bétail, mais elle mangeait les poules. C'était une hors-la-loi, c'est pour ça qu'elle avait été confiée au Humane Society – un refuge pour animaux. Tom a tiré sur sa laisse pour l'obliger à entrer dans la cabane. Elle a résisté, les griffes plantées dans la neige et les fesses au sol. Elle ne voulait rien savoir. On ne l'a pas forcée, on n'aurait pas pu de toute façon ; on lui a servi sa gamelle dehors.

Elle n'y a pas touché, mais elle a léché la neige à grandes lampées de sa longue langue mauve. Je lui ai demandé si elle avait soif, si elle voulait aller se promener. Ses oreilles, des triangles parfaits, duveteux et argentés, n'ont pas frémi. J'ai déposé à ses pieds un bol en acier inoxydable rempli d'eau. Sa grosse truffe noire a reniflé les contours du métal. Elle n'a rien bu.

— C'est quand même un bon chien, a déclaré Tom, qui se tenait prudemment à deux mètres de distance.

On est allés la promener.

Sur la Sixième, on a rencontré Kosmas – j'avais un sérieux crush sur lui – et sa chienne Scarlett, un adorable bouvier bernois croisé, à la longue fourrure noire et dense et au poitrail large. À quelques mètres de nous, Kosmas nous a demandé sans s'arrêter si notre chien était gentil. J'ai dit oui, même si je n'en avais aucune idée, parce que j'avais envie qu'il se rapproche. Il avait la voix grave, la barbe fournie et des yeux sombres, qui donnaient envie d'être toute nue avec lui sous une couverture à lui raconter des secrets intimes. Il a continué sa marche dans notre direction ; on a continué de marcher vers lui. Dès que Scarlett a été à sa portée, Luna lui a sauté à la gorge. Les chiennes ont grogné et glapi, Tom a crié, moi aussi, j'ai bondi vers l'arrière en jetant la laisse. Tom ne bougeait pas. Kosmas tirait sa chienne vers lui, Luna refusait de lâcher prise. Tire sur le collier de ton chien, pour l'amour, m'a ordonné Kosmas en anglais, pis ramène-le vers toi ! Je l'ai écouté, j'ai ramassé la laisse et tiré de toutes mes forces. Luna a grondé plus fort encore en se débattant pour happer Scarlett, maintenant inatteignable. Je devais être toute rouge sous ma cagoule. J'espérais que Kosmas ne m'avait pas reconnue. Je n'avais pas dit un mot.

— Ta chienne est-tu correcte ? a demandé Tom. Au pire, on peut te l'échanger contre la nôtre !

Kosmas n'a rien dit, il avait déjà traversé la rue et je l'ai entendu sacrer.

— Tu penses-tu qu'il m'a reconnue ?

— Sûrement, vu que ta seule caractéristique, c'est d'être avec moi.

— Câlisse.

Je me suis allumé une cigarette. Tom en a profité pour enlever la neige qui s'était accumulée dans ses Crocs, qu'il portait douze mois par année, sauf après une tempête ou quand on allait en randonnée dans le parc territorial Tombstone. Il m'a pris une bouffée en regardant Kosmas s'éloigner avec Scarlett. On s'est remis en marche.

— Je comprends pas pourquoi tu tripes sur ce vieux croûton-là. Il a genre quarante ans, what the fuck.

— Ben non, il est juste magané.

Luna avait recommencé à gruger sa laisse avec hargne. On a tourné à droite sur la rue Duke.

— Payes-y une pinte, il va te fourrer drette là.

— Tu penses ?

— Il fourre des filles ben plus laides que toi, me semble.

— T'es malade ! Il date des Canadiennes anglaises full chicks qui ont des diplômes, pis qui partent en tournée avec leur band à New Orleans chaque hiver, pis qui sont comme : « J'apprun leu franceu : Jon-Pol Seurte. »

— Non, il fourre les amies laides de ces filles-là.

— Toé, t'es laid.

— C'est qui, Jon-Pol Seurte ?

— Tu demanderas à Kosmas...

J'ai poussé Tom dans un banc de neige.

— Toé, tu demanderas à Kosmas, il a répondu en se relevant comme un ressort, si t'arrives à lui parler un jour.

— Je lui ai parlé plein de fois, tu sauras.

— Combien ?

— Sept.

— Lui qui crie « Hold your fucking dog, for Christ's sake », ça compte pas.

— Six, d'abord !

On a emprunté un sentier étroit qui s'appelait la Neuvième Avenue, et qui s'engouffrait dans la forêt en longeant le flanc du Midnight Dome jusqu'à Moosehide Slide. La neige alourdissait les arbres, qui s'arquaient en un tunnel opaque et noir. Luna tirait avec la force d'un cheval. Chaque fois qu'elle détectait sous la neige la galerie d'un rongeur, elle sautait et tirait encore plus fort. On a dépassé le vieux cimetière centenaire, puis la pinède, et on a bifurqué vers l'ouest. On s'est arrêtés à un belvédère d'où on pouvait contempler le magasin général, le parc à chiens, le fleuve Yukon, West Dawson et, au loin, l'autoroute du Top of the World.

— On la détache ! j'ai proposé.

— Non. Joy dit qu'il faut attendre deux mois.

— Si elle revient pas, j'ai dit en la détachant, c'est qu'elle nous aime pas.

Luna est partie comme une flèche.

— Crisse, ç'a été nice d'avoir un chien, en tout cas.

— Au pire, tu iras t'en chercher un autre au Humane Society.

Tom m'a bummé une cigarette. Je l'ai allumée pour lui. Comme d'habitude quand on restait dehors plus de cinq minutes, ses lèvres étaient bleues.

— Je sais pas elle est où, Luna, mais elle est clairement pas dans la même pièce que les chevaux.

— Clairement, il a répondu en forçant un peu son rire. On le sait crissement pas, où elle est.

J'ai fredonné *Whenever, Wherever.*

— Sérieux, là, m'a coupée Tom. Joy a dit que c'est dangereux de la laisser en liberté. Elle pourrait attaquer quelqu'un, mordre un enfant...

— Dude, elle pourrait manger un bébé. Imagine ce que dirait Joy.

— Oh my God, tu gosses, il a dit.

Il a éteint le mégot sur la semelle de son Crocs et l'a mis dans la poche de son manteau.

Alors que j'étais sur le point de m'excuser pour ma gaffe, Luna a surgi des bois. Le blanc de son masque de malamute était maculé de sang. Est-ce qu'elle s'était blessée ? Est-ce qu'elle avait été attaquée par un carcajou ? Un ours ? Non. Elle tenait un gros lapin dans sa gueule, les intestins de l'animal pendouillaient sous son menton comme des guirlandes de Noël. Elle s'est couchée à quelques mètres de nous pour dévorer sa proie, s'arrêtant parfois pour avaler de la neige, l'air de dire qu'on pouvait aller se rhabiller avec nos croquettes toutes sèches. J'étais émue. Elle était revenue. Elle nous aimait.

4

PAR UN BEL AVANT-MIDI du mois d'août, la mère de Tom avait encore vu des poux dans les cheveux de son fils. Elle avait vidé un pot entier de mayonnaise sur sa tête, qu'elle avait ensuite enveloppée dans du Saran Wrap. Il avait neuf ans et il pleurait. À la fin de la journée, il en aurait dix. Je n'étais pas restée à ses côtés. La honte dans son regard m'avait repoussée.

Quand Tom était avec moi, j'étais toujours entourée d'une gang d'amis, mais, aussitôt qu'il disparaissait, je me retrouvais seule au monde. Il avait le don d'attirer les gens cool, d'épater la galerie et de faire rire tout le monde.

Cet été-là, on avait découvert que les cadenas à combinaison se brisent si on leur assène un coup de marteau bien placé.

— Si un jour j'ai un fils, avait lâché Tom en cassant son premier cadenas, je vais pouvoir faire du vélo avec lui.

— Si un jour t'as un fils, tu le sauras pas.

On avait dévalé la rue Parthenais et effectué un vol plané par-dessus une poubelle. Je garde au genou gauche une cicatrice de cette chute-là.

Le jour de son dixième anniversaire, j'attendais Tom sur le trottoir. Tom, lui, attendait sur le balcon du troisième, au soleil, des rigoles puant le soufre lui dégoulinaient sur les tempes. J'avais tenté quelques cabrioles à vélo pour le dérider. Il avait fini par s'esclaffer. C'est là qu'on avait compris que le monde n'était pas merveilleux, mais qu'on pourrait toujours en rire.

Derrière Tom était apparue la chevelure rousse de sa mère, qui brillait de mille feux. Elle nous avait demandé pourquoi on riait comme ça, puis avait ouvert un second pot de mayonnaise, le visage resplendissant de force, l'air de dire : « C'est pour ton bien. » Elle était belle, sa mère, comme une grande actrice.

Le lendemain, j'avais tiré Tom par le bras jusque chez le voisin d'en face, un skinhead de vingt ans avec deux S en forme d'éclair tatoués dans le cou. Il avait accepté de raser la tête de Tom en échange d'un vélo ; on ignorait la valeur des vélos dans ce temps-là. Les boucles d'or de mon ami s'étaient accumulées en tas sur le plancher et, juste comme ça, Tom était devenu un homme. Plus personne ne verserait jamais de condiments sur sa tête.

5

PRENDRE SOIN de Luna n'était pas simple. Elle refusait d'entrer dans la cabane. Elle ne savait pas marcher en laisse. Elle attaquait les autres chiens. Elle ne semblait pas comprendre pourquoi, jour après jour, on était encore là, à l'aimer sans raison, à l'empêcher d'agir librement. Puis Tom est parti à Montréal pour s'occuper de sa mère, qui venait de perdre son appartement.

Mon premier jour sans lui, j'ai fait comme d'habitude, quand je me sentais seule : je suis allée au Pit. J'ai attaché Luna à côté du bar, à un trommel rouillé, ce long cylindre percé de trous qui avait servi à récolter l'or – on en voyait partout à Dawson. Joy m'a interpellée aussitôt qu'elle m'a vue. Elle était assise au comptoir. Je me suis installée à côté d'elle. Elle a commandé deux pintes. Je lui ai dit :

— Le chien que tu nous as donné, il écoute pas pantoute.

— Si tu veux que ton chien t'écoute, faut qu'au moins quatre-vingts pour cent du temps, vos interactions soient positives. Cette règle-là marche aussi avec le monde, en passant.

— Ouin, à date, c'est plus comme un pour cent. Je passe ma vie à l'engueuler. L'autre matin, je me suis fait une toast au beurre de pinottes, je suis sortie pisser, pis quand je suis rentrée, elle était en train de bouffer le pot, pis y avait pus de toast.

Le même jour, ai-je raconté à Joy, Luna avait aussi mangé une de mes mitaines en lapin, et mes écouteurs, et un de mes g-string qu'elle avait ensuite vomi sur mon oreiller. Après ça, je l'avais attachée dehors, et elle avait réussi à se déprendre de son collier, s'était enfuie pour revenir avec, entre les dents, un corbeau qui battait encore des ailes. Joy m'écoutait attentivement, mais sans se montrer surprise.

Quand on a eu vidé nos pintes, on a enfilé nos manteaux, nos tuques et nos gants, et je l'ai suivie jusqu'à son pick-up.

— C'est pas compliqué, tu vas voir.

Elle a sorti sa carabine calibre 300 – celle pour tuer des orignaux – et me l'a mise dans les mains pour que je la tienne pendant qu'elle fouillait dans sa boîte de camion encombrée de matériel de chasse : bâches, bottes de caoutchouc, vestes fluorescentes, boîtes de munitions, cordes, sangles, courroies, élastiques à crochets enroulés sur eux-mêmes et rangés dans des caisses. Elle en a extirpé un sac de papier brun, qu'elle m'a tendu. Luna dormait paisiblement, attachée au trommel, les yeux mi-clos. J'ai remis à Joy sa carabine d'un geste hésitant, son poids m'étonnait. J'ai ouvert le sac, d'où émanait une puanteur de charogne, il était rempli de peaux de poisson congelées.

— À toutes les fois qu'elle revient, donne-lui une peau. Le reste du temps, fais-la pas chier.

J'ai suivi le conseil de Joy. Tous les matins, j'emmenais

Luna sur la Neuvième, en laisse. Je la détachais quand on arrivait au sentier, et elle disparaissait dans les bois. J'avais peur, je m'éraillais la voix à force de crier son nom. Mais elle finissait toujours par revenir en galopant. J'explosais en cris euphoriques et lui lançais une peau de poisson – je la lançais, sinon elle me mordait les doigts. Ça lui donnait une sale haleine, mais ça en valait la peine : elle a commencé à s'intéresser à moi.

La première fois que j'ai crié son nom et que ses oreilles ont pivoté vers le son de ma voix, je me suis sentie spéciale ; une louve daignait m'accorder son attention. Elle ne m'obéissait pas, mais elle l'envisageait.

Une semaine de peaux de poisson et Luna avait déménagé dans notre lit et nous nous aimions d'amour, elle et moi. À défaut d'entretenir le feu la nuit, je me blottissais contre elle et j'enfonçais mon visage dans sa fourrure. Quand je prenais des microdoses d'amanite tue-mouche – juste assez pour passer une bonne journée –, je pouvais me perdre longtemps dans les splendeurs de Luna, ses pattes, ses yeux, ses chansons de louve. Tom avait raison, j'avais aimé Luna instantanément, j'avais recherché cette tendresse-là toute ma vie. Il rentrerait en janvier, après un vol Montréal – Vancouver de huit heures, une escale de quatorze heures, un vol Vancouver – Whitehorse de quatre heures, une nuit au Airport Chalet, et un dernier court vol vers Dawson. À l'époque de la ruée, les chercheurs d'or devaient prendre le train jusqu'à Juneau, en Alaska, puis un bateau à vapeur jusqu'à Skagway, et ensuite transporter à pied leur tonne d'équipement et de provisions de l'autre côté du col Chilkoot. Ça représentait une cinquantaine d'allers-retours. Des mois plus tard, ils atteignaient la rive du lac Bennett, où il leur fallait construire des radeaux de fortune et franchir l'étendue d'eau venteuse sans faire naufrage, puis descendre le fleuve Yukon sur sept cent trente kilomètres, en évitant d'être déchiquetés dans les rapides Five Finger, pour enfin atteindre la cité de l'or et se rendre compte qu'il n'y avait plus de concessions disponibles. Certains mouraient, certains restaient, certains revenaient ruinés. Tom, lui, arriverait de Montréal exténué, pas à cause de ses quatre jours de voyage, plutôt à cause de ses deux semaines avec sa mère. Sa mère qui ne voulait plus manger, qui soupçonnait qu'on s'était introduit chez elle pendant la nuit pour remplacer les photos de ses enfants aux murs par des photos d'inconnus, qui avait refusé de monter dans l'ambulance. Sa mère qui, trois fois par conversation, menaçait de se tuer.

Vers le milieu de l'après-midi, ce mardi-là, j'ai reçu un message de Dylan, qui travaillait à l'aéroport de Dawson à l'enregistrement des passagers, me disant que Tom venait d'atterrir. Luna et moi, on est allées au Pit chercher le pick-up de Joy, qui me le prêtait pour l'après-midi. J'ai apporté nos deux jerricans vides, on les remplirait au retour. Luna a sauté sur la banquette avant du Dodge Ram 2000, et on est parties. Après trente secondes à rouler, je me suis souvenue d'avancer mon siège et d'ajuster mes rétroviseurs. J'ai tâtonné sous la banquette et tiré sur la poignée sans dévier de ma trajectoire. De la Troisième, on a pris la rue Church, qui débouchait sur l'autoroute du Klondike, à ce temps-ci de l'année recouverte de neige damée, un peu glissante. On y dépassait rarement les quatre-vingts kilomètres-heure. Une quinzaine de minutes plus tard, j'ai aperçu l'aileron orange d'un avion d'Air North. Je suis entrée dans l'aéroport minuscule avec Luna, qui reniflait partout et tirait sur sa laisse. Il y avait tout de suite à notre gauche la table où on pouvait se prendre un café au gros thermos que préparait Dylan ; au fond, sur le mur de gauche, c'était le comptoir d'enregistrement et, face au comptoir, la fontaine, les toilettes et deux machines distributrices. Tom somnolait assis sur un banc près de la table à café, la tête appuyée sur son sac de sport vert kaki, son casque d'écoute sur les oreilles, des boucles de cheveux blonds retombant pêle-mêle sur son front pâle. Il s'est levé aussitôt qu'il nous a vues, a ramassé son sac et m'a serrée dans ses bras. Ses yeux rougis paraissaient encore plus bleus que d'habitude. Luna s'est dressée sur ses pattes, excitée par notre accolade. J'ai senti à travers son manteau mackinaw carreauté à quel point il avait maigri. Ses pommettes saillaient, ses joues s'étaient creusées, il ressemblait à un elfe. Le connaissant, je me doutais qu'il n'avait presque rien mangé pendant ses journées d'escale, et probablement pas beaucoup plus chez sa mère. Tom perdait l'appétit quand il était anxieux.

— Dude, écoute ça, c'est malade, il a dit en me mettant le casque sur la tête.

C'est *Misanthropic Drunken Loner* de Days N Daze qui jouait, une toune de folk punk sur laquelle on avait tous tripé l'été d'avant. J'ai reconnu les accords de guitare frénétiques, le solo de trompette, la planche à laver, le refrain qui disait « les gens sont laids, les gens sont haineux et destructeurs et avares ». Tom la découvrait, un peu en retard. J'étais déjà tannée de l'entendre et devinais qu'elle retentirait dans la cabane toute la semaine, sur le haut-parleur portatif de Tom. Je lui ai rendu son casque.

— Faque t'as-tu downloadé le troisième *Seigneur des anneaux* ?

Tom s'est accroupi et a flatté Luna.

— Nice, Luna est encore en vie ! il s'est exclamé en la grattant derrière les oreilles. Oui, j'ai la trilogie, pis plein d'autre shit aussi. J'ai même *Suivre la parade* au complet.

— Ostie que je t'aime.

6

AU PRINTEMPS, des épilobes magenta, des lupins violets, des orchidées blanches et des roses roses ont effacé la noirceur de l'univers. Nos corps ont recouvré leur légèreté. Luna se vautrait dans la boue et déterrait des carcasses d'animaux. Elle revenait vers nous le visage enduit d'une boue épaisse et on l'accusait d'être raciste avec son blackface. Plus on répétait nos blagues, plus on se pensait hilarants.

On n'avait pas travaillé depuis six mois, on n'avait pas reçu de chèque de chômage depuis un mois et on avait gaspillé nos derniers dollars pour parier sur l'heure et la date exactes de la débâcle. C'est une tradition dawsonite ; celui ou celle qui devine avec le plus de précision le moment où la glace du fleuve se brise gagne le pot.

On était restés longtemps dans le parc à chiens, à boire au vinier que Rae avait oublié la veille, en contemplant la glace, en lançant des cailloux dessus comme si ça pouvait l'aider à se briser plus vite. On avait décidé que, cette année, ce serait le 14 mai à 13 h 12 ou on était maudits. Puis on est allés se réchauffer au Pit, déjà à moitié plein. Luna nous attendrait dehors, elle n'avait jamais froid.

Le Pit, officiellement le Westminster Hotel, était le plus vieux bar de Dawson, le seul établissement à être resté ouvert depuis 1898. Sur la Troisième Avenue, sa large façade rose détonnait un peu au milieu des bâtisses grises, brunes ou jaune pâle – mais au coucher du soleil, les couleurs du ciel et celles du Pit s'harmonisaient à la perfection. La porte de gauche donnait sur la taverne, qui ouvrait dès neuf heures le matin et fermait vers onze heures du soir. La porte de droite donnait sur le lounge, qui commençait à servir des verres en fin d'après-midi et fermait à deux heures et demie du matin – mais cet horaire était soumis aux caprices des touristes et à la disponibilité des employés. Côté taverne, on pouvait acheter pour quelques dollars un hot-dog grillé, qu'on appelait un pit-dog. Un café coûtait un dollar cinquante et, Tom et moi, on le buvait noir parce qu'on se méfiait du thermos de crème, qui passait la journée sur le comptoir. Les murs étaient décorés de panaches et de tableaux kitsch, dont l'un représentait un caporal de la Gendarmerie royale en train de se faire sucer par une danseuse de french cancan. Côté lounge, l'éclairage était tamisé, le tapis rouge, les murs également recouverts de tableaux bizarres ou parodiques. Au plafond, des lumières de Noël scintillaient à l'année longue.

Le bâtiment avait été construit à même le pergélisol, cette couche de terre située à environ un mètre sous la tourbière et gelée depuis une éternité, à certains endroits depuis sept cent quarante mille ans, affirmaient les old-timers. La plupart des vieux édifices de Dawson étaient bâtis selon cette configuration, et ils avaient presque tous été fermés – pas le Pit.

La légende raconte qu'un jour, des fonctionnaires de Whitehorse avaient voulu le fermer définitivement sous prétexte que les murs n'étaient pas perpendiculaires au sol et que le plafond n'était pas parallèle au plancher. Ils avaient publié un rapport obligeant le propriétaire à entreprendre des rénovations tellement coûteuses qu'elles auraient précipité l'établissement vers la faillite. Les Dawsonites ne pouvaient se permettre de perdre le Pit, alors ils ont cherché une faille juridique. Et cette faille, c'était que les fonctionnaires n'avaient pas le droit, en vertu d'une clause dite grand-père, de fermer un établissement pendant ses heures d'ouverture ; ils pouvaient seulement l'empêcher de rouvrir. La stratégie du Pit a été de ne jamais fermer.

C'est dans une de ses chambres que j'ai découvert pourquoi les bouteilles de Jack Daniel's sont carrées : pour éviter qu'elles ne roulent à travers la pièce. Ça coûtait soixante-neuf dollars la nuit et les chiens étaient acceptés. J'aimais les charpentes en bois grinçantes et les courants d'air qui sifflaient dans le corridor comme des fantômes.

J'ai souvent dormi dans les chambres du Pit, mais jamais seule et jamais sobre.

On ne commanderait rien, on n'avait pas d'argent. Rien sauf un pit-dog qu'on partagerait, et un café. On avait faim, on était fatigués. Un old-timer avec une dent en or a sonné la cloche. Tournée de shooters sur son bras, comme le veut la tradition. Ça nous a donné encore plus soif. Tom a commandé deux pintes de Yukon Gold. Des shooters de Jameson et du jus de pickle ont suivi, gracieuseté de Rae, à nouveau, qui avait encaissé son dernier chèque de chômage et avait toujours un peu d'argent de côté. Dans un élan d'enthousiasme, j'ai offert la tournée suivante.

Dylan et Jade nous ont rejoints. Les deux venaient de la culture folk punk de Vancouver, portaient des vêtements noirs et des patchs anarcha-féministes. Jade s'identifiait comme non-binaire et avait adopté en anglais le pronom *they* – en français, on disait iel. Jade était mince, avait de longs cheveux bleus, des roses sauvages tatouées sur les poignets par l'une des plus célèbres tatoueuses de l'Ouest, et un chum avec qui iel était en relation monogame depuis trois ans – mais iel préférait le terme partenaire. Quant à Dylan, il était venu à Dawson pour les grands espaces et la communauté artistique, c'était un optimiste dont le bonheur sincère et la gratitude envers la vie me fatiguaient. Toute leur gang a fini par débarquer au Pit : Clara, qui travaillait au terrain de golf de West Dawson et qui était réservée, ou sarcastique, je ne savais jamais ; et Flo, une Québécoise mieux anglicisée que moi. Elle savait tout faire : construire une cabane, réparer une voiture, dépecer un orignal, et avec Drake elle fabriquait du moonshine. Kosmas est apparu accompagné de Buddy, avec qui il formait le duo musical Quackgrass. Je ne les avais pas vus entrer. J'ai payé un verre à Kosmas, il ne s'en est pas rendu compte, il y avait trop de monde. Les Dawsonites sortaient enfin de chez eux, après des mois encabanés ; c'est Buddy qui a bu le verre, un whisky sur glace.

Une quarantaine de personnes à Dawson, comme Jade, Clara, Drake, Kosmas, Rae, Dylan, étaient plus ou moins des folk punks. Leur groupe sur Messenger s'appelait Shenanigans, et c'est là que circulaient les invitations à leurs événements. Les folk punks venaient de la ville et arboraient un style hobo impeccable. Leurs visages étaient beaux, et leurs corps, déliés. On leur devait le festival de musique de Keno et l'organisation d'actions militantes contre les pipelines, souvent au Hobo Mansion. Cette sous-culture était associée à un genre musical, un punk acoustique, dissonant, nostalgique ou joyeux, anticapitaliste ou misanthrope, enregistré avec les moyens du bord. La scène folk punk était hyper prolifique et ses figures les plus populaires se succédaient à un rythme rapide. À l'époque, c'étaient Mama's Broke, Rail Yard Ghosts et Jesse Stewart – mais les folk punks le renieraient en 2019 après avoir appris qu'il battait sa blonde. Le féminisme radical était leur maître mot.

Le Pit réunissait dans une harmonie brouillonne les sourdoughs – folk punks et old-timers, certains blancs, certains autochtones – et les cheechakos. *Cheechako,* c'est du chinook, ça veut dire « nouveau venu », et ça désigne ceux qui repartent dans le sud en hiver, les travailleurs saisonniers, les vagabonds, les touristes. Le terme s'oppose à *sourdough* – ceux qui restent. Le mot vient du levain que les premiers chercheurs d'or traînaient dans la poche intérieure de leur manteau, près de leur aisselle, pour garder les bactéries au chaud. L'industrie touristique de Dawson avait récupéré le terme et, depuis 1973, le Downtown Hotel avait sur sa carte un cocktail qui l'avait rendu célèbre auprès des cheechakos et des vacanciers, un attrape-touriste qui coûtait deux fois plus cher que les autres cocktails et qui s'appelait le Sourtoe. Ça venait avec un rituel élaboré. C'est aussi pour ça que tu payais. Tu te présentais à une petite table et t'assoyais devant l'employé attitré, dit le *toe captain,* qui déposait au fond d'un verre de whisky un orteil humain momifié. On dit que l'orteil originel avait appartenu à un bootlegger pris dans un blizzard qui, pour empêcher que la gangrène se répande, se l'était amputé à la hache et l'avait conservé dans une de ses bouteilles d'alcool. Ensuite le toe captain te récitait une comptine : « You may drink it fast / You may drink it slow / But your lips must touch / that gnarly toe. » Puis tu buvais ton cocktail et tu rendais l'orteil. Si tu l'avalais, ça te coûtait cinq cents dollars d'amende ; en 2017, l'amende est montée à deux mille cinq cents dollars. D'une part la liste de donneurs d'orteils n'était pas infinie, d'autre part le cannibalisme est interdit à Dawson aussi. Au terme du rituel, on te remettait un certificat bidon déclarant que tu étais maintenant une ou un authentique sourdough.

S'ils n'étaient pas toujours vieux, les old-timers avaient une mentalité de vieux, de vieux de la vieille ; ils chialaient que rien n'était plus comme dans le temps ; ils buvaient beaucoup, travaillaient dur et invitaient tout le monde à leurs barbecues, mais tout le monde ne se sentait pas à l'aise ni à sa place avec eux. Ils venaient du Yukon ou des Prairies. Souvent, on les entendait dire des choses inacceptables. Pour parler de vodka bon marché, ils disaient « alcool d'Indiens », ils riaient des pronoms non binaires, ils soumettaient les serveuses, les barmaids, les musiciennes et les femmes en général à leurs jokes misogynes, et ils ne voulaient rien comprendre à la crise environnementale.

C'est avec les folk punks que j'avais le plus d'affinités et que je passais le plus de temps. Tom et moi, on avait fini par être invités sur leur fil Messenger, même si à leurs yeux on restait deux Frenchies un peu maladroits et incapables de bien prononcer le mot « shenanigans ».

J'entendais Luna hurler dehors. J'ai dit à Tom qu'on devait rentrer. Il n'arrêtait pas de promettre qu'on irait après sa prochaine bière. Je l'ai ramenée seule chez nous, pendant que je pouvais encore marcher droit. Je l'ai nourrie, abreuvée, flattée. Je lui ai donné un bloc de crème congelée puis je suis retournée au bar. Je n'avais rien manqué. On a bu encore plus de shooters, deux autres pintes, trois, quatre. Juliette, une musicienne que j'admirais, m'expliquait avec de grands gestes théâtraux comment elle avait convaincu Clara de raser ses dreadlocks. Clara disait que ça n'avait rien à voir avec Juliette, elle en avait juste assez de traîner quatre kilos de cheveux sur sa tête. On a commandé un autre pichet. Flo et Drake, les moonshiners, nous ont annoncé qu'ils s'achetaient une terre à West Dawson. Bravo, les chums ! Dylan venait de sortir un EP. Malade ! Jade avait adopté un chien, Ghost, aussi beau qu'iel. Nous aussi ! Et soudain il était tard, ma langue était lourde et mes pensées abruties. Les autres s'étaient levés et nous saluaient. Allez vous coucher, bande de lâches, je leur ai répondu. Tom me racontait, pour la septième fois ce soir, sa rupture avec Amber, se censurant de moins en moins.

— Elle m'a niaisé, j'avais juste besoin de temps, mais elle a couché avec toutes mes chums pis elle a crissé son camp à Prince George. Apparemment qu'elle s'est fait grossir les seins à Vancouver. Elle revient demain. Je capote. J'espère que personne va lui dire que j'ai pissé sur son nom tout l'hiver.

— Je pensais que t'aimais pas ça, les faux seins.

— Je parlais pour toi. Toi, ça t'irait pas bien. Sur elle, par exemple, ça doit être fucking hot.

— Pourquoi, pas sur moi ? Ça a pas rapport.

— Je sais pas, man, genre, tu te brosses même pas les dents.

— C'est parce que j'ai oublié ma brosse à dents chez Joy au réveillon pis ses chiens l'ont bouffée.

— C'est pas grave, t'as d'autres qualités, t'as un permis de conduire.

— Toé non plus, tu te brosses jamais les dents, pis t'as même pas de permis.

— J'ai pas besoin de permis de conduire, t'en as un ! Pis je trouve ça tough de me brosser les dents si je suis pas sûr de fourrer ce soir-là.

— À soir, sexe, pas sexe, on se brosse les dents, man !

— OK, tu prendras ma brosse à dents.

On s'est tapé dans la main.

— Last call! a crié la barmaid en nous remettant une facture de cent vingt piastres.

Elle s'appelait Val, elle avait de longs cheveux noirs, les yeux perçants et la voix de quelqu'un qu'on n'amadouait pas facilement. Dommage, parce que ni nos cartes de débit ni nos cartes de crédit n'ont passé. On a vidé nos poches, on avait des mégots, de la viande séchée et quelques pièces de dix sous. Tom a proposé à Val de payer en nature. Elle a refusé. Je lui ai expliqué qu'on était désolés, qu'on se cherchait une job et qu'on allait la rembourser. Un old-timer bedonnant qui portait une casquette à l'effigie d'une mine d'or s'est insinué dans la conversation :

— J'ai une job pour toi, si tu veux.

— C'est pas une job, que je veux, c'est de l'argent! a gueulé Tom.

Il a chanté le refrain de la toune de Desjardins, *j'aurais dû, ben dû, donc dû –*

— Ta gueule, j'ai dit.

— T'as-tu un permis de minibus? m'a demandé le monsieur.

— Elle conduit super bien, a crié Tom, même sur la brosse, même sur l'acide! C'est malade!

— J'ai un permis de classe 5.

— Elle va l'upgrader demain! a promis Tom.

— Je cherche quelqu'un pour travailler comme chauffeuse et guide sur ma mine, tu pourrais-tu faire ça?

— Ouais.

— OK. Pis t'es pas une voleuse, toujours?

— Ça sert à rien de voler de l'or, j'ai lâché, les brokers me snitcheraient tout de suite, pis j'ai nulle part où aller.

— Yo, monsieur, a demandé Tom, t'aurais-tu cent vingt piasses pour nous dépanner, mettons cent quarante, avec le tip ? J'aimerais ça, pas avoir l'air cheap devant Val. Elle est fucking cute.

Le monsieur a refusé de nous prêter de l'argent, mais il m'a offert une job. Il s'appelait Marvin Sheppard. Je travaillerais cet été-là, à dix-sept piastres de l'heure plus le pourboire, pour la mine Gold Rabbit.

7

ON ÉTAIT en juillet, et les parties désertiques du village – là où les dragues étaient passées autrefois – rutilaient sous le soleil. La chaleur incandescente brouillait la vue. Des feux ravageaient les forêts au sud, à l'est et à l'ouest, l'air de Dawson était saturé de fumée, on était plusieurs à craindre que la ville brûle, et je fumais plus que jamais.

Pendant mon heure de dîner, Luna et moi, on allait se réfugier sur la Neuvième, où les feuilles éphémères et immenses des bouleaux, des trembles et des peupliers retenaient la fraîcheur au sol. Luna creusait des trous dans la terre, s'y étendait à plat ventre de tout son long et ne bougeait plus, même pas pour chasser les écureuils. Parfois, elle s'endormait et rêvait, son museau et le bout de ses pattes agités de petits spasmes, ou bien elle émettait des bâillements aigus, les yeux mi-clos. Je m'assoyais près d'elle, je dissolvais du Gatorade en poudre dans l'eau de ma gourde, que je mettais ensuite une heure à vider. Je ne parlais pas, je ne pensais à rien. Puis je me levais, me préparais mentalement à incarner la bonne humeur et l'enthousiasme, et je retournais travailler.

Durant ma première semaine de formation à la mine, j'ai suivi Marvin partout et l'ai aidé dans ses tâches. Pendant qu'on réparait un silencieux avec du grillage à poule ou qu'on arrachait un nid de guêpes sans le produit parce qu'il n'en restait plus au Home Hardware – le seul magasin franchisé de Dawson –, il m'apprenait aléatoirement des choses aléatoires.

Gold Rabbit exploitait l'or placérien. En théorie, pour le récolter, il suffit d'avoir accès à un cours d'eau. Pas qu'on ne trouve cet or que dans l'eau, mais on a besoin d'eau pour isoler les pépites et les poussières. Le principe est simple : l'or est le métal le plus lourd, alors, à dimensions égales, les particules d'or coulent les premières au fond de la batée. Ce procédé physique est à la portée de chacun. Ils avaient été quarante mille à s'essayer avec un pic et une batée il n'y a pas si longtemps.

Pour extraire son or, Gold Rabbit employait des outils modernes : des génératrices au diesel, des grues et des modules de récupération des minéraux. C'était rare qu'on creuse mais, quand ça arrivait, le méthane contenu dans le sol s'échappait dans l'atmosphère. Aucune mine n'est totalement verte, mais les nôtres au Klondike le sont plus que les autres, disait Marvin, et moi, je le répétais aux touristes à longueur de journée. Le hard rock mining, ça, c'est horrible, exponentiellement plus polluant. Dans ce type d'exploitation, le gisement est pris dans une croûte de quartz qu'il faut pulvériser. C'est pas comme aller à la pêche sur la glace, s'énervait Marvin, c'est plus du tout à échelle humaine, c'est de la destruction massive, de la shit de psychopathe.

Le gouvernement du Tr'ondëk Hwëch'in, en collaboration avec les gouvernements canadien et yukonnais, gérait les ressources environnementales du territoire. Selon Marvin, les trois instances étaient corrompues, et bientôt le vrai boss, ce serait Goldcorp, une compagnie accusée d'avoir déversé du cyanure dans des cours d'eau potable au Guatemala, d'avoir commandité l'assassinat de chefs autochtones et d'avoir engendré une crise sanitaire sans précédent. C'étaient eux, les méchants. Si on les laissait entrer au Yukon, on finirait tous intoxiqués et mutants. Il valait mieux ne pas parler de ça aux visiteurs. Mon boss craignait les représailles. Alors je parlais du pergélisol, des danseuses de cancan et de *Gold Rush,* une série de téléréalité mettant en scène des mineurs du Klondike. La personnalité la plus populaire de la série, c'était Tony Beets, le dernier mineur à utiliser une drague pour récolter son or. Au début, les Dawsonites avaient ri de lui et de sa lubie de ressusciter les dragues : ces machines archaïques étaient moins efficaces, plus difficiles à manier et dix fois plus coûteuses en carburant que les trommels modernes. Pour les déplacer, on devait les désassembler au complet puis les réassembler ailleurs. Leur seul atout, un atout non négligeable dans le contexte d'une téléréalité, c'est qu'elles étaient spectaculaires. Semblables à de majestueux vaisseaux pirates, elles étaient pourvues d'une gigantesque pelleteuse à l'avant, qui creusait le sol et engloutissait des tonnes de terre préalablement défrichée et ameublie par une équipe de travailleurs. La drague avançait très lentement, d'environ un kilomètre par année. Elle partait non loin d'une rivière dont on avait détourné une partie de l'eau – c'est dans cette eau qu'elle flottait. La drague transportait avec elle son propre étang, son petit lac, le trou qu'elle creusait, rempli de l'eau qui la suivait au fur et à mesure qu'elle progressait vers l'avant. À l'intérieur du bâtiment, les minéraux étaient lavés et triés, dans un premier temps selon leur taille, et dans un second temps selon leur poids. L'or étant le métal le plus lourd, il tombait au fond du ventre de la drague alors que tout le reste était expulsé par un convoyeur – rebouchant le trou creusé. Au début des années mille neuf cent, les dragues ont laissé derrière elles des chaînes de collines de pierres lisses, parfaitement lavées de tous sédiments ou matières organiques, sur lesquelles rien ne pousserait pour les siècles à venir. Vu du ciel, ça ressemblait à des serpents de pierre qui s'étiraient aux abords de Dawson. J'étais responsable des visites à la Drague-Numéro-Quatre, devenue un lieu historique national ; tout ce que je viens d'expliquer, je l'ai répété des centaines de fois. Ça fascinait les touristes. Certains jours, je les emmenais visiter le village en minibus, je leur montrais les Kissing Buildings – deux bâtisses qui ne tenaient encore debout que parce qu'elles s'étaient affaissées l'une sur l'autre –, le cimetière de la police montée – un bon policier est un policier enterré – et le sommet du Midnight Dome – c'est haut, on voit tout. La visite se terminait soit au Diamond Tooth Gerties – le seul casino à but non lucratif au monde –, soit au Klondike Kate's – le meilleur restaurant au monde.

CET ÉTÉ-LÀ, Tom travaillait au Klondike Kate's. Il était aide-cuisinier, il était surchargé et mal payé, il ne recevait aucun pourboire. Au moins il était logé – dans une tente prospecteur à West Dawson. Et moi, je pouvais y vivre avec lui parce que, disait Tom en niaisant, « les animaux de compagnie sont acceptés, alors pourquoi pas les femmes ».

Comme son boss criait après lui à tous ses quarts de travail, il a fini par démissionner. J'étais fière que Tom se soit affirmé, il n'était pas un tapis. En même temps j'étais triste parce qu'on avait perdu beaucoup de soirées à gratter la moisissure noire à l'intérieur de la tente et maintenant on devait encore déménager. Notre ancienne cabane sur la Sixième était louée pour l'été, on avait Luna et on était au pic de la saison touristique. On publiait chaque jour sur Buy and Crier, la page Facebook où la communauté de Dawson affichait ses petites annonces et toutes sortes de messages d'intérêt public. On ne trouvait pas de logement.

On s'est ramassés au Loft. Je n'ai jamais compris pourquoi on appelait ça le Loft. Ce n'était pas un local industriel transformé en logement, c'était un squat, une bâtisse condamnée que notre ami itinérant Larry nous avait montrée sur la Sixième. Elle appartenait au gars qui possédait le Midnight Sun. Il n'était jamais en ville, on allait et venait comme on voulait, on s'efforçait de passer inaperçus. Il suffisait d'un voisin ou d'un passant qui se plaigne au proprio ou qui appelle la police et le spot serait brûlé.

La façade était recouverte de bardeau bleu patché avec des planches de contreplaqué, et l'arrière de la bâtisse, de tôle rouillée. On entrait par l'arrière. On dévissait le moraillon, duquel pendait un cadenas lourd comme du plomb.

À l'intérieur, il n'y avait que des squelettes de murs, des poutres nues et des amas de laine minérale rose qui roulaient au gré des courants d'air. Une des pièces contenait pour seul mobilier un matelas simple où, Tom et moi, on dormait, empilés l'un sur l'autre comme de la vaisselle sale. On se réveillait le matin au son de nos alarmes de cellulaire, dans la noirceur absolue parce que les fenêtres étaient barricadées. Avant d'échanger quelque parole que ce soit, on toussait et toussait, les yeux rougis et les joues enflées. Luna dormait en boule dehors sur le perron. Elle refusait d'entrer dans le Loft. Si on l'y obligeait, elle pleurait en grattant la porte jusqu'à ce qu'on la libère. Sawyer aussi vivait dans le Loft, un gars exactement comme nous, mais qui avait des ambitions. Il rêvait de devenir musher, d'avoir sa propre meute de chiens de traîneau. Pour l'instant, il n'avait qu'un tout petit chien qui s'appelait Jimi, un schnauzer nain croisé, au poil caramel, qui essayait constamment de monter Luna. Un jour, elle en a eu assez et elle l'a mordu. Des fois, on invitait des amis à coucher et eux aussi toussaient et leur visage enflait. C'était le prix à payer pour dormir au Loft. Tom fréquentait une voyageuse de passage, et moi je fréquentais l'amie de cette fille-là et son chum, si par fréquenter on entend se frencher au Pit et baiser après la fermeture.

8

EN SEPTEMBRE, on a mis la main sur une cabane à West Dawson et on est allés passer l'hiver de l'autre côté du fleuve. Vers la fin, on a mangé beaucoup de pois chiches à même la canne, mais on n'a pas eu besoin de louer d'hélicoptère. Par contre, on a détesté vivre si loin du Pit et, l'été venu, on a retraversé pour planter notre tente sur la berge de la rivière Klondike, à quinze minutes à pied de nos jobs. Puis les bylaws nous ont chassés – les bylaws, c'étaient des intermédiaires entre la police et les gens comme nous, ils étaient chargés par la Ville de faire respecter les règlements municipaux, ils ne portaient pas d'armes, ne nous donneraient pas d'amende ; on préférait quand même ne pas les avoir sur le dos. On a établi notre campement dans le bois près de Moosehide Slide, puis, environ une semaine plus tard, au belvédère de Salmon View, tout près de l'autoroute. Un soir, on a découvert, à une trentaine de kilomètres du village, une drague abandonnée, la drague numéro 7. On aurait voulu squatter là, mais il fallait poucer une heure sur la route Bonanza pour s'y rendre ; on n'avait pas le temps, on était en pleine saison touristique et on travaillait comme des forcenés. Au début du mois d'août, une fille qui louait une tente prospecteur sur la terre voisine de celle de Joy a quitté précipitamment le village. Tom et moi, on a pris sa place et on a vécu dans la tente jusqu'à ce qu'il neige à nouveau, et que, coup de chance, on puisse réemménager dans notre vieille cabane sur la Sixième, qui venait de se libérer. On y habitait depuis une dizaine de mois quand Leah est revenue du BC, après cinq ans d'absence.

Aussi bien dire que, Tom et moi, on l'avait à peine connue. Peu après son arrivée à Vancouver, elle avait commencé à vivre dans la rue, sur East Hastings, où elle était tombée amoureuse d'un Texan. Le gars était mort d'overdose l'année d'après. Son corps avait été découvert dans un train de marchandises dans le bout de Kamloops. Elle s'était mise à boire vingt onces de vodka par jour, puis quarante. Un matin elle s'était réveillée à l'hôpital après un coma éthylique. C'est là qu'elle avait su qu'elle avait atteint le fond du baril. Elle était entrée en désintox la semaine suivante, pour une cure de vingt-huit jours. En sortant, elle avait rencontré, dans les réunions des Alcooliques anonymes où elle se rendait chaque jour, une femme qui avait accepté de devenir sa marraine et de l'aider à rester sobre : une *Jesus freak* qui la forçait à confesser quotidiennement ses envies de boire. Leah l'avait envoyée chier au bout de quelques semaines et avait bloqué son numéro. Maintenant, elle avait compris comment boire : pas trop, pas à mort. Elle s'était rasé la tête, de profonds cernes creusaient son visage. Elle n'était plus douce, elle n'était plus gentille, elle ne souriait plus et ses dents n'étaient plus blanches. Elle venait souvent nous voir, avec sa sœur. Assises par terre devant le poêle, elles pique-niquaient de denrées volées. À côté d'elles, sur le divan, Larry jouait au Game Boy. C'était un quinquagénaire né à Rouyn-Noranda, qui avait émigré à Dawson dix ans plus tôt. Il ressemblait au Jean Leloup de *Mille excuses Milady,* même minceur, même visage émacié, même coupe de cheveux, mêmes tics – et quand il chantait *Le Dôme,* c'était à s'y méprendre.

La plupart de nos amis folk punks ne voulaient pas traîner avec lui à cause de ses sautes d'humeur. Luna aussi semblait le craindre. Elle baissait la queue quand elle le voyait et évitait son regard. Moi, je n'avais pas peur de lui. Je savais que Larry finissait toujours par se calmer avant de blesser quelqu'un. Je me souviens même avoir déjà pensé qu'il n'y avait aucune malice en lui, que de grandes émotions, une hypersensibilité presque poétique ; ce que je préférais de Larry, c'est qu'il était disponible en tout temps : il ne travaillait pas, il n'avait que très peu d'amis et aucun projet concret. Quand je m'ennuyais, je n'avais qu'à lui demander son opinion sur les folk punks, la fonderie Horne ou Whitehorse, et il se lançait dans une tirade passionnée et suffisamment spectaculaire pour me divertir pendant une partie de la soirée.

9

J'AI RENCONTRÉ Rob sur la route. Je rentrais de Montréal, où j'étais allée m'acheter un char, parce que les chars, au Yukon, c'est pas achetable. Je m'étais déniché une Toyota Echo 2005 bleu marine, à peine cent mille kilomètres au compteur, pneus d'hiver inclus. La météo se déréglait. J'étais à mi-chemin entre Edmonton et la frontière du Yukon, à deux jours de Dawson, peut-être trois si les conditions refusaient de s'améliorer. Le blizzard qui avait fait rage toute la journée s'était changé en tempête de verglas. Je ne voyais pas à cinq mètres devant moi, j'apercevais de temps à autre le cadavre gelé d'un cerf, les pattes tordues, qu'un semi-remorque avait dû frapper, je ne croisais que ça. La neige qui recouvrait la chaussée se transformait en un mélange de slush et de glace, mes pneus étaient usés à la corde et mon pare-brise, sali d'une boue opaque. Je n'avais plus de lave-glace. Mes pieds étaient gelés dans mes bottes à feutre détrempées. Il faisait trop froid et humide pour que je m'arrête sans éteindre le moteur, mais je n'avais pas assez d'essence pour le laisser tourner sans avancer. La prochaine station-service était à deux cents kilomètres et je cognais des clous. La route longeait une falaise dans une suite hypnotisante de courbes et de côtes. J'avais pris la peine de changer le message de ma boîte vocale sur mon cell, même si je n'avais pas de signal, c'était un truc de survie yukonnais, Marvin me l'avait appris. Les gens qui t'appelaient pouvaient entendre ton nouveau message et, si tu l'avais spécifié, connaître l'endroit où tu te trouvais et venir te chercher. Je n'ai pas dit où j'étais, seulement que j'étais conne d'avoir oublié de remplir mon réservoir de lave-glace, et j'ai improvisé un genre de testament : « On est le 4 mars 2017... je pense. Je m'appelle Sacha Garnier, j'aime la vie, malgré que ça paraisse pas tout le temps. Si je m'en sors pas vivante, je vous jure que ce sera pas intentionnel, ça va être cave. Je t'aime, maman, et je m'excuse. Finalement, ça t'aura servi à rien de pas fumer pendant ta grossesse. Si je meurs, je lègue mon char à Tom, ma guitare à Leah et mes dettes à mon père. Désolée, pops, t'avais juste à mettre un condom. »

C'est là que, dans la tempête, s'est dessinée la silhouette imprécise d'un pouceux. J'ai ralenti pour me ranger à sa hauteur. J'ai baissé la vitre côté passager et lui ai demandé où il allait. Au nord, il a dit. Tu pouvais pas mieux tomber, j'ai répondu. Il portait un parka vert de l'armée canadienne ; il avait une cagoule sur la tête et d'énormes bottes Sorel aux pieds. J'ai fait de la place dans le coffre pour son sac à dos à armature, qui avait sans doute connu la guerre. Dix-sept heures plus tôt, un camionneur l'avait déposé au coin de la route secondaire menant à son chantier, il était sur le point de planter sa tente pour la nuit quand je m'étais arrêtée. On est remontés dans la Echo. Je n'avais pas eu d'interactions sociales depuis six jours. On s'est présentés, il s'appelait Rob. Je crois encore aujourd'hui que, sans lui, je me serais endormie au volant et je serais morte au fond d'un précipice. Il m'a offert des pinottes et j'ai réalisé que j'étais affamée. Il a sorti le bras par la fenêtre et accroché sa mitaine en cuir sur le wiper pour qu'elle essuie la gadoue du pare-brise. Puis on a croisé un camion-citerne. On a fait de grands signes, le camionneur s'est arrêté. On lui a quêté du lave-glace et des cigarettes, ça nous a permis de continuer à rouler toute la nuit. On a jasé de tout et de rien, de Trump qui venait d'entrer au pouvoir. On attendait avec impatience les nouveaux épisodes de *South Park* qui le ridiculiseraient. Quand le soleil s'est levé, je n'avais pas dormi depuis vingt heures, on avait grimpé en altitude, le verglas avait cessé, une neige épaisse recouvrait le paysage. Un nouveau monde de cristal et de fées s'ouvrait devant nous. Le soleil déversait ses rayons violets sur les sommets immaculés, inondant nos visages. Rob a fouillé dans l'étui de CD que je trimbalais depuis l'an 2000. Il a inséré *Wish You Were Here* dans le lecteur et on a fumé, les larmes aux yeux, en chantant *Shine On You Crazy Diamond,* viens, toi l'étranger, toi la légende, toi le martyr, et brille! Il m'a confié qu'il vivait dans la rue, qu'il avait failli mourir d'overdose plusieurs fois avant d'arrêter le crystal meth et qu'il fuyait Saskatoon ; il était accusé d'avoir frappé une fille à la sortie d'un bar. Il jurait qu'il n'avait rien fait de mal, que c'est la fille qui l'avait attaqué. Libéré sur promesse de comparaître, il ne s'était pas présenté à son procès, et ne pouvait donc plus retourner là-bas. Selon lui, il aurait dû être en prison ou mort. Pour cet instant *blissful* d'existence qu'on partageait, il serait *forever grateful.* Il a dit en pleurant que c'était loin en crisse, le Nouveau-Brunswick. J'ai compris que c'est de là qu'il venait et j'ai pleuré, moi aussi, je me suis excusée en essuyant mes larmes, j'étais brûlée, j'étais en sevrage de MDMA. Je savais que ce n'était rien comparé au crystal meth, mais ça m'avait enlevé toute joie, et j'avais l'impression que je ne serais plus jamais bien. Je n'avais eu besoin que d'un mois à Montréal pour redevenir accro, dépressive et anxieuse. J'avais compris que je ne pouvais plus m'éloigner du Yukon trop longtemps. Bien sûr, au Yukon, je buvais, je fumais, je mangeais des champignons, j'avalais des buvards, je sniffais de la coke et du speed, mais ça restait récréatif. La MDMA, ça m'aspirait pendant des jours, des semaines, c'était un trou noir. Rob m'a dit de ne pas m'en faire, qu'il comprenait.

J'ai tout de suite su que Dawson allait l'adopter. Il arrivait déjà brisé par la vie, mûr pour devenir un sourdough. Tom allait l'adorer. Il avait le regard amusé de ceux qui en arrachent et que la vérité ne choque plus. Trois jours plus tard, je le débarquais au Pit.

QUAND LUNA M'A VUE, elle a hurlé, mais pas de joie. Elle hurlait de détresse. Son bol d'eau était renversé, sa gamelle était vide. Elle avait grugé le dessous de la porte, le bois était ensanglanté. Des excréments jonchaient le sol. Le poêle à bois était glacé. Elle saignait des babines. J'ai voulu remplir son bol d'eau, mais tout était gelé à l'intérieur. J'ai voulu remplir sa gamelle, mais le sac de croquettes était vide, déchiqueté. J'ai ouvert la porte et Luna s'est précipitée dehors et a avalé plusieurs lampées de neige en gémissant.

Je me suis empêchée de ressentir la douleur et la culpabilité. Je cherchais d'abord à aider Luna, à la réconforter. Je lui ai murmuré des mots doux en la flattant. Je lui ai promis que je ne la quitterais plus jamais, que tout irait bien à présent. Qu'est-ce qui s'était passé ? Elle ne se calmait pas. Sa laisse n'était nulle part. J'ai enfilé mes mitaines avant d'avoir des engelures. J'ai pris le bol en inox de Luna, remis ma tuque, mon cache-cou et mes lunettes de ski, et on a marché ensemble jusqu'au magasin général. Je n'ai pas eu besoin de l'attacher, elle me suivait de près, comme terrifiée par la perspective de me perdre. Pour qu'elle sache que je n'en avais que pour quelques instants, je lui ai laissé mes mitaines avant d'entrer dans le magasin. J'ai fait plusieurs allers-retours, remplissant son bol d'eau, trois ou quatre fois, jusqu'à ce qu'elle arrête de boire. Une épaisse vapeur se dégageait de l'eau, il devait faire autour de moins trente-huit. Je suis retournée dans le magasin, je lui ai acheté un kilo de porc haché en spécial. Elle l'a dévoré au pied des marches, en a vomi une partie, puis elle a enfoncé son museau entre mes cuisses. Sa respiration s'est apaisée. C'est à ce moment que la culpabilité m'a mordue au ventre. Je me suis assise dans les marches. J'ai enfoui mon visage dans sa fourrure. Je m'en voulais de ne pas l'avoir emmenée avec moi à Montréal. Je me suis confondue en excuses et en promesses qu'elle ne pouvait pas comprendre.

Je m'inquiétais aussi pour Tom. Il devait aller mal pour négliger Luna comme ça. Il était peut-être mort – non, je l'aurais su. Je suis allée au Loft, où j'ai rencontré Leah et Larry. Lui fumait un joint, elle tenait la laisse d'un gros chien noir. En me voyant, le chien a tiré et jappé, elle a failli tomber par terre. Elle a repris son équilibre en sacrant. Je me suis demandé si c'était contre moi, contre le chien ou contre la vie en général. Larry m'a dit que Tom en arrachait depuis que j'étais partie et qu'il buvait comme un trou. Leah m'a demandé c'était quoi, le fuck entre nous deux, on sortait-tu ensemble ? On avait-tu cassé ?

— On est juste amis, vous gossez avec ça.

Je l'ai trouvé au Pit, seul au comptoir, le nez dans une pinte. Il était surpris de me voir, il pensait qu'on était mercredi. Non, on était samedi. Il s'excusait, il était parti sur une dérape pendant mon absence. Sa nouvelle blonde l'avait quitté parce qu'elle jugeait inacceptable qu'on dorme ensemble dans le même lit. Elle n'avait pas rapport, j'ai répondu, c'était une question d'espace; la cabane était minuscule, qu'est-ce qu'on aurait dû faire? Il y en a qui n'ont jamais eu à se débrouiller sur la route, et ça paraît. Tom avait échoué chez Juliette, il y a deux ou trois jours, estimait-il. Il sentait la pisse. Il a dit qu'il était content de me voir. Il a essayé de me frencher. Je l'ai repoussé en le traitant d'ostie de cave. Il m'a dit qu'on se parlerait demain. Je suis sortie du bar. Luna est tout de suite venue me rejoindre et a léché mes mitaines en geignant. J'ai flatté le dessus de sa tête.

Comme on s'en allait, Rob m'a rattrapée, finissant de zipper son manteau. Il m'a demandé c'était qui, ce gars-là.

— C'est mon meilleur ami, j'ai répondu, c'est la première fois qu'on se chicane.

— Qu'est-ce que tu vas faire?

— On s'en va se changer les idées au parc à chiens.

Il a allumé un joint qu'il m'a tendu en me demandant si j'étais correcte. J'allais lui dire que oui quand je me suis rendu compte que mes yeux ruisselaient de larmes. J'ai abaissé mes lunettes de ski sur mon visage et je suis partie.

10

JUIN EST ARRIVÉ, et avec lui l'éclatement du temps. Les journées ne connaissaient plus aucune limite. On mettait nos rancunes de côté, on reprenait le travail, les touristes affluaient. J'avais de la chance, Marvin avait accepté que

Luna m'accompagne à la mine. Elle dormait à l'ombre de sa maison mobile, il la laissait même entrer quand elle avait trop chaud. Quand il trouvait des os dans la terre, il les lui donnait à gruger. Les visites se terminaient rarement après dix-neuf heures. J'aurais pu accepter un poste de soir comme plongeuse au El Dorado, le restaurant où travaillait maintenant Tom et qui connaissait chaque été une sévère pénurie de main-d'œuvre. Mais je n'étais pas une capitaliste et je ne travaillais jamais plus qu'il ne le fallait, c'est-à-dire quarante heures par semaine, quatre mois par année. Tom, lui, travaillait minimum soixante heures par semaine. Il partait tôt le matin, vers six heures. Il s'occupait des déjeuners, puis il préparait les sauces et les marinades pour le menu du soir. Quand le resto manquait vraiment trop de monde, il assistait le chef jusqu'à minuit. Il sniffait ensuite quelques lignes de speed et allait veiller au Pit. J'avais un autre beat. Chaque jour, je rejoignais mes touristes à huit heures du matin, et comme dans la journée j'étais plus photographiée que les Kissing Buildings, je devais m'assurer de n'avoir aucune trace de vomi dans les cheveux et d'être à peu près présentable. Je les conduisais à travers les mines d'or ou jusqu'au parc territorial Tombstone. Pour m'aider à me tenir tranquille, je suivais des cours d'herboristerie trois soirs par semaine avec Rae, Jade, Leah et une fille qui s'appelait Ashley, elle avait un fils de six ans dont elle s'occupait avec sa mère. J'ai appris là des choses qui avaient alors un sens et qui, aujourd'hui, ne me servent plus à rien. En forêt, si tu as mal aux dents, tu peux mâcher des bourgeons de peuplier baumier, un arbre qu'on identifie à son odeur florale. La poudre blanche qui recouvre le tronc des trembles peut servir de crème solaire. Le *Hordeum jubatum,* ou *foxtail,* peut rester pris dans la gorge des chiens et les asphyxier ; le remède est un pot complet de beurre d'arachide. Constitué comme tous les lichens de deux organismes en symbiose, une algue et un champignon, *Cladonia rangiferina,* ou *moose moss,* est une espèce à protéger car, bien qu'il ne vieillisse pas, et donc ne meure pas de vieillesse, il ne naît que très rarement et pousse avec une lenteur incroyable ; sa couleur pastel, presque blanche, aide à ralentir le réchauffement climatique en renvoyant les rayons solaires d'où ils viennent. En situation de survie, on peut manger le *Cladonia rangiferina* sans danger. Il stabilise les sucs gastriques et apaise la faim, même s'il ne possède aucune valeur nutritive.

Au dernier cours, j'ai offert à Ashley de lui échanger son exemplaire du manuel, *The Boreal Herbal,* contre une chaufferette. J'empruntais depuis le début celui de Rae, qui m'assurait que ça ne la dérangeait pas, que ça lui faisait plaisir, mais je devinais à sa moue pincée que ça l'agaçait. Ashley m'a remerciée, elle avait l'air contente, elle m'a laissée partir avec le livre. Et moi, j'ai complètement oublié ma promesse et je n'ai jamais donné sa chaufferette à Ashley. Trois ans plus tard, elle me cracherait au visage, pour de tout autres raisons.

Rae, Jade, Leah et moi, on se réunissait le soir pour cueillir des plantes et des baies. On récoltait de la camomille, de la sauge, des racines de pissenlit et de jeunes feuilles d'épilobe qu'on infusait parfois un peu au hasard, mais qu'on oubliait le plus souvent sur le comptoir jusqu'à ce qu'elles moisissent et qu'on les jette. On en profitait pour prendre des nouvelles et commérer.

Ça a duré quelques semaines. La dernière fois, le soir qui a suivi le premier gel, on s'était donné rendez-vous sur le sentier de la Neuvième. On a rempli nos sacs à dos de canneberges et de baies d'églantier. Jade avait acheté son billet d'avion. Dans deux semaines, iel irait voir sa grand-mère malade à Vancouver et se ferait tatouer une créature des bois sur la poitrine, un capybara maléfique, sans doute. Juliette avait un nouveau chum, un *train hopper* de New Orleans, joueur de banjo. Le père biologique de Rae l'avait recontactée après dix-sept ans d'absence, il avait besoin de deux cents piastres. La veille, le chum de Leah était venu varger dans la porte de notre cabane, à Tom et moi, il nous accusait de cacher Leah chez nous. Quand il avait réussi à entrer, Luna l'avait mordu au tibia et on avait été obligés de gaspiller une bière pour rincer sa plaie parce qu'on n'avait plus d'eau dans nos jerricans. Le gars s'était endormi sur notre divan, un bloc d'orignal congelé sur la cheville en guise de sac magique.

— Ostie de colon, il est mieux de pas salir la réputation de ma chienne en allant boiter partout en ville.

En route vers la roulotte de Rae, Leah nous a promis qu'elle le quitterait bientôt. Le plus tôt serait le mieux. Pour qu'on cesse enfin de parler d'elle, Leah nous a appris que Sally, la caissière de la station-service, avait couché avec Dave, mon ex. Sally avait confié à Juliette qu'il avait un gros pénis mais baisait mal. Juliette l'avait dit à Rae, qui l'avait dit à Leah. J'ai confirmé la rumeur. Ce n'est pas qu'il baisait si mal que ça, il avait juste regardé trop de porn et manquait de délicatesse. Rae s'est mise à rire, elle voulait plus de détails. Je lui en ai donné, ajoutant que, si elle voulait vérifier par elle-même, elle y parviendrait facilement. Elle a secoué la tête en grimaçant. De toute façon, Dave était parti à Whitehorse s'occuper d'une meute de chiens de traîneaux au repos. Il ne reviendrait qu'à l'hiver.

Chez Rae, on a étalé les fruits sur les comptoirs et la table, ça a recouvert toutes les surfaces.

— Je comprends pas pourquoi tu dates pas Tom, m'a dit Jade soudainement. Il est tellement beau.

— Tom, c'est son frère siamois, a dit Rae en versant de l'eau dans une casserole. Elle peut pas fourrer son frère.

— Ouais, j'ai dit, pis en plus il a une blonde.

— Non, a dit Jade, elle est retournée à Guelph la semaine passée.

Iel a jeté de la sauge dans le chaudron. J'ai ajouté quelques feuilles de thé du Labrador.

— Ah ouin ? j'ai lâché. Il m'avait pas dit ça. Il m'a dit qu'il saupoudrait ses bobettes de fécule de maïs parce qu'il a recommencé à faire des boutons de chaleur entre les cuisses, il m'a dit que son boss s'était rasé la moustache, pis que la dealer de coke était pas en ville. Mais il m'a pas dit que sa blonde était partie.

— Il se câlisse de ses blondes, a ricané Leah, c'est pas nouveau.

— Il t'aime, c'est clair, a insisté Jade en avalant une poignée de fraises sauvages.

— Moi itou, je l'aime. Ça a pas rapport.

Je n'avais pas envie de boire du thé, au fond. Je me

suis ouvert une bière et j'en ai tendu une à Jade.

— Tu devrais sortir avec Dylan, d'abord, il est célibataire, pis il est cute.

— Il est trop de bonne humeur tout le temps, ça me turn off.

— Estie que t'es emo, s'est exclamée Leah en me prenant ma canette des mains.

— Toé, t'es emo! je lui ai répondu. T'as des mèches bleues et noires, come on!

Et des cicatrices assez fraîches sur les poignets, mais ça, je ne l'ai pas dit.

— It's not a phase, mom! a rigolé Rae.

On a sorti nos canifs et entrepris d'équeuter et de parer les baies d'églantier, une tâche longue et fastidieuse qu'on a exécutée avec joie, contentes d'être là, contentes d'être ensemble.

On rêvait d'immenses quantités de confiture au goût de paradis, mais notre récolte dort peut-être encore dans la cave froide des parents de Rae. Les jours, les semaines nous filaient entre les doigts. On déménageait au rythme des saisons, et le plus souvent je me nourrissais des restes que Tom rapportait du El Dorado.

11

DANS sa chanson *After Yukon,* Hank Karr se demande ce qu'on peut faire après le Yukon, où aller après le Yukon; il dit qu'on se raconte des histoires si on s'imagine qu'il y a quelque chose d'autre, parce qu'après le Yukon il ne reste rien à faire, nulle part où aller, sauf au ciel. Dans *Misery Business,* une chanson que Tom adorait, Paramore chante : « Une fois que t'es une pute, t'es jamais rien de plus. » La chanteuse a fini par renier cette phrase. Pas que ça ait changé quoi que ce soit. Ce qu'elle a créé appartient à ses fans, maintenant. Dans *La laideur,* Safia Nolin dit : « J'ai pris goût à disparaître / Je sais même pas où je m'en vais / Ça peut pas être pire qu'ici / Ici, je meurs à petits cris ». J'évoque des gens, des paysages, j'évoque une manière de vivre et d'habiter le territoire, je parle de mes amis, de nos jobs, de nos partys, de nos chiens ; on sniffe, on fume, on boit, on poppe des pills, on a du fun, on a très froid, il fait très noir, il fait très clair, il y a des feux de forêt partout. Pourquoi je te dis tout ça ? Pourquoi je raconte cette histoire-là ?

Tu le sais, je pense, pourquoi.

Je raconte une histoire qui s'est répétée un nombre incalculable de fois et qui continuera de se répéter.

Tu peux oublier les lieux, les visages, les gens. Ils ne sont pas importants. On n'est pas dans un polar, je t'ai tout dit dès la première page, je ne cherche pas de coupable. Tu sais où on s'en va. Tu sais comment ça finit. Tu peux oublier les paroles, les gestes. Tu peux oublier Dylan, qui aimait la nature et travaillait à l'aéroport et au casino ; tu peux oublier Flo, la Québécoise qui distillait du moonshine, sa chienne Ménage et son chum Drake, qui cueillait des morilles avec Kosmas. Tu peux même oublier Kosmas. Tu peux oublier Leah, qui est revenue maganée de East Hastings, et sa sœur Rae, qui a été ma première amie au Yukon. Tu peux sans problème oublier

Juliette, qui chantait le blues à la perfection, et Jade, qui était magnifique et s'exprimait si bien. Tu peux oublier Larry, notre ami colérique, et Rob, qui sublimait l'envie de se piquer en jouant tout ce qu'il voulait sur son vieux violon plein de poques. Les gens passent et disparaissent, tu peux les oublier. Dans soixante ans tout au plus, ils seront morts, et moi aussi. Tu te souviendras peut-être de Tom. Tu te souviendras de Luna. Dans *All Apologies*, Kurt Cobain chante : « Qu'est-ce que je serais censé être ? Toutes mes excuses. Qu'est-ce que je serais censé dire ? Tout le monde est content. Qu'est-ce que je serais censé écrire ? Je n'ai pas le droit. »

Je ne sais pas ce que je serais censée être, ou dire, ou écrire. Moi non plus, je ne suis pas certaine d'avoir le droit. C'est pour ça que mon histoire va trop vite. C'est pour ça qu'elle est trop longue. Laisse-moi le temps.

12

LES BUISSONS de bouleaux et de saules nains flamboyaient ; chaque matin, le sol se couvrait de givre et, quand on jouait de la musique longtemps dehors, on ne sentait plus nos doigts. C'était l'automne. Larry s'était persuadé qu'il gagnerait le tournoi annuel de poker du casino. Pendant des semaines, il avait envoyé chier tous ceux qui doutaient de lui. Il avait trouvé une formule mathématique infaillible et ultimement on verrait bien que les vrais caves, c'étaient nous. En fin de compte, il a perdu au premier tour, ce qui veut dire qu'on a eu droit à un pétage de coche en règle. Il a lancé une chaise sur Dylan, qui travaillait comme croupier le soir. Quand Kosmas est intervenu – c'était lui le doorman –, Larry l'a frappé au visage. Kosmas, ramolli par l'alcool et le weed, a absorbé le choc, vacillant et clignant des yeux, comme si son manque d'équilibre était dû à une grosse vague et, sans la moindre animosité, il a escorté Larry jusqu'à la porte en lui promettant de fumer un joint avec lui une fois dehors. Rien ni personne n'était capable de faire sortir Kosmas de ses gonds. Comme un chat, il déplaçait son corps élastique à travers le chaos et ne prenait jamais au sérieux les injures des soûlons. Meilleure figure d'autorité sur terre. Je me demandais s'il connaissait mon nom ou si pour lui j'étais juste « la fille qui traîne avec Tom ». Un jour, quand je n'aurais rien à faire, j'irais lui parler. Mais pour le moment j'étais en train de jammer devant le casino avec Tom, Rob, Juliette, Jade et Leah, on jouait *Arlo's Song,* de Jesse Stewart, qu'il avait écrite pour sa chienne, je ne maîtrisais pas le rythme. Jesse, dans sa chanson, racontait qu'il lâcherait bientôt sa job pour s'occuper d'Arlo à temps plein, il ne voyait rien de plus important et beau que de se réveiller chaque matin à ses côtés. Larry et Kosmas fumaient devant la porte du casino, Kosmas un peu voûté, comme pour se protéger des stimuli du monde extérieur, Larry les épaules ouvertes, le torse bombé. Puis Kosmas est rentré en lui donnant une tape dans le dos et Larry s'est approché de nous à grands pas désordonnés. Il a gueulé son drame par-dessus notre musique en rouant de coups de pied un banc public. Juliette et Jade ont échangé un regard, rangé guitare et mandoline, et levé le camp. Luna a pleuré en les regardant s'éloigner. Les autres et moi, on s'est arrêtés à contrecœur et on a écouté Larry. Il avait perdu à cause des cent huit enfants illégitimes de Pierre Elliott Trudeau et de leurs constantes manigances. Le tournoi était truqué. Sa voix sourde jaillissait en rafales de sacres et de phrases sans queue ni tête. Quand il se taisait, son corps se crispait tant qu'on voyait saillir les veines de son cou. On a attendu que ça passe, sans le juger ni se moquer de lui. Vivre dans sa tête semblait assez pénible comme ça. Si on l'avait tenu responsable de chacune de ses paroles, de chacun de ses actes, il n'aurait jamais eu la paix, et nous non plus. Larry faisait preuve de la même tolérance envers nous quand on dérapait. Avec lui, Rob et Tom, je n'éprouvais aucune honte, je ne me sentais jamais ignorante, stupide ou déplacée.

La rage de Larry avait diminué un peu, il s'était assis et s'en prenait maintenant à Richard Desjardins, qui était devenu snob depuis *L'erreur boréale,* et aux Illuminati, qui dissimulaient dans les films de Walt Disney des messages subliminaux mortifères, après quoi il nous a offert ses conseils sur l'éducation canine : ne jamais nourrir Luna « pour rien », ne jamais lui donner une gamelle sans raison, mais conserver des croquettes dans nos poches en tout temps et les lui donner une par une, chaque fois qu'elle obéissait à un ordre. Selon lui, elle n'avait pas assez faim. On était en train de créer un chien pourri gâté. Puis, sans qu'on comprenne par où il était passé pour en arriver là, il s'est mis à parler de racisme, se crinquant de plus en plus.

— Les seuls qui font de la discrimination au Yukon,

c'est vos petits amis folk punks qui organisent des partys militants plus blancs que Blanche-Neige, toutes des faux-culs ! Vous vous êtes jamais demandé pourquoi y a pas un estie d'Indien qui veut y aller, à vos shows bénéfice pour Unist'ot'en ? C'est parce que même les Indiens ont peur que vous les traitiez de racistes !

— Il faut pas dire « Indiens », je l'ai corrigé, il faut dire « Autochtones ».

Tom a éclaté de rire et m'a fait signe de ne pas en rajouter. J'ai allumé un joint pour Larry avant qu'il pète une autre coche. Rob, qui préférait jouer de la musique que s'impliquer dans ce genre de dispute, accordait son violon, un peu en retrait.

On a incité Larry à boire même s'il n'était pas censé mélanger l'alcool avec ses médicaments – de toute façon, il ne les prenait jamais –, et il nous a battus aux échecs, ça lui a remonté le moral. Au coucher du soleil, il avait repris ses esprits et nous a avoué une fois de plus qu'au fond sa colère venait du fait qu'il s'ennuyait de ses enfants.

Il en avait deux, une fille de quatre ans et un garçon de cinq ans, qui lui avaient été enlevés par les services sociaux. Les enfants vivaient avec leur mère dans un appartement en face du Home Hardware. Larry n'avait pas le droit d'entrer en contact avec eux avant leur majorité. Tom et moi, on les voyait régulièrement, parce que leur mère était notre dealer. On rassurait Larry à leur sujet. Ils avaient l'air heureux et en santé, couraient partout, adoraient Luna et harcelaient leur mère pour qu'elle adopte un chien. Ils se comportaient comme n'importe quels enfants un peu gâtés par la vie. On omettait bien sûr de lui dire qu'ils ne semblaient pas se souvenir de lui, n'avaient jamais demandé de ses nouvelles et appelaient leur beau-père « papa ».

En marchant vers notre cabane, on est passés devant un appart vacant mais pas abandonné, une rareté à Dawson. Tom et moi, on a fantasmé sur l'idée de vivre un jour dans un endroit comme celui-là, avec l'électricité et l'eau courante, et un grand balcon pour Luna. Larry connaissait le propriétaire, un vieux mineur d'or qui ne louait qu'à des amis ou à des gens de confiance. Il nous le présenterait à condition qu'on le laisse crasher sur notre divan – on le laissait déjà crasher sur notre divan. C'est probablement pour ça, d'ailleurs, que plus personne ou presque ne venait nous voir.

13

C'ÉTAIT un cinq et demie au-dessus de nos moyens. Tom et moi, on partagerait la petite chambre. Rob était partant pour emménager dans la deuxième chambre et il savait que Dylan aussi se cherchait une place pour l'hiver. Il pourrait sans doute prendre la troisième chambre, la plus grande, et payer un peu plus.

Le proprio a exigé un acompte correspondant à un mois de loyer, plus le loyer d'octobre, payable immédiatement. Ça nous convenait. On a fait le ménage de la cabane, on a jeté tous les objets à moitié mangés par Luna, lacets, fils et câbles, gants, rouleau de papier de toilette, livres, souliers, cuillère en bois. On n'a pas réparé le dessous rongé de la porte, encore taché du sang de Luna. J'espérais que le proprio ne nous en tiendrait pas rigueur. Depuis presque huit mois que mes yeux glissaient sur cette tache et que je ne ressentais rien. Je ne voulais plus penser à ce jour-là. Tom, Luna et moi, on était bien ensemble. On a ramassé nos possessions, manteaux d'hiver, brassières rembourrées, téléphones, chargeurs, disque dur, écouteurs, sacs de couchage, combinaisons thermiques, laisse, qu'on a fourrées pêle-mêle dans nos sacs, et casé le reste dans le coffre de ma Echo – poche de croquettes, hache, skateboards, guitare et ukulélé. Trente secondes après, je me stationnais devant l'appart, et on a déchargé l'auto en se disant que ça aurait quasiment été plus rapide à pied. On a empilé nos affaires sur le lit puis on s'est écrasés dans le divan avec Luna. Il y avait une télé, on a repêché la télécommande entre les coussins. Il y avait même un PlayStation, deux manettes et *Grand Theft Auto : Vice City*. On louait l'appart entièrement meublé, c'est-à-dire avec un divan, une table de cuisine ronde, quatre chaises et un matelas par chambre. Les armoires étaient remplies de denrées non périssables et de conserves oubliées au fil des vingt dernières années par tous les locataires ayant vécu là avant nous.

Rob et Dylan ont débarqué durant la soirée, après leur quart de travail, ils ont abandonné leurs bottes par-dessus les nôtres, devant la porte, lancé manteau, gants et cagoule sur les chaises et nous ont rejoints dans le salon, en pantalons de neige. Ils apportaient de la pizza. Il faisait chaud à l'intérieur et ça n'avait nécessité aucun effort.

C'était le grand luxe. Vers minuit, j'ai pris conscience qu'on avait une douche. Je suis restée assise sous le jet pendant vingt minutes à chanter en boucle que j'allais vagabonder jusqu'à oublier ma maison, boire jusqu'à ne plus savoir ce qu'est la solitude, jusqu'à ce qu'une balle, jusqu'à ce qu'une balle, jusqu'à ce qu'une balle, jusqu'à ce qu'une balle, jusqu'à ce qu'une balle me ramène chez nous ; c'était The Devil Makes Three, un groupe qu'on écoutait tellement, durant ces années-là, qu'on ne supporte plus de l'entendre aujourd'hui. Je ne suis pas venue à bout du réservoir à eau chaude.

On passerait l'hiver à déconner, à dire de la marde, à rire, à écouter de la musique et, les rares moments où on s'ennuierait, j'entraînerais les gars dans des escapades broche à foin. Vers deux heures de l'après-midi, on se réveillait, on buvait des cafés Bailey's en mémérant contre ceux qu'on trouvait stupides, nos boss, nos collègues, nos amis, nos fuck friends, nos ex, tous ceux qui n'étaient pas présents. Sally avait grossi, c'était à cause des antidépresseurs, fallait jamais prendre d'antidépresseurs quand t'étais une femme. La blonde de Sawyer était tombée enceinte, il paraissait que le condom était resté collé au fond de son vagin après que Sawyer avait éjaculé. En faisant semblant de l'enlever, la fille l'avait enfoncé encore plus profond, pour être sûre de l'avoir, son bébé. Pis sinon, Amber était une sale pute, comme toutes les ex de Tom. La mère d'Ashley avait rechuté, elle était partie en rehab au BC, pire mère ever, et Ashley devait s'occuper de son enfant toute seule. On se demandait pas d'où venait son œil croche, en tout cas, c'était sûr qu'elle avait le syndrome d'alcoolisme fœtal… mais on était d'accord, elle était cool pareil, Ashley, ouais, elle était fucking sweet.

Quand on était tannés de dire de la marde, on jammait, Rob au violon, Tom qui apprenait le banjo et moi qui grattais du mieux que je pouvais les cordes de ma guitare classique. On défigurait des gammes pentatoniques jusqu'à ce que Rob doive nous quitter pour aller laver de la vaisselle au Pan of Gold – le resto qui nous nourrissait toute la gang avec des restants de pizza hawaïenne.

Fin novembre, avec Rob et Dylan, on est partis en road trip à Haines Junction, à cent cinquante kilomètres à l'ouest de Whitehorse, près des frontières de l'Alaska et du BC. De là, on irait voir les montagnes du parc national de Kluane, plus hautes, plus blanches, plus acérées que celles qu'on voyait autour de Dawson. On a pris l'Econoline de Dylan, où il n'y avait que deux sièges. Dylan conduisait, Rob à ses côtés, pendant que Tom, Luna et moi, on chillait à l'arrière sur le matelas double. Je partageais mes écouteurs avec lui, on faisait jouer nos classiques, Sum 41, Blink-182, The Offspring. À dix-huit heures, un blizzard s'est levé, et on a décidé de s'arrêter à Whitehorse pour la nuit, il faisait noir, on avait froid, on a déboursé les sept dollars requis pour aller se baigner à la piscine du centre sportif. Il y avait aussi un jacuzzi, un sauna, un bain de vapeur et une glissade d'eau. Ça nous ferait du bien de nous décrasser. On a remplacé l'eau de nos gourdes par de la vodka et du Gatorade, on se soûlerait tout en gardant nos électrolytes. On a joué au téléphone. On plongeait tous la tête sous l'eau et une personne qu'on avait désignée au préalable criait un mot de son choix. Les autres remontaient à la surface, tandis que la personne désignée gardait la tête sous l'eau, sauf une oreille. Chacun son tour, on lui chuchotait le mot qu'on croyait avoir entendu. Quand elle entendait le mot exact qu'elle avait crié, la personne regagnait le droit de respirer. Si elle abandonnait avant que les autres aient trouvé, elle devait prendre une gorgée de vodka. Tom et moi, on était imbattables quand on jouait ensemble. C'est comme si nos cerveaux n'avaient pas besoin d'ondes sonores pour se transmettre des messages – mais ça ne nous a pas empêchés de nous soûler. Après, on est allés niaiser dans la glissade.

Le surveillant a fini par nous mettre dehors, la glissade était réservée aux enfants. On n'avait rien fait de mal, on a protesté jusqu'à ce qu'il nous donne des coupons qu'on pourrait utiliser pour revenir gratuitement – quand on serait sobres. On a crié qu'on était sobres, puis j'ai vomi dans une poubelle et on s'est sauvés.

Cette nuit-là, le visage dans la fourrure de Luna et le cul contre la paroi de métal glacée de la van, sous l'épaisse couverture qu'on partageait à quatre, j'ai tremblé en maudissant ceux qui m'avaient dit qu'on pouvait mourir d'hypothermie dans son sommeil. À cinq heures du matin, on a accepté qu'on ne s'endormirait pas et on a repris la route. On a roulé deux heures, jusqu'à Haines Junction, le chauffage au maximum. Quand on est arrivés devant le centre d'information touristique, fermé pour la saison, il faisait encore noir. On n'a pas attendu que le soleil se lève. On est rentrés à Dawson. On nous avait dit que c'était vraiment beau, Haines Junction – on ne le saurait jamais.

Quelques semaines plus tard, on est allés à Keno, avec les colocs et une trâlée d'autres amis, fêter le solstice, c'est-à-dire le début de la fin de la nuit éternelle, avec les old-timers de là-bas, comme le voulait la tradition. On n'aurait manqué ça pour rien au monde, c'était la meilleure soirée de l'année.

Keno était une sorte de faux village fantôme, situé non loin du gisement d'argent d'Elsa, découvert en 1919. Après soixante-dix ans d'exploitation, les mines ont fermé – elles étaient à sec. Le village d'Elsa s'est vidé, et tous les habitants de Keno sont partis, abandonnant leurs cabanes, qui parsemaient les forêts et les collines environnantes. Seuls sont restés une vingtaine d'irréductibles et les voitures que les mineurs y avaient abandonnées depuis un siècle.

On a embarqué dans la van de Dylan, Jade à l'avant, Rob, Tom et moi à l'arrière avec Luna et Ghost, le boxer croisé gris de Jade. Derrière nous, à bord du pick-up F-250 jaune de Flo, il y avait Juliette, Drake, Flo et Ménage. On a roulé prudemment sur la neige damée, ça nous a pris un peu moins de cinq heures. À Keno, il y avait un gymnase, un musée, une pizzeria et deux bars dont les propriétaires se haïssaient depuis si longtemps que personne ne se rappelait pourquoi : le Keno City Hotel et le Sourdough Road House. Quelques années plus tard, le Keno City Hotel serait emporté par les flammes. Problème électrique. Ça avait beaucoup fait jaser à Dawson. Jim, qui possédait le Sourdough, était notre ami. C'est chez lui qu'on est allés déposer nos affaires quand on est arrivés, un petit monsieur dans la soixantaine, vêtu d'une chemise de flanelle, à la chevelure et à la barbe longues et hirsutes. Il a pris les gars dans ses bras, serré la main des filles et aussi celle de Jade, rempli des bols d'eau pour les chiens, et il est retourné servir de la bière derrière son bar en bois rond teint en rouge, où s'appuyaient deux old-timers. Trois autres trinquaient à une table près de la fenêtre. Il était quatre heures et demie de l'après-midi, il faisait noir comme chez le diable, on avait soif et nos jambes étaient engourdies. On a commandé à boire, on a pris des nouvelles, puis l'énergie nous est revenue, on a mangé des cartons de LSD et on a demandé les clés du gymnase à Jim.

Dans le gymnase, le long d'un mur à notre droite, s'entassaient une vingtaine de paires de patins à roulettes, derrière un long banc de bois, et des bâtons de hockey, certains debout contre le mur, d'autres par terre. On a sauté sur l'équipement en poussant des cris de joie. Très vite, Rob et Dylan s'envoyaient la rondelle ; une partie de roller-hockey a démarré dans le chaos, Ménage et Ghost se chamaillaient pour une rondelle pendant que Luna grugeait un bâton, hyper concentrée.

Comme moi, Flo chaussait du sept et, comme moi, elle était née à Montréal. Elle n'avait jamais connu son père, chanceuse, on était peut-être sœurs, qui sait. J'avais déniché les seuls patins de pointure sept de tout Keno et j'allais me jeter dans la mêlée quand je l'ai vue, assise sur le banc, ses tristes bottes Sorel aux pieds. Elle s'était résignée à ne pas jouer. Sur l'acide, c'est difficile de se foutre des sentiments des autres, alors j'ai ôté un de mes patins pour le lui refiler. Tom a décidé d'en retirer un lui aussi, et il l'a laissé tomber sur le plancher de béton. Les autres ont suivi le mouvement. Rob a proclamé que ce serait au Yukon que naîtrait la première ligue de hockey unijambiste de l'univers. On inventait nos techniques personnelles de patinage sur une jambe. Tom roulait sur un patin en se propulsant de l'autre pied, comme si c'était un skateboard, Rob rampait et essayait de nous enfarger avec son bâton ou ses jambes, Flo sautillait et courait en même temps, et moi, je me faisais tirer par Luna.

Vers six heures du matin, Flo a distribué de la MDMA à chaque personne encore debout. J'ai passé mon tour, espérant que l'acide me suffirait. Ghost avait froid, il grelottait, Jade l'a ramené au bar, où il ne restait plus personne. On a emprunté une motoneige à Jim et on a accroché un traîneau derrière, puis Flo a conduit jusqu'au sommet de Keno Hill, dit Signpost Hill, à mille huit cent quatre-vingt-neuf mètres d'altitude. Luna courait derrière la motoneige, ravie d'avoir enfin une rivale à sa taille. Là-haut, des panneaux indiquaient la distance qui nous séparait des grandes villes de la terre – Paris, 4 400 miles; Freetown, 7 300 miles; Mexico, 4 500 miles, et ainsi de suite.

On a couru dans la poudreuse, on a roulé, on a fait des anges, et, immobiles sur le dos, on a contemplé les étoiles en silence pendant quelques minutes, puis Tom s'est extasié, sur le ton ébahi d'un touriste fraîchement sorti de l'aéroport : Ayoye, j'ai jamais autant pas vu d'aurores boréales de toute ma câlisse de vie. On a éclaté de rire ; on connaissait par cœur ces touristes dépités de ne pas avoir vu le ciel que leur avaient promis les brochures. Luna s'est élancée aux trousses d'un lièvre, Ménage l'a poursuivie, dix minutes plus tard elles revenaient, le lièvre égorgé entre les crocs de Luna. On les a laissées se régaler, puis on a redescendu le flanc poudreux de la montagne en crazy carpet, dans l'exaltation de la nuit la plus longue et de tout ce qu'on avait consommé.

Une fois en bas, on a débuzzé un peu, il faisait toujours noir, sauf pour une faible lueur à l'horizon. Le soleil ne se lèverait qu'à midi, pour quatre petites heures. Au Sourdough, Jim encore endormi nous a offert du café. Il a bourré le gros poêle antique, s'est installé avec nous, a roulé un joint dont il a enflammé le bout avec une allumette qu'il a jetée dans le poêle, au milieu des boules de papier journal, un vrai pro. On a enlevé nos vêtements et, ne gardant que nos bobettes, on a tenté de les sécher sans les brûler. Ça sentait le polyester fondu et l'échec. Rob a inventé une chanson qui s'intitulait *Fancy Smell,* et qui parlait d'un gars qui se réveille un après-midi, assailli par une odeur de charogne. Il cherche partout d'où ça vient, et finalement ça vient de lui, de ses entrailles, mais ce n'est pas grave parce qu'autour de lui, tout le monde pue, tous ses amis sont des bums. Alors que les molécules de drogue me quittaient, je ne ressentais aucune tristesse, aucun regret, qu'une lucidité tamisée. J'étais bien, à ma place, au chaud, au sec et en sécurité dans l'endroit le plus froid et le plus sombre d'Amérique. Luna dormait roulée en boule près de la porte, épuisée et comblée par sa nuit de plein air. Tom a pris ma main et a chuchoté à mon oreille : Je t'aime. On est la même personne. Je lui ai léché la joue. Rob continuait d'emplir la pièce avec sa voix de whisky au miel. La crème fouettée dans mon café avait la même texture que la neige sur le rebord de la fenêtre. On a chanté en chœur : « We're all degenerated, some people just can't handle it ! »

14

IL M'ARRIVAIT, pendant la saison morte, d'aller faire des ménages au Pit en échange du salaire minimum et d'un accès illimité au wifi, que j'utilisais pour télécharger de la porn ou des épisodes de *Cliptoman* sur Pirate Bay. Je travaillais mal et peu, une dizaine d'heures par semaine. J'époussetais les chambres, je pliais des serviettes dans la salle de lavage, je passais l'aspirateur et la moppe, je grattais des coulisses de vomi derrière les toilettes, j'écoutais les membres de NOFX raconter leur vie dans leur livre audio, *The Hepatitis Bathtub and Other Stories*. Ce jour-là, j'avais réussi à retrouver le *Cliptoman* spécial Années 2000, notre préféré à Tom et moi, celui où Shakira n'est pas dans la même pièce que les chevaux. On ne l'avait pas vu depuis six ans, depuis qu'on avait quitté Montréal en 2012. En prime, le spécial Mort avait enfin fini de se télécharger. J'avais été efficace.

Mon quart terminé, je suis allée au magasin général pour acheter de la crème et du café. Le jambon était en spécial, j'en ai pris un kilo. Tom m'a écrit pour dire qu'il ne rentrait pas, il dormait chez Sally. Je regarderais *Clipto-man* toute seule. Dommage, j'aurais aimé revoir le spécial Mort avec lui. « Ma mère me disait tout le temps : Tu peux pas rire des morts. Mais ma mère est morte, faque je fais ce que je veux. » On avait ri fort, dans le temps, et je riais encore ce soir-là en remontant la pente de la Sixième. Le soleil était déjà caché derrière les montagnes, un halo bleu enveloppait le village, j'avançais vers la fenêtre de notre appartement, un carré jaune au loin qui grossissait peu à peu. Le paysage était immobile, figé dans l'hiver, et le froid sec ne pénétrait pas les os. J'ai aperçu la silhouette de Larry à la fenêtre. Il gesticulait. Il s'est penché, il bougeait les genoux, les pieds, les bras, par saccades brusques. Je ne l'entendais pas d'où j'étais, mais il criait. La queue touffue et argentée de Luna est passée dans la fenêtre. Sans réfléchir, je me suis mise à courir et j'ai franchi en quelques secondes la distance qui me séparait de l'appart. J'ai ouvert la porte à toute volée. Luna hurlait, Larry lui écrasait la patte avec sa botte. Je lui ai crié d'arrêter. Larry a relevé la tête vers moi, surpris dans sa rage, et Luna a couru se cacher derrière moi en continuant de hurler, avec une intonation différente, elle hurlait maintenant de soulagement. Je l'ai serrée contre moi pour la consoler. Dans mes tempes, le sang pulsait au rythme effréné de mon cœur. Larry est resté immobile, les bras raides. J'ai eu envie de le tuer. J'ai fait sortir Luna pour qu'elle m'attende dehors.

— Touche pus jamais à Luna, sinon je t'arrache les couilles, gros crisse de malade mental.

— T'es rien qu'un maudit bébé pis une conne.

— Ta gueule, tabarnac, ta gueule. Astheure je comprends pourquoi t'as pus le droit de voir tes kids.

Larry m'a fixée, les yeux exorbités et les traits tendus par une colère qui semblait venir de loin.

— Tu vas voir ce qui t'attend, toi. Profite de la vie pendant qu'elle est encore belle. T'es tellement facile à détruire. T'es tellement faible.

— Va chier.

Je suis repartie avec Luna. J'ai acheté une bouteille de Jim Beam au Liquor Store, ils fermaient cinq minutes après, et on a couru ensemble jusqu'à notre sentier. La joie de marcher lui avait fait oublier sa patte. Quand on a eu atteint le belvédère, je me suis affalée sur un banc et j'ai contemplé le paysage, les montagnes au nord, le fleuve à l'ouest et, juste en bas, le parc à chiens.

— Excuse-moi, Luna, je lui ai dit en vidant mes poches de tout ce qui me restait de viande séchée. Je te laisserai pus jamais seule avec lui.

Elle a englouti la viande et elle a creusé dans la neige, l'air de dire : « Arrête de vivre dans le passé. Regarde comme on est bien, on peut faire de magnifiques trous partout. »

Je me suis allumé une cigarette, j'ai commencé à boire mon whisky. Les longues lampées brûlantes m'ont calmée. J'ai fumé une deuxième cigarette pendant que Luna déterrait les restes d'un corbeau. La neige absorbait une partie des sons, il ne ventait pas, la forêt m'apaisait. Puis, tout en bas de la montagne, j'ai vu un pick-up se stationner devant le parc à chiens. C'était le F-250 de Kosmas. On le reconnaissait à sa carrosserie, qui était un patchwork de pièces prélevées sur trois autres F-250, un bleu poudre, un bourgogne et un beige, et il y avait un crâne d'orignal attaché à la calandre. Scarlett et Kosmas en sont sortis, deux minuscules points noirs.

— Quand je vois le pick-up de Kosmas, j'ai dit à Luna, j'ai le même feeling dans le ventre que toi quand tu flaires une charogne.

Elle ne m'écoutait pas, occupée à déchiqueter les ailes pourries de l'oiseau, des nuages informes de vapeur blanche s'exhalant de sa gueule. Il faisait moins quarante. J'ai rebouché ma bouteille, je me suis levée et j'ai dévalé la pente. Luna m'a suivie, sa charogne dans la gueule, et m'a dépassée sans effort, filant vers Scarlett. J'ai atteint le parc tout essoufflée. Les deux chiennes ont joué ensemble avec le corbeau mort, preuve qu'elles s'aimaient, à présent. Kosmas m'a fait un signe de tête presque imperceptible, j'ai décidé que ça voulait dire qu'il était content de me voir. Luna est en voie de devenir le meilleur chien de la planète, j'ai expliqué à Kosmas qui venait de ramasser de la neige distraitement, elle a encore quelques comportements énervants, elle mange nos affaires et la bouffe qu'on laisse sans surveillance, elle fouille dans les poubelles, elle pleure longtemps chaque fois que je me sépare d'elle, et si tu t'approches pendant qu'elle gruge un os pis qu'elle te truste pas, elle grogne, elle peut même mordre, mais je suis fière d'elle, et je pense que je fais bien ça. J'avais parlé sans reprendre mon souffle, un peu soûle, trop à l'aise. Kosmas m'avait écoutée, avec ses yeux noirs brillants qui riaient, j'aurais juré. Il ne disait rien, comme s'il attendait que je continue, il pressait doucement la neige entre ses mains, qui crissait. Pis sérieux, j'ai ajouté, que celui qui n'a jamais fouillé dans les poubelles me jette la première pierre. Kosmas ne s'est pas fait prier et il m'a lancé sa boule de neige. Je l'ai battée avec ma bouteille. Je lui ai demandé s'il n'avait réellement jamais fouillé dans les poubelles, ou si c'était mon anglais, le problème. Il m'a offert une Kokanee. J'ai accepté, j'ai senti mes joues rougir, j'ai remonté mon cache-cou. Il m'a demandé si j'étais correcte. Je lui ai raconté ce qui s'était passé, ce que Larry avait fait à Luna. Il m'a écoutée sans m'interrompre, puis il a dit que Larry était dangereux et m'a informée que Sharon, la cheffe du village de Moosehide, se cherchait une chambreuse pour l'hiver, si ça pouvait m'aider. Elle n'avait pas publié d'annonce sur Buy and Crier, elle préférait le bouche-à-oreille. Kosmas pensait que je m'entendrais bien avec elle. Je la connaissais déjà un peu. J'irais lui parler en personne le lendemain. Tom m'a appelée pour savoir ce qui s'était passé avec Larry. Il avait annulé sa *date,* je devais venir le rejoindre au –

Mon cellulaire a coupé, il faisait trop froid.

Je me suis rendue au Pit avec Luna en me disant que Tom ne pouvait pas être ailleurs. Ménage était attachée au trommel, Luna a remué la queue en l'apercevant ; j'ai vérifié qu'aucun os ne traînait dans les parages et je l'ai attachée à l'autre extrémité du trommel.

Rob et Leah étaient assis à une table à l'écart. Ils avaient l'air en grosse séance de flirt, penchés l'un vers l'autre. Je les ai salués discrètement. Elle venait de quitter son ex, le fou furieux, et je savais qu'elle avait commencé à s'intéresser à Rob, tant mieux. Flo et Juliette étaient absorbées par une partie de cribble et Tom était seul au bar, devant une pinte. Je suis allée m'asseoir à côté de lui. Je lui ai tendu la bouteille de whisky sous le comptoir. Il a attendu que Val ait le dos tourné pour en boire une longue gorgée.

— Larry est en crisse, a dit Tom en me redonnant la bouteille. Ça me fait fucking chier d'être pogné entre vous deux.

— C'est un psychopathe. Je veux pus qu'il reste tout seul avec Luna. Il est violent avec elle, je l'ai vu faire, pis elle a peur de lui. On peut-tu lui demander de partir ?

— Il peut pas retourner camper dans le bois, avec ce frette-là. C'est inhumain, de demander ça à notre chum.

— T'aimerais-tu ça, toi, vivre avec un gars qui te tape dessus dès qu'il y a pus personne d'autre avec toi ?

— Sacha, tu capotes.

— Whatever, man. Reste à l'appart si tu veux, moi, je m'en vais.

— Ben voyons donc, what the fuck, pour vrai ?

— Je vais aller parler avec la voisine demain. Kosmas dit qu'elle a une chambre de libre.

— Sharon ? T'es ben trop trash pour habiter chez elle.

— Je vais me forcer.

On a trinqué, on s'est dit qu'on s'aimait et, à la fin de la soirée, on s'est endormis en cuillère, sur le plancher de la cabane de Leah.

Le lendemain, je suis allée cogner chez Sharon. On s'est assises à sa table de cuisine. Elle a préparé une infusion de thé du Labrador. J'étais nerveuse. Elle tenait sa maison propre, aucune vaisselle sur les comptoirs, pas de moutons le long des murs, pas de miettes de toast ou de cernes de café sur la grande nappe de plastique bleue, pas de brûlures de mégot. Je me suis demandé comment elle faisait pour avoir de si belles plantes à Dawson en plein hiver. Peut-être des lumières spéciales. Sharon a versé la tisane dans ma tasse et je me suis mise à parler. Je lui ai expliqué pourquoi je venais la voir. Je parlais vite, pourtant Sharon n'avait pas l'air pressée ou impatiente. Lorsque j'ai eu fini, elle m'a simplement répondu qu'elle avait une chambre à louer, et qu'elle me ferait un prix d'amie, parce qu'elle aimait Luna. En échange, elle me demanderait de ne pas boire ni de consommer de drogue chez elle. C'était sa condition. J'ai promis et je l'ai remerciée. Va chercher tes affaires, elle a dit. Vous pouvez vous installer tout de suite.

15

LUNA A CHANGÉ dans son nouvel environnement. Elle avait vécu presque toute sa vie entourée de personnes bruyantes et en perte de contrôle, moi incluse. Elle comptait sur nous pour prendre soin d'elle, et j'imagine qu'on ne lui inspirait pas confiance quand on gueulait, quand on se tapait dessus, quand on faisait des concours de kétamine – la kétamine de Tom contre celle de Rob : le premier à tomber dans le trou noir gagnait –, quand on rampait partout dans l'appartement, gelés sur les champignons, quand on pétait des bouteilles contre la céramique de la salle de bain en écoutant *Heroin* de Velvet Underground parce que quelqu'un qu'on aimait était mort d'overdose, quand on vomissait pendant vingt-quatre heures d'affilée sans pouvoir se lever, trop lendemain de brosse, quand Larry, frustré d'avoir perdu, lançait sa manette de PlayStation contre le mur, et quand, comme une conne, je la laissais seule, malgré ses protestations, avec Tom qui oubliait de s'occuper d'elle, ou avec Larry qui la maltraitait. Avoir été un chien, j'en aurais éventré, des poubelles, moi aussi, j'en aurais grugé, des écouteurs, j'en aurais souillé, des tapis.

Mais dans la maison de Sharon, tout était paisible. Luna s'est calmée. Je me suis calmée. Je dormais mieux, je rêvais, même. C'était la première fois que j'avais un lit à moi seule depuis cinq ans, depuis que j'avais emménagé à Dawson. Je me masturbais autant que je voulais, je me couchais tôt, je transcrivais mes rêves et j'en discutais avec Sharon, le matin, en buvant ma tisane. J'aimais sa présence, et parler avec elle, même si on était rarement d'accord. Un matin de printemps, alors qu'elle épluchait une pile de documents, stylo en main, et que je cherchais partout la laisse de Luna, entre les coussins du divan, dans le garde-robe d'entrée, sous le tapis, je lui disais que Jade et Juliette avaient organisé un show-bénéfice pour soutenir la lutte contre les pipelines. Sharon ne m'écoutait que d'une oreille. Je l'ai invitée à venir avec moi. Elle a posé son stylo et m'a répondu qu'elle n'était pas tout à fait contre les pipelines ni tout à fait contre le hard rock mining. J'ai tressailli.

— T'aimes pas la nature ? T'aimes pas les rivières, les

forêts, l'eau potable, les animaux? Ça te dérange pas de savoir que ça va être contaminé?

Luna a trotté vers moi, sa laisse dans la bouche. Elle s'est assise à mes pieds, je lui ai ébouriffé les joues pour la remercier.

— Je préférerais que rien soit détruit, a dit Sharon d'un ton égal, mais c'est plus complexe que ça. Une grande partie de ces conflits-là, c'est une guerre d'information.

— Ben non! C'est pas une guerre d'information, c'est vrai, ce qui arrive! Juliette est allée à Unist'ot'en. La rivière Morice, c'est de l'eau pure, pis Costal Gas Link va la polluer, il faut les en empêcher!

— Tu serais pas en train de me whitesplainer, par hasard?

J'ai fixé la laisse au cou de Luna en marmonnant des excuses. Sharon a repris son stylo et a tourné la page puis, sans lever les yeux, m'a demandé:

— Est-ce que Luna s'entend bien avec les autres chiens?

— Pas tout le temps, mais c'est jamais de sa faute. Pourquoi?

— Mon neveu va descendre de Fort McMurray la semaine prochaine avec son chien. Il dormirait sur le divan pour quelques jours, si tu es à l'aise avec ça.

— C'est quelle sorte de chien?

— Un yorkshire.

— En autant qu'il la zigne pas, ça devrait aller.

— Je m'inquiéterais pas pour ça, il est bien élevé.

QUAND J'AVAIS ENVIE de boire, j'allais faire un tour à l'appart. Un soir, Tom m'a offert de me laisser adopter officiellement Luna. Ce sont les mots qu'il a employés. De toute façon, il a continué, Luna ne l'aimait pas, et il avait un œil sur un autre chien au Humane Society, qui s'appelait Cobain, un croisé labrador-pitbull. Il voulait un chien moins sauvage, plus amical. Les chiens-loups, c'était pas pour lui. Je l'ai supplié de ne pas adopter un autre chien. Je lui ai dit que, tous les trois, on serait toujours une famille : lui était comme le père absent qui montre fièrement des photos de sa progéniture à toute la ville, et moi, la mère poule qui garde des biscuits en réserve dans ses poches parce que son petit amour le mérite bien. Pas besoin d'ajouter un autre chien dans l'équation. Un autre chien que je n'aimerais pas et qui, sans mon amour, n'aurait aucune chance de survie. Va chier, a dit Tom en riant, et il m'a demandé quand selon moi le fleuve allait péter. C'était le retour de ce moment de l'année où les Dawsonites parient sur le jour et l'heure de la débâcle. J'ai prédit le 18 avril à 7 h 10. Si ça s'était réalisé, ça aurait été le break-up le plus hâtif de l'histoire du pool, qui existait depuis 1896. Mais avec les changements climatiques, ce n'était pas inimaginable.

C'est arrivé le 8 mai à 13 h 25. Un old-timer qu'on ne connaissait pas a gagné les presque quatre mille dollars que contenait le pot.

L'été venu, Sharon devait loger des membres de sa famille et m'a demandé de libérer la chambre. Le ferry ayant repris ses opérations, Tom et moi, on s'est dégoté une petite maison en bois rond de dix mètres carrés à West Dawson, dotée d'une truie et d'un lit recouvert d'une peau d'ours. Le loyer nous reviendrait un peu moins cher de ce côté-là du fleuve. Après avoir débarqué du bateau, on marchait trente minutes sur un sentier pentu pour s'y rendre. On a déménagé le jour de la Saint-Jean, qui était aussi le jour de ma fête, j'ai eu vingt-quatre ans le 24 juin 2018. Depuis le solstice, les journées avaient commencé à raccourcir, un déclin encore infime – à peine une dizaine de secondes par jour –, mais exponentiel. Ce soir-là, il ferait clair toute la nuit.

Ce soir-là, à un party au Hobo Mansion où on est allés Tom et moi, j'ai embrassé Kosmas pour la première fois, et quelque chose, une chose encore impossible à percevoir, s'est mis en branle.

16

UN AN APRÈS les événements que je raconte dans ce livre, je suis allée à l'hôpital pour un examen gynécologique de routine, un simple test Pap. Quand le médecin a inséré le spéculum dans mon vagin, j'ai pleuré. Il m'a demandé si j'étais correcte, si j'avais des idées noires. J'avais juste ça, des idées noires. Il m'a demandé si j'avais envie de mourir. Je lui ai répondu que le Joker, au lieu de se tuer, s'était mis à tuer les autres. Le médecin a froncé les sourcils. Inquiète-toi pas, je lui ai dit, ils sont loin, les autres que je veux tuer, je ne réussirai jamais à les tuer de toute façon. Je riais. Je lui ai demandé pourquoi lui ne riait pas. À la fin de l'examen, on ne m'a pas laissée ressortir de l'hôpital. J'ai été internée. Je me suis sauvée le jour même, mais c'est une autre histoire, qui n'a pas sa place ici.

Pendant un bout, ce qui m'a gardée en vie, ça a été la perspective qu'un jour je dirais la vérité et qu'on me croirait. Dans une entrevue avec Mike Ward, Adib Alkhalidey dit de son métier d'humoriste : « Je vais continuer à le faire en sachant que ça ne va pas réparer ce que j'étais persuadé que ça allait réparer. » Je ne réparerai rien en racontant cette histoire, ni moi, ni les autres, ni le monde. J'essaye de survivre, de raconter sans sombrer dans la haine, et en honorant tout ce qui a été beau, magique, grandiose, ce que j'ai aimé et qui m'a trahie. J'essaye de dire les choses sobrement. Si je mentais, je deviendrais comme les personnes que j'ai longtemps haïes. Ce qui m'a permis de ne pas reproduire le mal qui m'a été infligé, ce n'est pas l'art, les médicaments, ni la loi, c'est ce que j'ai décidé de devenir : un dead end, un cul-de-sac où va mourir la haine. Je ne suis pas heureuse, je n'ai pas espoir de l'être un jour. Mais j'ai réussi à arrêter de haïr.

J'ai dit que tu pouvais tout oublier, mais souviens-toi : quand Luna dort, l'extrémité de ses pattes s'agite et, quand elle s'éveille, elle bâille, un petit bâillement aigu et délicat comme les fines plaques de glace qui dérivent sur les rivières au mois de mai, un son ténu et fragile, qui donne envie de faire silence, de faire attention.

II

VERTIGES

17

LE HOBO MANSION a beau être la cabane la plus mythique de Dawson City, elle ne sera jamais dans le *Lonely Planet,* et je ne dirai d'ailleurs pas où elle est située, seulement qu'on y arrive en roulant cinq kilomètres une fois sortis de Dawson. Elle nous attend au bout d'une longue entrée de gravier, et on peut imaginer la façade comme on veut. Le Hobo Mansion est l'épicentre de la sous-culture folk punk à Dawson. Tout au long de l'année, on y organise des concerts, des soirées de spoken word et de poésie, et des shows-bénéfice au profit d'actions militantes, de tournées de musiciens ou du festival de Keno. Le touriste moyen n'y est pas le bienvenu. On annonce les événements par Facebook, uniquement sur invitation. Les organisateurs, souvent les locataires de la cabane, épaulés par leurs amis, dessinent et impriment des flyers qu'ils distribuent eux-mêmes et punaisent aux babillards du village. Plutôt que l'emplacement du Hobo Mansion, les flyers portent la mention « Demande à un punk ». Bref, si tu ne sais pas où est le Hobo Mansion, tu n'es pas invité. Les artistes et les vagabonds viennent de partout en Amérique du Nord pour y jouer et y voir des shows, dans le salon assez grand pour accueillir une trentaine d'humains et une dizaine de chiens, mais on réussit à garder ça entre nous.

À l'intérieur, le plancher grinçait, tout comme l'escalier étroit menant aux deux chambres de l'étage, tout comme le plafond, les fenêtres et la girouette sur le toit, tout comme Juliette, qui chantait assise par terre au centre du salon, de sa voix éraillée, un peu nasale, parfaitement juste. Elle nous émouvait avec sa dernière peine de polyamour. Dans l'assistance, son ex pleurait. Ses partenaires lui caressaient le dos. Moi, je flattais Luna. Tom me passait périodiquement une bouteille de Jim Beam que je tétais sans réfléchir avant de la donner au suivant. On ne célébrait ni le Québec ni ma naissance, mais le retour de Juliette. Elle rentrait d'une tournée de deux mois à New Orleans avec une nouvelle coupe de cheveux, une nouvelle teinture turquoise et un nouveau tatouage abstrait, de style blackwork. Elle avait augmenté la taille de son piercing au septum et portait maintenant un énorme anneau de calibre 2G, si gros qu'il lui touchait la lèvre supérieure. Elle disait que Mardi Gras, c'était encore plus le fun que le festival de Keno. On la croyait. Elle affirmait aussi qu'elle n'avait jamais eu aussi froid qu'à New Orleans en janvier. La température descendait seulement à dix ou douze degrés, parfois moins, sauf que c'était extrêmement difficile de se réchauffer dans les maisons peu isolées, dures à chauffer à cause de l'humidité des marécages. Presque partout où elle avait créché, les cheminées étaient condamnées. On a trouvé ça bizarre, inconcevable.

Mes amis étaient heureux. Leah et Rob se frenchaient dans un divan et, quelques semaines plus tard, ils prononceraient des mots terribles : « Je t'aime. » Rae placotait avec Francis, un Franco-Yukonnais de Whitehorse – t-shirt de Lamb of God, chemise à carreaux rouges, cheveux longs. Je l'avais rencontré à une soirée karaoké au Pit un an plus tôt, et il désespérait de baiser. J'avais chanté plus mal que d'habitude et il m'avait dit que j'avais la plus belle voix qu'il avait jamais entendue. Tom et moi, on avait ri de lui et de son commentaire téteux. Chaque fois qu'on avait refait du karaoké, Tom m'avait crié : « T'as la plus belle voix que j'ai entendue de ma vie ! »

Juliette a terminé son set et s'est jetée dans les bras de son ex, qui l'a embrassée. Nous avons applaudi avec tendresse. C'était à Quackgrass de jouer. Kosmas a pris place au milieu du salon, avec sa guitare en noyer noir, ses bottes de travail noires, ses jeans noirs, sa veste, sa barbe, ses iris, sa voix et son âme, tous formidablement noirs. Buddy l'accompagnait à l'harmonica. C'était un grand gars à la coupe Longueuil et aux épaules larges, qui portait une veste de jeans recouverte de patchs féministes et antifascistes. Quackgrass signifie « chiendent », il m'avait expliqué, une mauvaise herbe toxique qui accumule du plomb dans ses feuilles.

J'ai griffonné des notes dans mon calepin, j'avais développé cette stratégie pour ne pas trop boire quand je prévoyais de conduire plus tard. Ce soir-là, ça n'a pas marché : j'étais soûle. C'était la faute de Tom, qui me redisait « bonne Saint-Jean, tu le mérites » chaque fois qu'il me passait la bouteille.

Un guitariste solo en bottes de cowboy a succédé à Quackgrass, sa chanson racontait qu'il avait hoppé un train à Halifax. Vers minuit, Tom est allé s'enfermer dans la dépense avec une fille qui venait d'arriver en ville sur le pouce. C'est là que Buddy a voulu savoir ce que j'écrivais. Des poèmes en anglais – la poésie, je trouvais ça plus facile à écrire quand je ne comprenais qu'à moitié ce que je disais.

— Veux-tu m'en lire un?

— Ça me tente pas full, j'ai répondu, en plus ça parle de ton grand chum Kosmas.

— Come on! a insisté Buddy. Juste un. Je lui dirai pas que ça parle de lui, promis.

— OK, d'abord: « Les ténèbres sentent partout pareil / et tu es sans cesse différent / pas tuable et souple / semeur de morilles / une pincée de plomb dans le vent / ouest / j'ai envie qu'on fourre dans le Loft / jusqu'à ce que mes genoux saignent / le bois, le chiendent, la sueur / ta sueur ».

Buddy m'a dit qu'il capotait sur mon texte et qu'il me comprenait tellement. Il comptait devenir le prochain Jack Kerouac et il serait honoré que je coanime avec lui une soirée de poésie le mois prochain. J'écrivais vraiment bien, pour une jeune, pour une fille, pour une francophone. D'ailleurs, est-ce que j'étais au courant que Kerouac était né à Montréal? Non, j'étais pas au courant! je lui ai répondu. Buddy m'a sorti son exemplaire d'*On the Road*: il fallait absolument que je lise ça, mais pas tout de suite. Pour le moment, il voulait que j'écoute ses poèmes à lui. Il a ouvert son cahier et m'en a lu un, sur un ton très assuré, avec un genre de beat mélodique dans la voix, puis il m'en a lu un autre, relevant à peine la tête, juste assez pour guetter ma réaction, puis un autre, puis un autre... J'ai cherché Tom du regard, il n'était pas revenu ; je lui ai envoyé dix-sept messages textes auxquels il n'a pas répondu. Kosmas aussi s'était volatilisé : aucune échappatoire, sauf l'alcool. J'ai bu.

J'EN AVAIS manqué un bout, j'avais sûrement fait un blackout. Où était Luna ? Sur la banquette arrière. OK. J'étais dans mon auto, côté passager, assise sur quelque chose d'inconfortable qui s'est avéré être le roman de Kerouac que Buddy m'avait prêté. Kosmas conduisait. Luna et Scarlett, nos chiennes aux noms de danseuses, avaient sorti leur tête par la fenêtre et laissaient leur langue ballotter au vent. J'ai fini par comprendre, à force de poser des questions sans écouter les réponses, qu'on était en chemin vers chez Kosmas. Il m'avait quêté un lift plus tôt dans la soirée, j'avais accepté. En constatant mon état, il avait décidé de se ramener lui-même chez lui. Il habitait au fond d'une impasse, entre un cimetière de voitures et un étang, à quelques kilomètres du site de la Drague-Numéro-Quatre. Un trou perdu, même pour le Yukon.

L'auto s'est arrêtée au bout du terrain vague, devant une roulotte. Les chiennes ont sauté dehors et couru. Le chant d'un grillon perçait de temps en temps le silence de la forêt endormie. Luna jubilait, elle a reniflé les nouvelles odeurs puis culbuté dans les cailloux avec Scarlett, qui lui a mordu la tête pour jouer. Il devait être trois heures et demie du matin, le ciel bleu était strié de rose.

Je portais des bottines à cap d'acier noires, des collants résille déchirés, des shorts en jeans à taille haute, une camisole bedaine à col montant où j'avais cousu une patch de Sir Pathétik que j'avais trouvée au Free Store, sans doute laissée là par un cheechako québécois, et des lunettes de soleil rondes à la Ozzy Osbourne. J'ai essayé de me déhancher d'une manière sexy pour entrer dans la roulotte, mais j'étais soûle et sans doute ridicule. On s'est assis sur le lit. On a parlé de nos amis morts d'overdose, de nos parents qu'on haïssait et de mon accent. Il m'a demandé de lui enseigner ma langue.

— Assis-toi dans ma face, j'ai dit en français.

Il a répété sans comprendre, mais il captait mon énergie. Est-ce qu'on peut ? demandaient ses yeux. Oh yes, we can, répondait mon corps. Tout en gardant ma camisole, j'ai entrepris d'enlever ma brassière, que je lui ai lancée dessus en criant : Vive le Québec libre ! Girl, you can say all the French things you want, il a répondu en m'ôtant la camisole, puis il a mordillé mes seins. Il trouvait sexy les conneries que je disais. On était compatibles. J'ai donné des coups de bassin contre son érection, que je sentais sous ses jeans noirs, mais trente secondes plus tard je vomissais mon whisky sur une couverture en velours, que j'ai roulée en boule et lancée dans un coin. Quand j'ai relevé la tête pour continuer à l'embrasser, Kosmas a dit que j'étais trop finie et m'a enveloppée dans un sac de couchage, en prenant soin de me placer sur le ventre pour que je ne m'étouffe pas dans mon vomi, après quoi il est allé se coucher sur un autre matelas.

Je me suis réveillée à cinq heures du matin, assoiffée.

J'ai cherché de l'eau, les jerricans étaient vides. Dehors, Luna dormait couchée sur le dos, les quatre fers en l'air, à l'ombre de la Echo. Le soleil était haut dans le ciel bleu. Un ours noir fouillait dans le compost. Luna s'en foutait. Elle était tellement responsable et prudente ; un chien du Sud se serait élancé en jappant vers l'ours et un carnage aurait suivi. J'ai conduit jusqu'au ferry, franchi le fleuve assise dans mon auto. J'ai baissé ma vitre pour saluer Clara, qui avait été engagée comme opératrice ce printemps-là. Elle a offert un biscuit à Luna, qui l'a gobé sans le croquer. Je me suis stationnée en bas de la côte et j'ai commencé à grimper. À mi-chemin, j'ai rempli ma gourde à un ruisseau en songeant que je n'avais jamais vu Kosmas boire un verre d'eau.

18

J'AI REDORMI quatre ou cinq heures sur la peau d'ours. Quand j'ai ouvert les yeux, Luna était couchée à côté de moi et me regardait, digne et droite comme un sphinx. J'avais une gueule de bois horrible, j'étais déprimée. Il fallait que je me change les idées, sinon j'angoisserais toute la soirée en pensant à toutes les niaiseries que j'avais dites la veille. Je me suis rappelé que j'avais lu un de mes poèmes à Buddy. Mon Dieu, me suis-je dit, faites que Kosmas n'apprenne jamais que j'écris des poèmes à son sujet. J'ai pris la décision de ne plus jamais boire de ma vie. Luna, au pied du lit, grugeait un livre. Non, Luna, je me suis lamentée. J'avais soif, elle devait avoir faim, il était six heures du soir. Je me suis extirpée du lit, j'ai vu noir. J'ai repris mes esprits, je me suis penchée doucement et j'ai enlevé le livre de la gueule de Luna. C'était *On the Road*. Comment était-il arrivé ici ? Est-ce que c'est elle qui l'avait rapporté ? Bon chien.

J'ai nourri et brossé Luna, avant de partir rejoindre Tom de l'autre côté du fleuve Yukon. Avec un peu de chance, il aurait déjà fini son shift au resto, et je le verrais au Pit. Ça me soulagerait de lui raconter la fin de ma soirée avec Kosmas, comment j'avais fait une folle de moi et vomi dans sa roulotte, il ne me jugerait pas, on en rirait – et il n'en reviendrait pas que j'aie accepté aussi facilement de lire mes poèmes à Buddy. Luna resterait à West Dawson, où elle avait accès à l'immensité du monde pour jouer.

TOM ÉTAIT avec une cheechako qui portait un bustier en morceaux de cuir noir, rouge et brun, rapiécés à la main avec de la soie dentaire. Son double mohawk bleaché lui faisait comme deux crêtes de dragon sur la tête. J'ai tout de suite eu envie de devenir son amie, même si je savais qu'elle allait disparaître, comme tous les cheechakos. Tom a crié mon nom. La cheechako a levé les yeux de son livre pour m'adresser un léger signe de tête et elle a repris sa lecture. Je me suis assise avec eux. La fille s'appelait Alexandra. Après un verre – j'étais revenue sur ma décision de ne plus jamais boire –, Tom et moi, on a échangé un regard ; on tripait tous les deux sur elle. On a tâché d'apprendre à la connaître. Chaque fois qu'on lui parlait, elle nous répondait laconiquement puis se désintéressait de nous et retournait à son livre. Depuis que son père était mort au printemps d'une crise cardiaque, elle en lisait un par semaine. En ce moment, c'était *Into the Wild* de Jon Krakauer, et elle détestait ça. Toutes les deux minutes, elle s'arrêtait pour critiquer le protagoniste, un homme blanc cis privilégié, fils ingrat, qui portait du coton dans le bois comme un amateur, en plus.

— Moi, mon père est mort ! elle rageait. Lui, il chiale parce que son père lui a acheté un char pis qu'il voulait pas de char ! C'est fucking pas juste.

Elle avait la voix grave, la répartie dévastatrice, des hanches d'une plénitude surnaturelle. On remplaçait ses verres au fur et à mesure qu'elle les vidait. On était de plus en plus soûls. Elle lisait de moins en moins. Le Pit s'était rempli, on saluait chaque personne qui rentrait, on déconnait. Alexandra ne riait pas, ne souriait pas, je me suis dit qu'on l'énervait peut-être. Mais jamais autant que son livre, dont elle ne pouvait s'empêcher de nous dire du mal.

Elle était furieuse que des gens comme Chris McCandless aient une tribune pour raconter leur crise existentielle, même après leur mort, survenue par leur propre faute, alors que personne n'entendait sa douleur à elle. Tom et moi, on n'osait pas lui avouer qu'on était partis au Yukon peu après avoir vu l'adaptation d'*Into the Wild*. On sympathisait avec la misère de l'homme qui pleure parce qu'il ne sait pas dépecer un orignal, l'homme blanc en crise parce qu'il peut tuer mais est incapable de se nourrir. On comprenait le drame de celui qui souffre que son héritage culturel se résume à aller magasiner au Walmart. On l'avait aimé, ce film-là, mais Alexandra était trop cool et trop belle ; on était incapables d'argumenter. J'ai seulement dit :

— Moi, je me crosse à chaque soir en pensant à ce gars-là !

Elle a étouffé un rire, puis elle a fermé et rangé son livre dans son sac.

— À soir, tu penseras pas à lui.

Elle s'est penchée vers moi lentement et m'a frenchée.

Tom était bouche bée, il ne s'attendait pas à ça. Moi non plus. Alexandra m'avait paru désabusée, elle m'avait paru s'ennuyer. Au fond, c'est peut-être pour ça qu'elle m'avait embrassée, par ennui. Rien ne semblait avoir d'importance pour elle. Rien n'aurait de conséquences pour elle. Elle était en vacances, elle était en deuil, elle faisait ce qu'elle voulait. Elle s'est levée pour aller aux toilettes, celles des femmes, et moi, j'ai suivi Tom dans celles des hommes. Il a sorti son sachet de coke, on s'est tracé des lignes sur la vitre de son téléphone, il m'a demandé de lui promettre de ne pas coucher avec elle.

— C'est ma fête ! j'ai dit.

— J'étais là en premier. Pis ta fête, c'était hier.

— C'est rare que je suis autant attirée par une fille.

— Justement, estie de fausse lesbienne, tu sauras pas quoi faire ! Moi, c'est peut-être la femme de ma vie.

— Oh my God, je t'ai pas dit ça, j'ai dormi chez Kosmas hier.

Tom a éternué sur son cell comme un gros colon, et la coke a volé dans les airs.

— Estie que t'es conne, il a dit.

— Toé, t'es conne. C'est de ta faute.

On s'est agenouillés dans une flaque douteuse pour essayer de sauver la poudre avant qu'elle fonde.

— Tu me dois au moins quatre lignes.

— Bullshit ! T'as acheté la coke avec mon cash.

— Ouais, mais toi, t'en achètes jamais !

Ses grandes mains pâles tremblaient alors qu'il raclait le plancher avec ses ongles, et on n'avait encore rien sniffé. C'est là qu'Alexandra a poussé la porte des toilettes des gars et qu'elle nous a vus à terre ; elle est ressortie en soupirant. On s'est relevés et on l'a poursuivie.

— Attends ! j'ai dit. J'ai un cadeau pour toi.

J'ai sorti *On the Road* de mon sac.

— Tiens, je te le donne. Savais-tu que Jack Kerouac est né à Montréal, comme Tom pis moi ?

Elle a pris le livre.

— Il est absolument pas né à Montréal.

— C'est ta parole contre celle de notre pote.

Elle a haussé les épaules et a proposé de nous lire son passage préféré. On était tout ouïe. « Mais alors ils s'en allaient, dansant dans les rues comme des cloches dingues, et je traînais derrière eux comme je l'ai fait toute ma vie derrière les gens qui m'intéressent, parce que les seules personnes qui existent pour moi sont les déments, ceux qui ont la démence de vivre, la démence de discourir, la démence d'être sauvés, qui veulent jouir de tout dans un seul instant, ceux qui ne savent pas bâiller ni sortir un lieu commun mais qui brûlent, qui brûlent, pareils aux fabuleux feux jaunes des chandelles romaines explosant comme des poêles à frire à travers les étoiles et, au milieu, on voit éclater le bleu du pétard central et chacun fait : Aaaah ! »

J'avais adoré sa manière de lire, en particulier la fin, à partir de « burn, burn, burn, like fabulous yellow roman candles exploding like spiders across the stars... ».

— Crisse, a dit Tom, ç'a l'air bon, ce livre-là. T'es sûre que tu veux lui donner ?

— Oui. Tout ce qui est à moi est à elle. Je suis en amour.

— OK, elle a soupiré de plus belle, vous êtes gossants, vous deux, mais je suis tellement fucking triste.

Elle m'a demandé si j'avais envie qu'on couche ensemble.

— Je suis crissement down.

— Sacha, bro ! s'est indigné Tom.

Alexandra semblait ressentir autant de mépris que d'affection pour nous. J'ai proposé un trip à trois.

— Au pire, a supplié Tom, je fais juste regarder.

On a suivi Alexandra dehors. J'ai allumé une cigarette et la lui ai tendue. Elle m'a empoigné le pubis et m'a frenchée, la cigarette est tombée sur le Crocs de Tom, qui attendait en piétinant, figé, poli, adorable. Alexandra l'a considéré puis elle l'a embrassé lui aussi.

— On va pas faire ça n'importe comment, elle a dit. C'est moi qui leade.

Elle a pris nos mains dans les siennes, elle a sucé et léché nos doigts. J'ai essayé de me rappeler quand je m'étais lavé les mains pour la dernière fois.

— Embrassez-vous.

— Ark ! on a dit.

On s'est frenchés quand même, puis, tout bas, Tom

m'a demandé si je voulais vraiment ça. Je lui ai dit qu'on devait exaucer les moindres désirs d'Alexandra ce soir.

— Lèche-lui le mamelon, elle a ordonné.

Je portais une camisole noire décolletée, une brassière rembourrée et un ancien collier de Luna. Tom a posé une main sur ma gorge, l'a glissée entre mes seins, pour en libérer un et le prendre dans sa bouche. J'ai refoulé un fou rire. Tom a regardé vers le ciel pêche de Dawson. Cette ville est merveilleuse, il a dit. Alexandra a sorti une flasque de whisky de sa poche et nous a abreuvés. Tous les trois, on a continué d'échanger des baisers et des caresses jusqu'à ce qu'un old-timer ronchonne : « Trouvez-vous une chambre... » Alexandra nous a demandé où on habitait. Il n'était pas question qu'elle nous ramène dans sa van, on était trop sales. On lui a expliqué qu'on vivait dans une cabane à West Dawson. Il aurait fallu prendre le ferry et marcher dans le bois pendant une demi-heure pour s'y rendre, alors on a proposé le Loft. Elle ne pouvait pas passer un été à Dawson sans aller au Loft, c'était un incontournable.

JE ME SUIS RÉVEILLÉE, prise d'une nausée terrible. Tom ronflait, il avait roulé à côté du matelas durant la nuit. Je sentais la respiration d'Alexandra contre mon épaule. Je me suis redressée, j'allais vomir. J'allais exploser. Je me suis ruée dehors, j'ai baissé mes pantalons en catastrophe et j'ai chié en même temps que je crachais de la bile. Une heure plus tard, j'étais au sommet du Midnight Dome avec un groupe de trente touristes américains. Une forte odeur de vagin, de pénis et de cul émanait de mon être. Alexandra avait été plus habile de ses mains et de sa langue que bien des gars avec qui j'avais couché. Ma tête tournait, j'avais trop chaud. Je m'étais accrochée au volant pendant la montée, le moteur grondait. La plupart des voyants du tableau de bord étaient allumés – ils étaient allumés depuis des mois. Je répétais souvent à mon boss qu'il faudrait probablement bientôt changer le radiateur ; on manquait toujours d'huile, même quand on venait juste d'en remettre. Il me répondait que son père avait conduit cet autobus-là toute sa vie, et ça suffisait pour me convaincre.

Les touristes photographiaient la sublime vue à trois cent soixante degrés qu'offrait la montagne sur le monde quand une odeur de plastique brûlé s'est soudain répandue dans l'air autour et a décuplé ma nausée. Je me suis retournée pour voir d'où ça venait. L'autobus de la compagnie était en feu. Un touriste s'est précipité à l'intérieur. J'ai mis du temps à comprendre que c'était pour récupérer son portefeuille. Je l'ai laissé faire. Au Yukon, on n'était pas forts sur les règles de sécurité – il y en avait peu et, celles qui existaient, personne n'était tenu de les faire respecter. On croyait chacun responsable de sa mort. Le touriste en a profité pour sortir les effets personnels des autres passagers. Jamais je n'aurais pris ce risque, mais les touristes seraient de meilleure humeur comme ça. Un épais nuage de fumée noire s'élevait de l'autobus. Le feu s'était propagé jusque dans l'habitacle, la mousse des sièges cramait. Une petite file s'est formée devant moi, les touristes me remettaient leurs appareils et posaient devant les flammes. Je les ai photographiés.

C'était assez spectaculaire. Je ne leur ai pas dit de s'éloigner, ni qu'il y avait des risques d'explosion ; j'étais hors service, moi aussi. J'ai pensé à la cadence effrénée des jours d'été et à la vie incroyablement belle et intense que je menais. Puis Dylan est apparu ; il montait le Dôme à la course trois matins par semaine. Il a jeté un regard amusé à l'autobus qui brûlait, qui brûlait. Il s'est esclaffé en me disant que ce genre de choses n'arrivaient qu'à moi, il m'a serrée dans ses bras et donné des tapes dans le dos. Avant de redescendre, il m'a promis qu'il alerterait mon boss et les pompiers aussitôt qu'il serait de retour au village. Il n'y avait pas de réseau cellulaire dans la montagne et je n'avais pas avec moi le walkie-talkie jaune avec lequel on devait appeler les secours en cas d'urgence, la batterie était morte depuis trois semaines. Il ne nous restait plus qu'à attendre. J'ai annoncé aux touristes que le patron viendrait nous chercher sous peu avec l'autre autobus de la compagnie. Ils m'ont assurée qu'ils n'étaient pas pressés, ils déballaient leur sandwich, des barres tendres, ou prenaient du soleil sur un grand banc de bois tordu et déformé par les éléments. Ils sentaient qu'ils vivaient une expérience authentique, ce qui signifiait que je récolterais de gros pourboires.

Le lendemain, Tom est à nouveau parti à Montréal pour dire à sa mère suicidaire de ne pas se suicider. Deux semaines plus tard, il rentrerait et, fatigué par le voyage, il me résumerait son séjour en trente secondes. Sa mère n'était pas passée à l'acte ; elle allait mieux ; ça avait été pénible ; de Montréal il me rapporterait des bas et des collants résille de chez Ardene – il m'aurait aussi racheté une paire de lunettes fumées – j'avais oublié les miennes chez Kosmas – et de la sauce piquante Sudden Death, ma préférée.

D'ici là, j'étais seule dans la cabane à West Dawson. J'ai décidé d'aller me promener sur la plage avec Luna. J'ai croisé Kosmas à un feu de camp près de l'épave. On dit l'épave mais, en fait, c'est plusieurs bateaux à aubes de dix mètres de long, abandonnés sur la rive du fleuve Yukon. Les Dawsonites vont là pour se soûler, regarder le soleil qui ne se couche pas, promener leur chien ou baiser. Ce soir-là, on comptait une dizaine de personnes. Clara, assise dans les cailloux, apprenait un air de bluegrass sur le banjo de Drake, qui remuait distraitement un bâton dans le feu ; une fille aux tempes rasées roulait un joint pendant que sa voisine lui parlait à toute vitesse, à peine intelligible tellement elle riait ; Buddy lançait des pierres sur la berge et Ghost les lui rapportait ; Jade cousait une patch qui disait WHATEVER IT IS, I'M AGAINST IT sur une veste en jeans noire ; Juliette, tenant son accord sur sa mandoline, semblait attendre que Clara saisisse la mélodie pour reprendre le morceau ; six ou sept chiens, dont Scarlett et Ménage, se chamaillaient, se poursuivaient ou jouaient à enterrer des branches ; d'autres gens picolaient autour du feu, dont Kosmas, assis sur un billot de bois. Il m'a envoyé la main, et s'est tassé pour me faire une place. J'ai vaguement salué tout le monde, puis je l'ai rejoint sur le billot et lui ai quêté une cigarette, même si j'en avais. Quelqu'un à ma droite m'a filé une clé de poudre blanche, j'ai demandé si c'était de la coke ; c'était de la kétamine, du BC. Je l'ai sniffée, j'ai dit thanks a lot. J'ai débité simultanément trois anecdotes à Kosmas, je ne savais pas laquelle choisir, je n'étais pas sûre de ce qu'il voulait entendre, puis un silence a plané, je me suis allumé une autre cigarette en cherchant autre chose à dire. Kosmas m'a devancée :

— Demain, je bûche à West Dawson avec Caveman Bill. Je peux-tu dormir chez vous à soir? Comme ça je vais pouvoir me lever plus tard.

— T'as-tu besoin de dormir tout de suite?

— Je suis vraiment super fatigué. Fatigué mort.

— Si t'es fatigué, je vais pas te faire attendre.

On est rentrés à la cabane. On est restés dehors, on a fumé en parlant des constellations qu'on ne reverrait que deux mois plus tard, on a regardé les filaments de soleil dans le ciel à peine assombri en se demandant si c'était l'aube ou le crépuscule, en se demandant si le temps ralentissait au fur et à mesure qu'on se rapprochait des pôles, en se demandant si les extraterrestres mangeaient des pépites d'or pour devenir immortels, si nos ancêtres nous entendaient quand on les maudissait pour le désastre qu'ils nous avaient légué. Kosmas avait un cerveau magnifique, peuplé de forêts et de fuchsias, mais il était tard, et j'ai bâillé.

— Veux-tu aller te coucher?

— Oui, j'ai répondu. Prends mon lit, je vais dormir par terre.

Kosmas a ri, il m'a soulevée, portée jusque dans la cabane et déposée dans le lit.

— Personne va dormir par terre ce soir.

Je l'ai embrassé, puis j'ai gloussé.

— Pour vrai, il a dit, si t'es pas à l'aise, je vais dormir par terre.

— On peut dormir côte à côte sans se toucher, on peut prendre notre temps.

— Absolutely.

Je sentais son souffle sur ma bouche, ses dreads entre mes doigts. Je lui ai dit que j'avais envie qu'on baise, mais qu'étrangement j'étais gênée avec lui, je n'étais pas gênée comme ça, d'habitude. Il a admis qu'il était gêné lui aussi. On s'est promis qu'on serait tous les deux extrêmement médiocres, nuls, que ce serait du très mauvais sexe. Puis je me suis déshabillée, et il a dit oh God en me touchant du bout des doigts, et soudain je ne ressentais plus la honte, la peur d'être laide ou grosse, de manquer de féminité. Je n'étais pas gênée de ne pas m'être brossé les dents depuis dix jours. Nue avec Kosmas, je me sentais légère, j'étais juste bien. J'ai dézippé sa fermeture éclair, je lui ai enlevé sa chemise en flanelle et je me suis lovée dans ses bras, sa barbe, son cou, et on a fait l'amour, et ça n'avait rien de médiocre. Le lendemain, je l'ai vu qui tentait de s'éclipser sans me réveiller. J'ai feint de dormir, ouvrant de temps à autre les yeux pour le regarder qui remettait ses jeans, sa chemise et ses bottes. Quand il est sorti, j'ai vu derrière lui la queue touffue de Scarlett qui oscillait. Il a fermé la porte, Luna a pleuré, elle aurait aimé aller marcher avec eux. Je l'ai appelée, elle a sauté dans le lit, s'est étirée, j'ai posé une main sur sa patte, et on s'est assoupies pour quelques heures. Kosmas ne m'a pas rappelée. Cet été-là, j'ai passé beaucoup de soirées à regarder *Le seigneur des anneaux* en faisant semblant qu'il ne me manquait pas. Tom, qui était revenu de Montréal à la mi-juillet, s'assoyait souvent à côté de moi. On ne parlait pas de Kosmas. Et si, au moment le plus touchant du film, je me mettais à pleurer, on prétendait que mes larmes n'étaient causées que par la dévotion de Sam envers Frodon et le refus de Frodon d'accepter tout ce que Sam veut tant lui donner.

19

C'ÉTAIT SAMEDI. On était au tout début du mois d'août. J'avais droit à mes premiers jours de congé consécutifs depuis juin : dimanche et lundi. Je les avais demandés spécifiquement pour aller avec Tom à la quatrième édition du festival de Keno. Les artistes de Dawson joueraient du folk punk et du bluegrass, tout le monde camperait dans le bois, et puis les chiens étaient les bienvenus et c'était gratuit. On allait en manquer la moitié, mais c'était mieux que rien, et je savais que Kosmas serait là. J'avais fini ma dernière visite de la mine à six heures. Après, j'avais jasé avec les touristes, regardé des photos de leurs petits-enfants, je m'étais extasiée devant leur beauté et j'avais empoché de bons pourboires.

Vers dix-neuf heures, j'ai ramassé Rob, Tom et Larry devant le Liquor Store. Jusque-là, j'avais plus ou moins ignoré Larry quand j'allais voir Tom à l'appart, mais c'était important pour Tom qu'on s'entende bien. Alors je m'étais soûlée avec Larry, il m'avait plantée aux échecs, et maintenant ça allait : je ne l'aimais pas, mais j'arrivais à être gentille avec lui et à le faire rire. Comme Rob passerait son permis temporaire dans quelques semaines, je l'ai fait asseoir en avant, pour qu'il apprenne des pros. Il m'a demandé si j'étais sûre que je ne voulais pas de MDMA pour le festival. Oui, j'étais sûre de ne pas vouloir de cette drogue qui me rendait dépressive et suicidaire. Rob le savait, sauf qu'il en avait deux cents comprimés dans ses poches et pas une cenne pour l'essence.

— Je fais pus ça. Trouve autre chose, dude.

Il m'a tendu son cell, où s'alignaient deux belles tracks de coke, que j'ai sniffées avec un vingt piastres roulé. On était à trois heures et demie de Keno. Si on se dépêchait, on ne manquerait peut-être pas le dernier show.

Rae, Leah et Jade étaient déjà sur place et auraient monté le campement. Rob dormirait avec Leah. Il était prévu que, Tom et moi, on échoue dans la grosse tente avec Larry – mais j'avais d'autres aspirations.

Après deux heures de route, on est arrivés au pont de la rivière Stewart. C'est là qu'on aurait tourné si on avait voulu aller à Whitehorse. Cette fois-ci, on continuerait tout droit, sur la Silver Trail déserte, pour se rendre à Keno. J'ai poussé ma petite Echo jusqu'à cent quarante kilomètres-heure. Des bandes de forêt bloquaient la vue sur la rivière. Plus loin, l'asphalte cédait la place au gravier. J'ai à peine ralenti. Le CD de Limp Bizkit venait de finir. On a mis System of a Down. À *B.Y.O.B.*, on a chanté en harmonie « Everybody's going to the party, have a real good time ». Luna nous a interrompus avec un jappement ; elle avait repéré un gros porc-épic brun et jaune qui traversait la route en se dandinant. Tom a couiné de peur. Freine ! a crié Rob. Contourne-le ! m'a ordonné Larry. « Why do they always send the poor ? » martelait Daron Malakian.

J'ai lâché l'accélérateur. Je n'ai pas freiné parce qu'à cette vitesse, sur une route de gravelle, j'aurais dérapé. J'ai tenu fermement le volant pour maintenir ma trajectoire. Selon mon estimation, le porc-épic aurait atteint l'autre côté de la chaussée – s'il conservait sa vitesse – quand on serait à sa hauteur. Avec le recul, je me dis qu'on aurait pu tous mourir là ensemble, ça n'aurait pas été si mal. À part pour Luna. Luna méritait de vivre.

Le porc-épic s'est figé devant l'auto. Il n'en avait peut-être jamais vu. J'ai klaxonné. Il est passé sous la roue du côté conducteur. La Echo a flotté au-dessus du sol ; c'était un très gros porc-épic. Les bouteilles de bière vides ont volé, les gars ont crié, j'ai gardé le cap. L'auto est retombée sur ses quatre roues, les bouteilles ont tinté. Je n'ai pas bronché, je n'ai pas touché aux freins, j'ai même donné un peu de gaz.

« They always send the poor, they always send the poor. » La chanson s'est terminée, les cris dans la voiture se sont transformés en rires et en applaudissements. J'ai respiré. J'avais eu peur. En arrière, Tom sautait sur son siège.

— C'est comme ça que tu conduis un char, mon chum !

— Les saignements de nez sont-tu obligatoires ? a demandé Rob.

Il m'a tendu son bandana pour que je m'essuie. J'ai vu mon reflet dans le rétroviseur, un filet de sang coulait de ma narine gauche.

— Crisse de folle ! a gueulé Larry. Tu sais-tu chauffer, tabarnac ?

On n'entendait plus que lui, qui alignait les sacres sous le regard tétanisé de Tom. Rob a inspiré fort par le nez.

— Woh, dude, il a dit, calme tes nerfs. Elle a pas fait exprès.

— Ouais, calme-toi, j'ai dit, le pire qui aurait pu arriver, c'est que tu deviennes paraplégique, pis ça aurait pas changé grand-chose à ton mode de vie –

— C'est moi qui aurais dû chauffer, mais le gouvernement veut pas parce que c'est toutes des ostie de mange-marde comme toi !

Il a donné un coup de pied dans mon banc. Luna, qui occupait la place du centre, s'est mise à gigoter nerveusement, elle a piétiné la cuisse de Larry en essayant de venir me rejoindre. Larry lui a tapé le museau et l'a poussée vers Tom.

— Tabarnac, Larry, fuck you !

J'ai arrêté la voiture sur l'accotement.

— Je t'avais dit de pus jamais la toucher !

— Ton chien est mal élevé, elle nous respecte pas ! Vous êtes trop mous avec elle –

— Si t'aimes pas mon chien, j'ai dit, décâlisse de mon char pis va te pendre.

Je suis sortie de la voiture, les clés dans mes poches. Luna m'a suivie. Elle a léché les restes de porc-épic étampés sur la carrosserie. Elle avait l'air de trouver ça délicieux. Je suis allée explorer le boisé qui bordait la route. Il y avait un lac, derrière. J'y ai trempé mes pieds. Luna a surgi d'entre les arbustes. Elle a bu l'eau à grosses lampées. Elle avait soif. Moi aussi. Je me suis allumé une cigarette. J'avais envie de rebrousser chemin, de retourner chez nous. Le soleil brillait, le lac étincelait comme du verre brisé. Au loin, un orignal broutait des algues, son corps presque immergé. J'espérais que Luna n'irait pas le déranger, je ne voulais pas qu'elle se prenne un coup de sabot. Par chance, elle n'aimait pas l'eau. Il me restait des morceaux de hareng séché dans mes poches, je lui en ai filé quelques-uns. Elle les engouffrait sans les mâcher. Elle était belle. Tom est venu me rejoindre.

— Estie, il est intense avec toi, Larry. Ça avait pas rapport, sa crise.

J'aimerais pouvoir dire qu'aujourd'hui, je ne me fais plus marcher sur les pieds par des brutes, que j'ai appris, que tout ce que j'ai vécu m'a rendue plus forte, mais c'est faux. Une vie entière ne suffira peut-être pas pour que je réussisse à me tenir debout.

— Dude, checke l'orignal.

— Il est super relaxe.

Tom s'est assis à côté de moi.

— Tu penses-tu qu'il pourrait devenir ami avec Luna?

Luna a grogné. On a passé quelques minutes à observer l'orignal, à commenter ses mouvements placides et économes. Puis on s'est tus. J'ai allumé une autre cigarette. Tom m'a regardée longtemps avant de parler, sans même cligner des paupières. La lumière rasante de la fin de journée faisait ressortir la blondeur de ses cils, la pâleur de ses iris.

— Tu serais-tu prête à y aller bientôt, mettons?

ON EST ARRIVÉS à Keno vers dix heures, le soleil se couchait, la ville baignait dans une lueur rose bonbon. Luna dormait aux pieds de Rob, devant le siège passager. J'ai déposé les gars en haut de la côte, près de la scène principale, où s'achevait le show de Paris Pick & The Pricks, et je suis redescendue me stationner au village, dans le parking du Sourdough. Une lumière dorée brillait à l'intérieur, qui m'appelait par la fenêtre. Scarlett était assoupie sur le pas de la porte. Elle a soulevé une demi-paupière quand elle nous a vues. Luna a trotté vers elle et l'a reniflée. Je les ai laissées à l'extérieur et je suis entrée. Kosmas était assis derrière le bar, le regard dans le vague. J'ai attendu en silence.

— Wow, il a finalement dit, j'avais pas réalisé que quelque chose de nice pouvait arriver ce soir.

Son visage s'était illuminé. J'adorais les contrastes qui le traversaient, quand son expression passait du vide à la vie. Mes yeux devaient pétiller de désir, je me suis approchée, essayant de garder mon calme.

— T'as-tu du vin ?

— You're so French.

Il a fouillé le bar à la recherche de vin, l'air troublé, comme si c'était important. Il m'a expliqué qu'il avait accepté d'aider Jim pendant le festival. Il avait aussi travaillé la veille, de sorte qu'il était en train de manquer tous les shows. Au moins il pouvait boire autant qu'il voulait. Il a disparu dans la réserve, et je me suis faufilée derrière le comptoir. Les haut-parleurs diffusaient du Hank Karr à faible volume.

« Heaven's where I'll go after Yukon. »

C'est toujours celle-là qui jouait, on ne s'en lassait pas.

— Et voilà, a déclaré Kosmas en brandissant un cabernet sauvignon, la seule et unique bouteille de vin de tout Keno.

— T'as-tu du blanc ?

— Jeune fille, vous êtes ingrate, il a dit en me remplissant une chopine.

— Veuillez m'excuser. Comment puis-je vous remercier, monsieur ?

J'ai approché mes lèvres des siennes en ouvrant les yeux au maximum pour qu'il y lise tout ce que j'avais envie de lui faire.

— T'étais où, tout l'été ? il a murmuré.

— Juste là.

On s'est embrassés. Kosmas sentait l'huile à moteur, le sapin et la rouille. Nos phéromones nous ordonnaient de baiser sur-le-champ. J'ai ôté mon chandail. Il a embrassé ma nuque, je sentais sa barbe sur ma peau, j'ai pressé mes ongles dans ses bras. J'y avais pensé toute la semaine. Je me battais avec sa braguette quand Drake, Flo et Ménage sont entrés. Je me suis accroupie par réflexe, le dos contre le frigo à bières.

— Hey, a hésité Drake, on voulait juste prendre une pinte avant de remonter au festival.

— T'es à la bonne place.

Kosmas a déposé deux pintes sur le comptoir puis il a ramené ses mains de notre côté du bar. Il serrait ma nuque et rentrait ses doigts dans ma bouche tout en discutant avec les autres. J'avais la tête contre son bassin et m'enivrais de l'odeur de son sexe. C'était con, j'aurais juste pu me relever et boire mon vin avec eux, on n'avait pas besoin de se cacher.

— À quelle heure tu joues demain ? a demandé Flo.

J'ai dézippé la fermeture éclair de Kosmas et je me suis mise à le sucer. Il goûtait bon.

— Toi, à quelle heure tu joues ?

Flo a éclaté de rire. Elle n'avait pas de band et ne jouait pas de musique. Ces temps-ci, elle et Drake étaient occupés à construire leur nouvelle cabane, avait commencé à raconter Flo : ils n'utilisaient que des matériaux recyclés qu'ils dénichaient un peu partout, au Free Store ou sur des chantiers mal surveillés. Luna a gratté la porte, Drake est allé lui ouvrir. Elle a couru me rejoindre. Kosmas a retiré son pénis de ma bouche le plus discrètement possible.

— Bon, a dit Drake en vidant sa pinte, on fait-tu un boutte ?

Avant de refermer la porte, Flo a lancé :

— On va monter Signpost Hill demain avec Jade. Ça te tente-tu de venir, Sacha ?

Kosmas a eu un petit rire, moi aussi, on était bustés.

— Ouais, je suis down ! j'ai répondu.

— All right, à demain !

Ils sont sortis. Dehors, c'était l'obscurité totale. La vitrine à notre gauche était devenue un miroir gigantesque. On nous avait vus comme sur un écran.

— Oups, j'ai dit.

— Don't worry, m'a rassurée Kosmas, ils nous jugeront pas.

On a continué à boire en s'échangeant des baisers et

en flirtant, j'en avais oublié ma hâte de voir les shows. Pas un seul client ne nous a dérangés. Quand il n'y a plus eu de vin, et comme c'était mort et qu'on était crevés, Kosmas a décrété que c'était l'heure de la fermeture. Il y avait bien assez de bars clandestins sur le site du festival, la forêt pullulait de moonshiners. Je suis allée réveiller Luna et on s'est mis en route. J'ai fait un lift à Kosmas, sur son propre vélo, parce que son cardio était trop pourri. Je pédalais en danseuse tandis qu'il me tenait les hanches, assis sur le banc. Scarlett et Luna trottaient devant nous. Arrivés en haut de la côte, on a laissé le vélo dans le fossé et on a couru jusqu'à la tente, sauf Kosmas, qui traînait de la patte en maugréant contre la jeunesse.

LUNA COMPRENAIT MAL le principe d'une tente. Un vulgaire morceau de tissu n'allait pas l'empêcher de chasser les tamias, les moineaux et les lièvres, elle fonçait dans la toile chaque fois qu'une bestiole passait. Ça ne faisait pas rire Kosmas, qui a mis les deux chiennes dehors pour la nuit. Elles se sont endormies côte à côte, couchées sur le flanc.

On a baisé pas de capote, somnolant entre chaque orgasme, jusqu'à ce que le soleil plombe sur la tente. Je lui avais demandé s'il était clean, il avait dit que oui. J'avais considéré que c'était safe, pourvu qu'il n'éjacule pas en moi. Il avait acquiescé. On a fini par s'évanouir dans une position pas possible, un par-dessus l'autre, mes jambes autour de son cou, c'était reposant quand même, nos corps étaient saturés d'endorphines.

— Yo, Sacha ! Flo m'a dit que je te trouverais ici. On s'en va monter la montagne, tu veux-tu venir ?

C'était Tom. C'était surtout le matin.

— Nah... je suis assez venue pour aujourd'hui.

— Tabarnac, tu réinventes l'humour. Je te pogne une bière. On se voit tantôt.

— Sont à Kosmas.

— I don't speak English. Fais-lui le message.

— Amène Luna ! Elle aime ça, les montagnes.

Je me suis rendormie aussitôt qu'il a été parti. Au réveil, Kosmas et moi, on est restés collés dans les bras l'un de l'autre, à se parler de nos problèmes, de nos chiens, de notre mortalité. Kosmas avait eu un autre chien avant Scarlett, qui s'appelait Valhalla. Un soir, il avait conduit soûl pour rentrer chez lui et Valhalla, fou de joie de le revoir, avait couru vers le pick-up en marche et il était passé sous la roue, comme mon porc-épic. Kosmas n'avait pas eu le temps de réagir, Valhalla était mort sur le coup. Kosmas s'en était horriblement voulu. Il s'était mis à boire davantage, même si dans les faits il buvait beaucoup avant, parce que sa blonde, alors qu'elle était enceinte de lui, l'avait laissé pour son meilleur ami et s'était fait avorter dans la même semaine. Et avant ça encore, il buvait déjà beaucoup à cause du capitalisme, à cause de son mal de dos, à cause de son père, mais là-dessus, il n'a pas voulu m'en dire plus. Juste comme on allait se rendormir, on a entendu des chiens japper, des gens gueuler, on est allés voir.

Une vingtaine de personnes étaient massées en cercle devant la scène principale. Sous un tonnerre d'aboiements, je me suis frayé un chemin vers le centre. Tom tirait sur le collier de Luna, qui avait refermé ses crocs sur l'oreille de Ménage. Je me suis jetée sur Luna et je l'ai soulevée en criant : Lâche-la !

Elle a obéi. Je l'ai reposée par terre, je l'ai retournée sur le dos. Je me suis installée à califourchon sur son poitrail, mes yeux rivés dans les siens.

— Luna, non ! Qu'est-ce qui t'a pris ?

J'entendais Flo pleurer de l'autre côté du cercle. Luna s'est dévissé la tête vers la gauche pour regarder le plus loin possible de moi, son corps était mou, elle avait cessé de grogner. Je suis restée sur elle de longues minutes, jusqu'à ce que les battements de nos cœurs ralentissent. J'ai repéré Tom parmi les gens qui nous regardaient. Son corps chancelait, ses yeux étaient de minuscules fentes noires au milieu de son visage verdâtre. Je ne savais pas ce qu'il avait pris mais, si j'avais eu à parier, j'aurais dit : LSD dans les dernières heures, vodka dans la dernière demi-heure et DMT dans le dernier quart d'heure.

J'ai demandé à Kosmas de tenir Luna et je suis allée m'excuser auprès de Flo. Elle tremblait, à genoux, penchée sur Ménage, dont l'oreille saignait à grosses gouttes. Elle a essuyé ses larmes du revers de la main.

— C'est pas de ta faute, mais tu devrais pas laisser Tom s'occuper de ton chien.

— Je sais. C'était cave. Est-ce que Ménage va être correcte ? Tu veux-tu aller chez le vétérinaire en revenant ? Je vais payer.

— Ça va aller, a répondu Flo, elle est juste traumatisée, pis le vet a pas de remède pour ça.

— Je suis désolée.

Les cris de Tom nous ont interrompues. C'est après Kosmas qu'il criait, dans son anglais approximatif.

— Qu'est-ce que tu fais avec Luna, crisse ? Donne-moé la laisse ! Pis tiens-toi loin de Sacha. Tu l'as ghostée tout l'été pis là tu la ramènes dans ta tente comme si de rien n'était ? Ostie de motherfucker !

Je me suis caché les yeux en frissonnant et je suis allée m'asseoir derrière la table de marchandise, près du barbecue. Dylan et Juliette partageaient un thermos de café.

— Je sais pas, réfléchissait Juliette, me semble que c'est wack, que le monde se vante encore d'être des sourdoughs alors que c'est un terme qui glorifie clairement la ruée vers l'or.

J'ai vu Kosmas rendre à Tom la laisse de Luna et disparaître. Ce n'était pas un gars obstineux. Tom est resté planté là, entre l'estrade et la scène, le dos cambré vers l'arrière pour retenir Luna, qui tirait fort sur sa laisse.

— Mais non, a répliqué Dylan, ça a pus rien à voir avec la ruée. Sourdough, maintenant, ça englobe les personnes de toutes les origines et de toutes les identités de genre, pourvu qu'iels aient passé au moins un hiver au Yukon.

J'ai ouvert la glacière rouge placée à côté de moi, espérant y trouver une Kokanee ou, au pire, une Yukon Gold, mais elle ne contenait que des condiments à hot-dogs dans des bouteilles à pression transparentes : ketchup, relish, moutarde, mayonnaise. Tom ne bougeait pas d'un poil, les yeux éteints. Maudit insignifiant, il aurait mérité un jet de mayonnaise dans la face. Ça l'aurait réveillé.

— Dylan, you fool, a protesté Juliette, sourdough, ça désignait les colons blancs mâles capitalistes qui sont venus ici il y a cent ans pour voler les ressources des Tr'ondëk Hwëch'in.

— Ouin, a reconnu Dylan, c'est un concept colonialiste, indéniablement.

J'ai refermé la glacière et décidé que je n'étais plus fâchée contre Tom. Luna essayait de venir me rejoindre ; elle s'est élancée brusquement, et Tom a failli perdre pied. J'ai marché vers eux.

— Dude !

— C'est un trou-de-cul, il a articulé. Il t'utilise.

— Mais dude…

— Je fais ça parce que je t'aime, man.

J'avais le fou rire. C'était sans doute bizarre, comme réaction, après tout mon meilleur ami venait d'engueuler le gars sur qui je tripais. J'aurais peut-être dû m'inquiéter du malaise, me poser des questions, Tom n'avait pas l'habitude de se fâcher, encore moins d'exploser. Il évitait les affrontements du mieux qu'il pouvait, en faisant des blagues, en étant beau. J'étais surprise, j'étais attendrie.

— Luna, c'est ton chien. C'est pas le chien à Kosmas.

Il m'a offert quatre buvards. J'ai dit non merci, mais il a insisté. Je les ai mis dans ma poche, pour plus tard. On s'est tapé dans la main et je me suis éloignée du site du festival. Luna avait besoin de calme, et moi aussi. Je me suis engagée dans le boisé qui menait au pied de la montagne. Il n'y avait personne au campement de Leah et Rae, à l'exception de Larry, assis devant le feu, les yeux légèrement exorbités, les traits tendus, chassant à grandes claques furieuses les maringouins qui lui tournaient autour. Il avait l'air de manquer de drogue.

— Toé pis ton ostie de chienne, il a dit, crissez donc votre camp d'icitte.

Luna a retroussé les babines et grogné. Quand j'avais six ans, je désirais plus que tout au monde adopter un tigre blanc qui parlerait, foutrait le bordel partout et me défendrait. J'ai ressenti une pointe de fierté.

— T'es chanceux qu'elle soit en laisse, man.

— C'est l'homme qui est au sommet de la chaîne alimentaire, pas le chien.

— Estie que tu délires.

LE SOLEIL était encore haut dans le ciel quand je suis retombée sur Kosmas, Jade et son chum, qui m'ont invitée à venir me baigner au lac Christal. Jade avait plein d'opinions sur Tom et les partageait avec nous en ôtant son chandail et ses shorts. Iel était en train de dire à quel point Tom était irresponsable, mais j'avais du mal à porter attention. Son corps était sublime. C'était difficile de regarder ailleurs ou d'écouter ce qu'iel racontait. Je me suis surprise à penser que, si j'avais eu un corps comme celui-là, tout le monde aurait été gentil avec moi, tout le monde m'aurait aimée sans raison, tout le monde m'aurait fait confiance instantanément. Le chum de Jade a renchéri :

— C'est un épais. Il sait pas boire.

— Il manque un peu de maturité, a convenu Kosmas.

— C'est pas de sa faute s'il a pas mille ans comme toi, je lui ai dit.

Je lui ai tiré la langue. Il m'a attrapée par la main, enlacée et embrassée. C'était surprenant, venant de lui, il n'était pas du genre à montrer de l'affection à qui que ce soit en public, à l'exception de Scarlett. Quand j'ai rouvert les yeux, c'était comme si je voyais le paysage pour la première fois. Le lac miroitait, bleu noir sous le soleil d'argent, les minces feuilles de bouleau d'un vert pastel frémissaient dans le vent tiède, les quenouilles ondulaient sur la berge, la terre froide, boueuse, enveloppait mes orteils. J'étais avec des personnes que j'aimais et Kosmas venait de m'embrasser. Je me suis déshabillée et j'ai plongé dans l'eau glaciale pour cacher que je rougissais. Jade, son chum et Scarlett ont suivi. Kosmas est resté sur la berge avec Luna. Lui non plus n'aimait pas l'eau.

PENDANT le show de Quackgrass, j'ai mangé du mush avec du beurre de pinottes. J'avais perdu la notion du temps, il aurait pu être seize heures ou vingt-deux heures. J'ai commencé à ne plus me sentir bien. Il y avait trop de monde, trop de bruit. Je suis descendue jusqu'à mon auto. Luna m'a accompagnée, levant sur moi un regard protecteur, dévoué. J'ai fouillé dans le coffre et j'ai déroulé mon sac de couchage sur une palette en bois qui se trouvait derrière le Sourdough. J'avais aussi pris ma guitare et mon calepin. Au bar, j'ai emprunté à Jim un immense bol, que j'ai rempli d'eau en même temps que ma gourde. J'ai nourri Luna, et nous nous sommes installées ensemble sur la palette, chacune avec son drink. Mais c'était impossible de se la couler douce; les moustiques me persécutaient. Chaque fois qu'une femelle se posait sur moi, je français les sourcils comme un monstre sans cœur et, paf, je la tuais. Les cadavres s'étalaient sur ma peau. J'ai allumé des bâtons de citronnelle aux quatre coins de mon refuge sacré. Je me suis mise en position du lotus. Jim est venu m'offrir un casseau de fraises sauvages. Il était furieux contre Drake et les autres moonshiners qui volaient sa clientèle. Quelle clientèle, Jim ? Vous êtes juste vingt-quatre à habiter ici le reste de l'année. J'allais garder précieusement ses fraises parce qu'elles contenaient la plus pure des teintes de rouge. Je n'écrirais pas dans mon calepin et je ne jouerais pas non plus de musique, je ne voulais pas souiller le moment.

Luna s'est creusé un trou sous la palette et y a rampé. Elle m'a observée à travers les planches, perplexe, anxieuse, vaguement jalouse. J'ai examiné dans l'air les particules qui flottaient. J'ai pensé à ma mère. Ça devait être si douloureux, d'accoucher. Était-ce pire que de naître ? Vivre tranquille dans l'eau et le noir et, tout à coup, être propulsée dans la clarté, les stimuli et les aiguilles. Comme passer de l'hiver au printemps. Aiguilles de vérité. Aiguilles de douleur. Aiguilles de terreur.

— Aiguilles, aiguilles, aiguilles !

Je criais. Depuis combien de temps ?

— On m'a dit qu'une crazy French woman s'était bâti un autel derrière le Sourdough. J'ai tout de suite su que c'était toi.

Tom était accroupi à mes côtés.

— Mon amour !

— Ça va-tu, Sacha ?

J'ai cherché une réponse qui soit la vérité.

— Je suis terrifiée par l'accouchement.

— Je comprends.

J'ai contemplé un moment le ciel, qui fourmillait de teintes de violet.

— Qu'est-ce qui arrive si on naît avant d'être prête ? Si on tombe dans le monde matériel avant son temps ? Est-ce qu'on devient bleue et ratatinée comme un bébé pas de poumons ? Est-ce que l'âme s'asphyxie, est-ce qu'on devient spirituellement infirme à jamais ? Luna est tellement belle. Tellement belle que je sais pas quoi faire. Elle est couchée sur le ventre, dans son trou, mais je peux quand même pas lui crier : « T'es belle, Luna ! »

— Elle est où, Luna ?

— Alors je chuchote : « T'es belle, Luna. »

J'ai montré à Tom les yeux vairons de Luna qui brillaient dans le noir, entre les lattes de la palette.

— C'est la chose la plus creepy que j'aie jamais vue.

Il s'est allumé une cigarette. Une fourmi marchait sur ma cuisse, ses antennes étaient hautes comme un séquoia. Mon cœur s'est fendu.

— Pauvre fourmi !

— Dude, ça t'a coûté combien en gaz pour venir icitte ? T'es consciente que personne va cutter ? Je te dois déjà cent piasses, Rob fournissait la drogue pis Larry est sans-abri.

— Ses antennes sont trop longues. Elle capte trop de fréquences, le poids des pensées de toutes les âmes qui s'agitent dans sa tête l'écrase.

— Je t'aime, dude.

— Pis y a des guerres, partout dans le monde, pis elle

peut rien faire, c'est une fourmi !

— Tu viens-tu chiller avec nous autres ? On va s'allumer un feu dans le bois pis on va jammer.

La fourmi a quitté ma jambe et s'est aventurée sous la palette. Luna l'a gobée d'un coup de langue, comme un caméléon.

— Luna est incroyable !

— Sacha, viens ! On s'en va jammer.

C'était Rob, qui venait d'apparaître.

— Je suis trop high.

— Menteuse, t'es la moins high de toutes nous autres.

Il avait probablement raison.

— T'as-tu vu Luna ? Regarde, elle a creusé un trou !

Rob était déjà reparti.

Tom a attendu avec moi que le soleil se couche et que je sois moins gelée. Il a proposé qu'on aille rejoindre les autres. J'ai essayé de lui faire abandonner son plan. Il a insisté. Je n'avais pas envie d'être entourée de gens, je voulais juste être avec lui. Il est resté. Quand je me suis réveillée, le soleil rougeoyait à l'horizon et Tom n'était plus là. Des dizaines de moustiques me dévoraient le front. Je me suis levée et j'ai marché vers la tente de Kosmas, laissant mes affaires sur la palette. Je me suis tournée pour voir si Luna me suivait. Elle était là, les paupières plissées, à trotter derrière moi. On s'est glissées dans la tente de Kosmas. Il était seul – une crisse de chance, ai-je pensé. Il s'est réveillé en grommelant. Sa queue était dure. J'ai ôté mes bobettes. Il a frotté son pénis sur mon clitoris. Luna est sortie en rouspétant et s'est couchée près de Scarlett. J'ai rezippé la tente et me suis affalée à côté de Kosmas. On a fait l'amour comme de vieilles cuillères usées, et on s'est endormis.

ON ÉTAIT LUNDI, le festival était terminé, et la plupart de ceux qui n'étaient pas partis la veille prenaient la route aujourd'hui. Certains voulaient camper une journée de plus : Kosmas, pour aider à démonter la scène, Rob et Tom, pour continuer à boire, et quelques cheechakos, qui s'étaient mis en tête d'explorer Keno. Chacune à leur tour, les personnes présentes sont venues me quêter un lift pour le lendemain. Assise par terre à l'orée du bois, soûle et cokée, j'ai solennellement promis à chacune qu'elle pouvait compter sur moi. J'avais oublié que j'étais venue en Toyota Echo, et non avec l'autobus de Gold Rabbit.

Le lendemain, à trois heures de l'après-midi, huit personnes avaient besoin qu'on les ramène à Dawson. Tom, Kosmas, Larry, Rob et quatre cheechakos que je trouvais cutes mais pour qui je ne pouvais rien. Ils m'ont traitée de conne et sont partis poucer sans comprendre que c'était inutile : la route finissait à Keno. La prochaine ville, Mayo, était à deux jours de marche. J'ai appelé mon boss pour lui demander de venir les chercher. Il a dit non, qu'il ne pouvait pas ; il devait travailler, parce que je n'étais pas rentrée ce matin. Oups, j'ai dit, my bad, et je lui ai juré que je serais là le lendemain, en pleine forme.

Au deuxième étage du bar désormais désert, Jim, allongé sur son lit, fumait du DMT ou quelque chose d'autre qui sentait le plastique brûlé. Il m'a passé sa pipe. J'ai aspiré trois bouffées et j'ai été transportée en Californie. J'ai eu l'impression d'y vivre pendant soixante ans. J'ai trimé du weed dans une secte parmi des bonhommes en toge orange pastel, j'ai surfé, blonde, avec le chanteur de Sublime, sur des océans de graines de chia. Je suis revenue, à bout de souffle, cinq minutes plus tard.

— Ça te tenterait pas d'aller à Mayo ? j'ai demandé à Jim.

— Il me reste deux caisses de bière. Quand je vais les avoir vendues, je vais aller à Mayo en acheter d'autres.

— Tu me les vends combien ?

— Deux cents.

— Come on.

— T'es dans un bar, chère. Combien ça coûte, une bière, dans un bar ?

— Je te donne quatre-vingts.

— Quatre-vingt-dix.

— Deal.

— À ce prix-là, tu les bois dehors.

Il faisait autour de vingt-cinq degrés Celsius, ce qui, pour des Yukonnais de l'an 2018, était épouvantablement chaud.

— T'es dur en affaires, j'ai dit en déposant l'argent sur sa table de chevet.

On est descendus. Il m'a donné les caisses. Au moins, c'était de la Kokanee. Je lui ai filé une canette, et il est sorti boire avec nous. J'en ai distribué à mes amis. Larry a pris une bière sans que je lui en offre. Je n'ai rien dit, mais j'ai prié pour qu'il s'étouffe avec. Jim a tranquillement bu sa bière, puis s'est décidé à aller à Mayo.

— Oublie pas de ramasser les cheechakos qui font du

pouce, je lui ai dit. Ils devraient être à cinq-six kilomètres d'ici.

— Estie que t'es hot, Sacha! s'est exclamé Tom. Tu leur sauves la vie. T'es mon héros, man.

Tom avait calé deux bières en moins de vingt minutes, et sa troisième était bien entamée. Plus il buvait, plus il radotait. Kosmas est arrivé comme je m'en ouvrais une moi aussi.

— Oh, t'es là? il a dit. Je te cherchais.

Il a considéré les autres d'un air agacé et m'a demandé quand je voulais partir.

— Il vient lui aussi? s'est indigné Tom en français. Dis-y donc de faire du pouce.

— Dis-y toi-même, je lui ai répondu, espérant qu'il n'oserait pas.

On a réuni toutes nos affaires près de la Echo. Il fallait trouver un moyen pour qu'elle puisse loger, en plus de Tom, Larry, Rob, Kosmas, Luna et Scarlett, cinq sacs à dos, une glacière, deux tentes, un violon, un banjo, une guitare, un ukulélé, deux sacs de croquettes, une roue de secours, une cafetière, un hamac et un vélo. Kosmas s'est mis au travail en sacrant. Il a commencé à remplir le coffre, jouant à Tetris avec les sacs à dos pendant que, plus loin, Tom, Rob et Larry se concentraient sur leur projet de vider les caisses de bière. À la fin, il a fallu laisser derrière les tentes, le vélo et bien d'autres objets. Kosmas avait tout essayé. On demanderait au prochain Dawsonite qui visiterait Keno de nous les rapporter. Kosmas est venu me demander si j'étais prête. Je me suis blottie contre lui pour que personne d'autre ne m'entende.

— Je peux pas croire qu'on va passer trois heures enfermés avec fucking Larry.

— On le laissera pas ici, ce serait trop chien pour Jim. Les déchets que t'amènes à Keno, tu repars avec.

Je connaissais la règle. On s'est embrassés. Avec Kosmas, je me sentais comme avec un adulte. Je n'haïssais pas ça.

Dans la Echo, les places n'ont pas été attribuées au hasard. En arrière, il y avait Luna, assise sur Tom, Rob au milieu, et Larry de l'autre côté, avec deux sacs à dos sur les genoux. En avant, il y avait Kosmas, Scarlett et moi. Dans le coffre, il y avait trois sacs à dos, la glacière, les croquettes et les instruments de musique. Ma suspension en arrachait. Luna avait sorti sa tête par la fenêtre et dévorait le vent. Larry, Rob et Tom discutaient, surtout en français. Kosmas avait mis ses écouteurs et nous ignorait en regardant dehors. C'était mieux comme ça, les gars disaient beaucoup de marde et moi, j'essayais de me retenir mais, trois heures sans rien dire de con, c'était pratiquement impossible. Un peu après Rock Creek, à même pas vingt minutes de Dawson, j'ai craqué.

— Guys, vous savez pas quoi ? Bientôt, on pourra pus dire sourdough.

Ils se sont tous mis à gueuler en même temps, sauf Kosmas qui somnolait.

— Ben voyons donc, tabarnac, s'est indigné Larry.

— Pourquoi ! répétait Tom. Sourdough, ça veut juste dire que tu passes l'hiver icitte !

— Non, man, je lui ai répondu, maintenant ça veut dire que t'es un nazi.

Kosmas, la tête contre la vitre, avait les yeux clos, ses écouteurs dans les oreilles.

— Juliette est juste jalouse, a lancé Rob, elle se sauve à New Orleans la minute qu'il neige. C'est même pas une vraie sourdough.

— On dit « S-word » ! a crié Tom.

— Comment tu sais que c'est Juliette ? j'ai demandé.

— Ben là ! Je suis peut-être un nazi, mais je suis pas un cave.

— Les nazis voudraient jamais de vous autres ! a crié Larry.

— On dit « N-word » ! a crié Tom.

On a déconné comme ça jusqu'à ce que je me parque devant le Pit. Rob avait le visage mouillé de larmes, même Larry avait l'air épanoui quand il est débarqué. Tom a salué Luna d'une petite tape dans le dos et s'est étiré pour m'enlacer par-derrière. Kosmas s'est réveillé. Tout portait à croire qu'il n'avait rien capté de nos niaiseries, ou alors il le cachait bien – de l'extérieur, on avait dû sonner comme d'horribles personnes. Je l'ai reconduit à sa roulotte. Je lui ai demandé comment il s'était rendu à Keno et pourquoi il n'avait pas pris son pick-up. Il m'a expliqué qu'il avait covoituré avec une fille, et qu'il l'avait perdue de vue pendant le festival. J'ai réussi à ne pas lui demander de quelle fille il s'agissait.

— Tu veux-tu rester chez moi, ce soir ? il a dit. Je sais que t'as eu une mauvaise journée. On pourrait dormir ensemble une dernière fois.

J'ai hésité cinq secondes pour la forme, puis je suis montée dans sa roulotte et me suis retrouvée toute nue dans ses draps en satin noir, enveloppée d'obscurité, protégée du reste du monde par ses rideaux en velours. On a mangé des chips et du houmous en buvant de la limonade. Kosmas n'avait pas pu rapporter sa glacière, mais on n'a manqué de rien. On a écouté *Rick and Morty,* c'était encore plus intime que de faire l'amour.

Le lendemain matin, je suis allée travailler, et Kosmas a gardé Luna ; c'était son idée, les deux chiennes joueraient ensemble, je la récupérerais après mon shift. Je suis revenue vers dix-neuf heures et Luna a dansé autour de moi en remuant la queue. Kosmas, se levant des marches où il s'était installé, a accoté sa guitare en noyer noir sur la roulotte. On s'est embrassés. Je lui ai dit merci et au revoir, et je n'ai pas pu décoller mes lèvres des siennes, et il a fini par me donner un cunnilingus, j'ai mouillé sa barbe de cyprine. On a fumé une dernière cigarette. Je le recroiserais peut-être au parc à chiens, dans un party d'Halloween, dans une des soirées de poésie de Buddy, ou à sa fête, en novembre. C'était un vrai scorpion. Il manquait d'humour, il baisait bien et il ne m'aimerait jamais.

20

ON A QUITTÉ West Dawson avant que le ferry ne s'arrête pour l'hiver, on a repris notre cabane sur la Sixième et on a cessé de travailler. C'est là que je me suis rendu compte que j'étais en burn-out. J'ai dormi pendant trois semaines et me suis réveillée juste à temps pour l'Halloween. Il y a eu un party épique au Hobo Mansion. Tom a fait fureur avec son costume de policier mort, il a réussi à frencher Val, Rob et Leah, il a même réussi à me frencher, moi, mais Francis et Rae n'ont rien voulu savoir. Kosmas m'a ignorée toute la soirée, il n'avait d'yeux que pour une tatoueuse de Vancouver en visite. Dylan et Juliette ont chassé Larry après qu'il nous a imposé une autre de ses opinions douteuses – le concept d'appropriation culturelle ne servait qu'à nous distraire du vrai problème, c'est-à-dire de la domination imminente des francs-maçons sur le monde. Rob et Leah se sont laissés et sont revenus ensemble deux fois dans le cours de la soirée. Jade, Juliette et Clara se sont parti un band. Tom et moi, on a quitté le party avec Luna; on voulait marcher jusqu'à la Drague-Numéro-Quatre, mais c'était à quinze kilomètres, on ne se serait jamais rendus. Drake nous a croisés en pick-up et nous a ramenés chez nous. On a allumé le feu – c'était devenu un automatisme, on y arrivait même quand on ne distinguait plus notre main gauche de notre main droite.

21

PUIS le temps a filé comme l'éclair jusqu'au traditionnel réveillon chez Phil et Joy. La lune était pleine, mais on ne la voyait pas à cause des nuages. Je fumais devant la maison avec Tom quand Sawyer et sa nouvelle blonde, Marine, sont arrivés en traîneau à chiens. Ensemble, ils ont accroché les colliers des huskys à un attelage formé de câbles de métal qu'ils ont ensuite fixé à un sapin solitaire.

Peu d'arbres poussaient sur la terre de Joy, où il y avait surtout des cailloux et des pierres rincées par les dragues. Sawyer, c'est le gars qui avait vécu au Loft le même été que nous et qui avait un schnauzer nain, Jimi. Deux mois plus tôt, fin octobre, Jimi s'était fait frapper par une voiture sur l'autoroute du Klondike. On lui avait improvisé des funérailles autour d'un feu; une vingtaine de personnes étaient venues, on s'était remémoré ses exploits : la fois où il avait tué un chevreuil à lui seul; la fois où Sawyer avait été enfermé dans le drunk tank – une cellule du poste de police réservée aux soûlons qui troublaient le soi-disant ordre public –, et que Jimi était venu l'y rejoindre sans que quiconque puisse expliquer comment il y était parvenu; la fois où des Américains avaient tenté de le kidnapper et qu'il s'était enfui in extremis de leur motorisé. Sawyer avait pleuré comme une Madeleine, et Tom et moi étions allés le consoler. C'était quelqu'un, Jimi, je lui avais dit, la preuve que la taille a vraiment pas d'importance. Mets-en ! avait renchéri Tom, tu te rappelles-tu, quand il essayait de monter Luna ? Il s'en crissait ben, d'être petit, il faisait son move ! Sawyer avait ri et sangloté en même temps. On avait admiré son attelage, cinq beaux huskys croisés, tout juste sortis de l'adolescence : Tippie, Matches, Canoe, Ax et enfin, le leader, Stoner. J'arrive pas à croire que Jimi vivra jamais ça avec moi ! avait gémi Sawyer en morvant dans ses mitaines.

Ce soir-là, il avait l'air bien. C'était Noël, ses nouveaux chiens l'avaient tenu occupé tout l'automne, et sa nouvelle relation avec Marine aussi. On s'est attardés un peu dehors. Sawyer tétait sa flasque. J'ai fumé une autre cigarette. À un moment, j'ai demandé à Sawyer de m'emmener faire un tour de traîneau. Peut-être plus tard, il a dit. J'ai décidé que je le gosserais jusqu'à ce qu'il accepte. Je n'en finissais plus de m'extasier sur les chiens. Marine, qui parlait anglais avec un accent pointu, m'a fait remarquer que le traîneau à chiens, ce n'était pas aussi magique que ça en avait l'air. Après une dizaine de balades, tu saisissais le principe, et ça devenait un peu chiant.

— Un peu chiant? je me suis écriée. Wow, t'es-tu française pour chialer de même?

Sawyer s'est étouffé avec sa gorgée de moonshine.

— Ouais, elle a répondu, mais je me soigne.

J'ai éclaté de rire, et on a échangé en français quelques minutes. Je voulais absolument savoir ce qu'elle avait tant contre les chiens de traîneau. Elle s'est défendue, elle aimait les chiens, mais ils étaient encore jeunes et ils manquaient de discipline. Ça voulait dire, à chaque sortie, négocier avec une demi-douzaine d'êtres pourvus de volonté. Sans parler des courroies qui s'emmêlaient, des engelures, de Sawyer qui sacrait après Stoner. Rien à voir avec ce qu'elle s'était imaginé avant de venir vivre ici. Elle m'a raconté comment ses illusions sur la vie nordique s'étaient dissipées une à une depuis son arrivée au Yukon cet été-là, et sa décision de s'établir à Dawson malgré tout, les formalités infinies qui lui permettraient d'obtenir un jour sa résidence permanente. Pas question pour elle de retourner s'installer en France.

— Tu veux de la MDMA? elle a proposé, repassant à l'anglais.

— Non merci.

— Allez, c'est Noël !

— Sérieux, ça me fait pas, merci pareil.

— Moi, j'en veux, a dit Sawyer en s'emparant des cachets dans la main de Marine.

— Prends-en pas trop, je lui ai lancé, faut que tu sois en forme pour notre tour de traîneau !

— J'ai pas dit oui, là, Sacha. Je promets rien.

— Toi, Marine, tu pourrais-tu m'emmener ?

Elle a rigolé :

— On ira faire une balade ensemble quand je serai propriétaire d'une motoneige digne de ce nom.

— Tu trouveras jamais ça à Dawson, j'ai répondu, elles pètent toutes après deux semaines !

Je suis rentrée dans la maison, sans ôter mes pantalons de neige. Juliette jouait *Drunken Sailor* au violon, un morceau traditionnel irlandais au rythme endiablé. Leah criait après les chiens de ses parents pour qu'ils arrêtent de japper, Rob criait après Leah pour qu'elle arrête de crier, Phil et Joy s'affairaient dans la cuisine, aidés de Rae et de Francis, qui venaient de commencer à sortir ensemble. Drake et Flo avaient apporté leur nouveau moonshine, à l'églantine, selon eux leur meilleur, depuis qu'ils en fabriquaient. Tom massait les épaules de Jade, qui se plaignait de son torticolis.

Kosmas passait le réveillon à West Dawson avec Clara. Ils étaient colocs, maintenant. J'avais couché avec lui le matin même, dans une chambre du Pit que je nettoyais. Kosmas pouvait ne pas m'appeler pendant des semaines mais, quand on était en présence l'un de l'autre, on n'avait pas le choix de s'enfermer quelque part. J'essayais de penser à lui le moins souvent possible pour ne pas tomber amoureuse comme une conne. C'était difficile, parce qu'il était magnifique et déroutant à tous égards.

Leah avait cessé de crier après les chiens pour crier après Rob, elle lui reprochait de ne jamais l'aider avec les chiens, de chialer sans arrêt, d'avoir commencé à boire trop tôt – Rob l'a coupée, l'a traitée d'ostie d'hystérique et l'a plantée là, attrapant son manteau et ses gants avant de claquer la porte. Avec Tom, je suis allée voir s'il était correct tandis que Joy et Rae rassuraient Leah. Dehors, Rob avait empoigné la hache en gueulant qu'il avait besoin de se défouler. On a joué à fendre du bois. Luna creusait et se roulait dans la neige comme si notre énervement l'avait contaminée. Francis, entre-temps, était sorti fumer et nous observait en silence. Quand ça a été mon tour, j'ai choisi la plus grosse bûche de bouleau sur la corde et je suis parvenue à la fendre en trois ou quatre coups de hache. Francis n'a pas pu se retenir. Il m'a dit d'attendre un peu, que je m'y prenais mal, et il m'a enlevé posément la hache des mains. Il a saisi une autre bûche, plus petite que la mienne, il la tenait de la main gauche et la hache de la droite. Il m'a regardée dans les yeux en m'expliquant que je ne devais pas lever la hache aussi haut, un angle de quarante-cinq degrés suffisait, si je montais plus, je perdrais en précision. Ça avait du bon sens. Tout en parlant, il a déposé la bûche sur le billot pour effectuer une démonstration. Il m'a montré comment fléchir les genoux, comment positionner la main sur le manche, enfin il a abattu la hache et, va savoir comment il s'est débrouillé, il s'est tranché le pouce, tout net. Il a hurlé,

Luna l'a imité. Les invités ont accouru. Ça a été le chaos pendant une minute ou deux. Flo criait, Rae pleurait, les chiens de Joy aboyaient et léchaient la neige gorgée de sang. Le pouce de Francis ne tenait que par un lambeau de peau minuscule, et Francis geignait, la bouche grimaçante. Tom a murmuré à mon oreille :

— Si tu travailles assez fort, un jour tu vas être aussi bonne que lui pour bûcher.

J'ai pouffé. J'ai senti un liquide chaud couler le long de ma cuisse, sous mes pantalons de neige. Je ne savais pas si c'était du sperme ou du sang. Rae nous a fusillés du regard. Francis peinait à respirer, des larmes roulaient le long de ses joues. À moins trente, elles ne gelaient pas avant de toucher le sol, mais givraient ses cils. Flo et Rae se sont entendues pour partir avec lui à l'hôpital et les autres sont retournés à l'intérieur. Je suis restée un peu dehors avec Tom, nos cerveaux bouillonnaient de blagues déplacées qu'il nous fallait évacuer avant de rentrer faire semblant qu'on était tristes pour Francis.

J'ai baissé mes pantalons, je me suis accroupie et j'ai pissé.

— Faut que je vérifie si je suis dans ma semaine, j'ai dit à Tom.

Plus tôt ce jour-là, j'avais dit à Kosmas qu'il pouvait éjaculer en moi vu que j'étais censée avoir mes règles le jour même. Tom s'est approché de moi et m'a éclairée avec son cell.

— Bravo ! T'es pas enceinte de cet ostie de connard !

Tenant toujours son téléphone, il a entrepris de détacher ses deux braguettes, celle de ses pantalons de neige et celle de ses jeans, puis il a déboutonné ses combines blanches et jaunies. Il a sorti son pénis, s'est empêtré avec son téléphone, qui lui a échappé, la lampe de poche toujours allumée. J'ai attrapé son pénis pour écrire mon nom dans la neige avec son jet. On s'est reculottés tous les deux, et on a partagé une cigarette en scrutant la neige tachée de sang menstruel et, en dessous, ma signature dorée, *Sacha*. Je m'améliorais, sauf pour le *h*, qui ressemblait encore à un 8.

À l'intérieur, le feu ronflait dans le poêle à bois, répandant partout une chaleur intense et sèche. On a enlevé tous nos vêtements d'extérieur, même nos pantalons de neige, on était souples et agiles, on se serait crus en été. Joy et Rae avaient cuisiné toute la journée et sans doute la veille aussi. On a mangé de la tourtière, de la dinde, du jambon, des patates pilées, des tartelettes aux baies de genévrier, de la banique et de la confiture de roses sauvages. J'ai redemandé à Sawyer quand est-ce qu'on irait se promener. Bientôt, il a dit, je sais pas. Vers la fin du repas, Rae a appelé pour donner des nouvelles : il n'y avait aucun patient à l'hôpital, il n'y avait pas non plus d'infirmières, et les médecins, il fallait oublier ça. Quelqu'un s'en venait, on ne savait trop d'où, qui recoudrait Francis. Tant mieux. On leur avait gardé du dessert. Pour ma part, mon ventre était sur le point d'éclater, j'avais abusé du sucre. Je voulais quand même essayer le traîneau à chiens. Sawyer, gelé raide, répétait : On verra, peut-être tantôt. Leah pleurait dans les bras de Rob, qui parsemait son crâne de baisers en lui disant qu'elle était la femme de sa vie, mais qu'il fallait vraiment qu'elle arrête de crier après les chiens. Jade montrait à Tom comment réussir des accords barrés à la guitare. Il essayait d'apprendre *Old Number 7*. Drake buvait des shooters de moonshine avec Juliette. Marine avait l'air de s'emmerder. Luna émettait des bâillements aigus et doux, heureuse et repue elle aussi. Les nuages se sont écartés pour révéler la lune, pleine et opulente comme un gros dollar canadien. Sawyer a déclaré en s'arrachant du divan que c'était le moment ou jamais. J'ai enfilé ma cagoule, mes lunettes de ski, mes mitaines en fourrure de lapin, des pantalons de neige turquoise et mon manteau en loup arctique. Luna s'est levée, prête pour la suite, quelle qu'elle soit, tout à fait alerte maintenant.

On est sortis rejoindre les chiens, qui se reposaient, roulés en boule ; à l'approche de Sawyer, ils ont bondi sur leurs pattes en hurlant de joie, excités par la balade imminente. On n'a pas attelé Luna parce qu'elle n'avait jamais travaillé de sa vie ; elle ne commencerait pas ce soir-là. Elle courait devant l'attelage, silhouette fantomatique à travers l'haleine blanche des huskys, inutile et fière de l'être. On a emprunté un sentier qui longeait la rivière et on l'a suivi jusqu'au fleuve gelé. On a poursuivi notre route sur la glace recouverte de neige dure. Le silence presque total se mouchetait du son rythmique des pattes de chiens sur la croûte blanche. À peine un kilomètre passé Dawson, et des heures avant Forty Mile, Sawyer a arrêté le traîneau au milieu du fleuve. Il a dit :

— Embrasse-moi, je t'en supplie. Il faut qu'on célèbre ce moment de vie pure.

— Célèbre-le en chantant ! je me suis exclamée.

Puis j'ai hurlé à la lune, Luna aussi a hurlé, et la meute a hurlé à son tour. Au loin, des coyotes nous ont répondu. Mon cœur s'est gonflé. J'étais vivante, j'étais ici. Je ne voulais rien d'autre que le ciel lumineux de la nuit et le froid sec qui avait couvert mes cheveux de givre. Sawyer a eu une drôle d'expression grave en me fixant, il s'est rapproché et m'a prise dans ses bras. Luna s'est dressée sur ses pattes, elle a appuyé sa tête sur mon épaule, comme pour participer au câlin. Sawyer a murmuré quelque chose à mon oreille, je n'ai rien entendu à cause de ma cagoule.

— Parle plus fort !

— Viens vivre avec moi dans ma cabane cet hiver.

— Quoi ? Pourquoi je ferais ça ? Pis Tom, lui ?

— Tom, il niaise depuis des années. S'il avait voulu être avec toi –

— C'est mon meilleur ami. On habite ensemble depuis qu'on est pus chez nos parents.

— Tu m'as toujours plu, t'as tellement des beaux cheveux, et ton regard...

Je me suis concentrée pour comprendre ce qu'il me disait, ce qui était en train de se passer.

— T'as l'air d'une enfant sans défense.

J'ai eu un mouvement de recul et j'ai étiré mon bras de tout son long pour lui donner une tape sur l'épaule.

— Sawyer, dude. Je suis pas sans défense, j'ai changé l'huile de mon char toute seule cet automne.

— Embrasse-moi, s'il te plaît.

— Oh my God. Non. Je pourrais-tu conduire la sled pour revenir ?

Il a accepté après un temps d'hésitation, l'air honteux.

Il m'a expliqué les commandes de base et m'a dit de ne jamais lâcher les rênes avant que les chiens se soient immobilisés, sinon ils repartiraient et continueraient à courir jusqu'à tomber d'épuisement.

Luna filait comme une flèche noire vers la maison de Phil et Joy, elle connaissait le chemin. À notre retour, leurs chiens nous ont accueillis en nous sautant au cou et en nous bavant dessus. Marine attendait dehors en fumant, prête à partir. Rob et Leah dormaient nus sur le divan, une bouteille de moonshine avait roulé sur le plancher à une trentaine de centimètres de la main inerte de Rob. Je l'ai ramassée, j'ai calé le fond et l'ai reposée, debout le long du mur. Tom était échoué sur le tapis devant le poêle. Phil et Joy devaient être à l'étage. Il ne restait plus de bûches à l'intérieur, je suis allée en chercher dans la dépense. En ouvrant la porte, j'ai vu le cul nu et poilu de Drake, puis des jambes de porcelaine enroulées autour de sa taille, j'ai reconnu le visage de Juliette, qui a gloussé de surprise. Drake s'est tourné vers moi :

— T'as rien vu.

— Vu quoi ? j'ai répondu en refermant la porte.

Je suis retournée dans la maison les mains vides. Tom a levé la tête, il avait les paupières lourdes mais ne dormait pas.

— Sacha ! il s'est lamenté. Jade dort chez son chum. Je pense que je l'aime.

— Tout le monde aime Jade, fais-toi-z'en pas avec ça.

J'ai fouillé dans mon sac ; ça me semblait le moment idéal pour lui donner son cadeau de Noël. Je me suis assise près de lui et je lui ai tendu un paquet enveloppé dans du papier journal. Il s'est redressé pour le déballer. C'était un t-shirt personnalisé, où j'avais imprimé une photo d'anus – ça renvoyait à une de nos inside jokes, ce serait trop long à raconter maintenant, mais je vais le faire le moment venu. Tu vas comprendre. Tom a ri comme un fou, le front lourdement appuyé contre mon épaule. Une chance que tu m'as pas donné ça devant Jade, il a dit en reprenant son souffle.

Je me suis étendue contre son dos, rattrapée par la fatigue, et on s'est endormis ensemble, réchauffés l'un par l'autre, dans le salon qui refroidissait.

22

ON S'ÉTAIT promis que l'hiver 2019 serait le dernier qu'on passerait dans cette cabane-là. Ça coûterait ce que ça coûterait, mais l'année prochaine, on déménagerait dans un appartement qui avait l'électricité et l'eau courante. Se lever trois fois par nuit pour rallumer le feu n'avait plus rien de romantique. On n'en pouvait plus de se laver à la débarbouillette, de s'éclairer à la chandelle, de marcher sur nos écouteurs, la laisse de Luna, nos vêtements, nos brosses à dents. Tout était toujours par terre ou dans le lit. On perdait nos cigarettes, nos lighters, nos chargeurs de cellulaires, nos mitaines, mes clés de char. On était sur le chômage, mais on n'arrêtait pas, il fallait constamment remplir les jerricans d'eau, fendre du bois, boucher les fentes entre les planches de la cabane avec ce qu'on avait sous la main, souvent nos vieux bas de laine, qu'on ne lavait jamais – notre vaisselle non plus, qui se résumait à deux bols, deux cuillères, une poêle et un chaudron, mais le chaudron ne comptait plus comme de la vaisselle depuis qu'un matin de lendemain de veille, trop lâches pour aller se geler le cul dehors, on avait chié dedans chacun son tour. On n'avait pas la motivation de cuisiner, on mangeait du takeout, ou on s'invitait chez Joy, chez Jade ou chez Leah.

Rae avait vendu sa roulotte à Marvin et vivait avec Francis dans une cabane qu'ils avaient construite sur la terre de Joy avec l'aide de Flo. Qu'ils bâtissent une cabane signifiait qu'ils étaient devenus un couple standard, qui te raconte trop souvent comment ils se sont rencontrés, et qui s'envoie par en dessous des commentaires passifs-agressifs. Rob et Leah, eux, n'avaient pas ce problème, ils se détestaient de façon honnête et directe. Quand elle était soûle, Leah pleurait en suppliant Rob de la quitter. Officiellement, Rob était itinérant mais, dans les faits, il vivait chez Leah, qui vivait dans la cabane de Juliette, repartie à New Orleans pour l'hiver. Quand Leah le mettait à la porte, Rob venait dormir chez nous, on improvisait des paroles sur ses riffs de violon, on buvait du moonshine et on se racontait des blagues sordides en se répétant qu'on était-tu ben entre francos. On finissait par s'étendre dans le lit tous les trois, on écoutait Tintamare, Les Chiens de ruelles, Lost Dog Street Band, Johnny Cash, Nine Inch Nails et toutes les versions de la chanson *Hurt*.

De son côté, Leah se mutilait de plus en plus. Rob s'inquiétait pour elle, mais il l'insultait sans relâche, il lui disait d'arrêter de manger autant, d'arrêter de se plaindre qu'elle était grosse et d'arrêter de se fâcher. Elle le traitait de misogyne, il la traitait de PC punk, de punk politiquement correcte. Quand j'avais des conversations seule à seule avec Leah, je lui disais qu'elle était belle, qu'avoir un gros cul et des grosses boules, c'était pas être grosse. J'essayais d'être une bonne amie.

En février, on a essayé d'améliorer notre sort, Tom et moi. On a récupéré une barre multiprise, une rallonge de cinquante pieds de long et une mijoteuse au Free Store. Le Free Store était aménagé sur le site du dépotoir municipal et, depuis plusieurs dizaines d'années, les gens de passage à Dawson y laissaient toutes leurs possessions avant de repartir en avion d'où ils étaient venus. Ils restaient quelques mois, quelques années, achetaient pour des milliers de dollars de matériel de plein air, d'outils, de meubles, de pièces d'auto. Ils abandonnaient tout derrière, sauf pour les valises de vêtements qu'ils emportaient dans l'avion. C'était moins cher de tout racheter dans le Sud que d'acquitter les frais de bagages excédentaires. Au Free Store, le personnel triait le stock et le disposait en plusieurs montagnes très ordonnées : dehors, les pneus, les électroménagers, les vélos, les articles de cuisine, les matériaux de construction, tout ce qui résistait aux intempéries ; à l'intérieur, il y avait les livres, les sacs de couchage, les vêtements – des manteaux de duvet aux déshabillés en dentelle. On n'avait qu'à s'y rendre en voiture, c'était à environ quinze minutes de route au sud-est de Dawson, et à se servir.

La mijoteuse, on l'a appelée Shakira – parce qu'elle

n'était clairement pas dans la même pièce que les chevaux. On a branché la rallonge de cinquante pieds sur une prise extérieure sur la maison du proprio, on a branché la barre multiprise sur la rallonge, et la mijoteuse sur la barre multiprise ; tant qu'à y être, on a ajouté une lampe de chevet, nos chargeurs de téléphone et ma chaufferette. On a vécu dans le luxe pendant deux jours, puis le fusible a sauté. On s'est introduits chez le proprio par la fenêtre d'en arrière, en quête du panneau électrique. À l'intérieur, on s'est aperçus que ce connard de cheechako, qui nous louait son cabanon sans électricité pour cinq cents dollars par mois, chauffait sa maison vide à quinze degrés Celsius. On a commencé à y aller de temps en temps : on prenait des douches, on cuisinait, on branchait nos cellulaires, on écoutait Netflix sur la grosse télévision, on utilisait les toilettes, on dormait, on se masturbait, on lavait notre linge, on jammait – j'ai même fait du yoga une fois avec Juliette – jusqu'à ce que Francis nous pogne et menace de tout raconter au proprio, un ami de sa famille. On a parlé dans son dos le reste de l'hiver, on l'appelait la snitch with stitches, le délateur au pouce recousu. On a rongé notre frein, on répétait à la truie, à la tornade et à Shakira que c'était notre dernier hiver avec elles. On a été heureux. On a été heureux d'une manière qui me semble aujourd'hui impossible, avec une intensité que je ne sais plus retrouver en moi.

AU PRINTEMPS, on a gaspillé nos derniers chèques de chômage pour acheter une motoneige. Le moteur a lâché après une semaine. J'ai eu une pensée pour Marine. On se nourrirait de denrées de la banque alimentaire en attendant de recommencer à travailler. Le 23 avril, le fleuve a fendu à moitié. J'ai publié une photo de l'eau encore gelée sur Buy and Crier et j'ai écrit en anglais : « Ils disent que le fleuve est cassé, mais je suis ben plus cassée que lui. » J'ai reçu une cinquantaine de likes et des offres d'emploi, que j'ai refusées. Marvin m'a écrit pour me donner rendez-vous au Pit, ce serait sur son bras. Tom m'a accompagnée pour profiter de la manne. Marvin avait perdu sa bedaine, on a eu du mal à le reconnaître. Il nous a confié son secret : le régime keto. À soixante-cinq ans, il avait goûté au vin rouge pour la première fois – bien plus faible en glucides que la bière –, et il se nourrissait d'avocats et de bacon ; il avait à présent une silhouette de vieil acteur hollywoodien.

Marvin m'a annoncé qu'il m'augmenterait de quatre dollars de l'heure. D'un jour à l'autre, les touristes afflueraient. Cet été, j'aurais la responsabilité de les emmener dans des excursions de plusieurs jours au parc Tombstone, j'étais assez expérimentée. Il était allé acheter un autobus en Alberta pendant l'hiver et il était tombé en panne trois fois sur le chemin du retour. Mais je n'avais pas à m'inquiéter, Marvin avait réglé le problème et l'autobus était maintenant comme neuf. La saison s'annonçait aussi broche à foin que toutes celles qui avaient précédé ; je m'en réjouissais. Tom a demandé à Marvin s'il aurait une job pour son cousin qui s'en venait passer l'été au Yukon. S'il est capable de rentrer au moins six matins sur dix, il est engagé, a dit Marvin. On a trinqué.

Un mois plus tard, le ferry a repris du service. Tom

et moi, on a quitté notre cabane sur la Sixième pour une autre, plus confortable et plus grande, qui nous coûterait moins cher. On a laissé derrière des vêtements croûtés de boue et de sueur, des batteries usées, des tampons souillés, des crottes de chien, des légumes pourris, des coussins déchiquetés et imprégnés de pisse, des boîtes de pizza moisies et notre chaudron de lendemain de veille. On s'assurait ainsi que le proprio ne nous louerait plus jamais sa cabane. En revanche, on a emmené Shakira en se disant qu'un jour, peut-être, elle se retrouverait dans la même pièce que les chevaux. On travaillerait comme des malades tout l'été, on économiserait et, quand l'hiver reviendrait, on se payerait un appartement en ville. C'était le plan.

23

EN SORTANT de la mine après mon shift, je me suis arrêtée à la station-service pour faire le plein et m'acheter un café. Il avait fait chaud toute la journée, Sally avait ouvert les deux portes. Un courant d'air frais traversait le local. Elle a donné un biscuit à Luna, et Rob a débarqué alors qu'elle versait un peu de Jim Beam dans mon verre de styromousse. Lui et moi, on fumait dans le backstore pendant que Sally servait les clients. Elle portait des vêtements inspirés des années quatre-vingt, elle avait un toupet carré et les tempes rasées. Elle semblait de bonne humeur même si sa meilleure amie était morte d'une overdose peu après le break-up. On évitait le sujet avec elle. Rob fantasmait sur la possibilité de laisser Leah. J'attendais que Tom sorte de la job. Il finissait à neuf heures. On avait prévu d'aller marcher avec Luna, puis de manger des nachos en regardant *Le seigneur des anneaux* – on skipperait la scène où Sam manque de se noyer. Sally a surgi derrière nous, agitée comme si quelque chose de vraiment grave venait de se produire.

— Yo, elle a dit, il y a un mineur d'or qui vient de me donner son char !

— Hein ? j'ai fait. Juste de même ?

— Il déménage à Winnipeg pis il a pas le temps de le vendre.

Rob a soupiré.

— I wish que j'aurais des seins, moi aussi.

Sally a levé les yeux au ciel et elle a proposé à Rob de lui vendre, stationnée juste devant nous, sa Toyota Tercel 1999, blanche et rouillée, manuelle, un de mes modèles préférés. « Cinq cents piasses ! » Rob venait d'obtenir son permis d'apprenti. Il hésitait, ignorant à quel point c'était dur de trouver une voiture à vendre en bas de cinq mille dollars à Dawson. Saute là-dessus ! je lui ai dit. Je voulais ce char-là dans ma vie. On allait le retaper, en y travaillant un peu chaque semaine. Les freins étaient à changer, le silencieux était percé, les pneus étaient sur la fesse et le phare avant gauche était brûlé – à part ça, elle roulait comme un charme. Ce serait mieux qu'un cours de mécanique. Et quand elle rendrait l'âme pour de bon en plein milieu d'un voyage, probablement sur l'autoroute

Dempster, on la regarderait avec amour en disant : c'était un ostie de bon deal, pareil, et on rentrerait sur le pouce en espérant ne pas croiser de maman grizzli.

— Si tu le veux pas, a dit Sally, je te gage que je le vends deux mille avant la fin de la journée.

Cinq cents, c'est ce qu'on payait pour une carcasse sans pneus, pas pour un bolide comme celui-ci.

Rob se tenait la tête à deux mains en grognant.

— Do it, man, j'ai dit.

— OK, mais tu vas-tu m'apprendre à conduire manuel ?

— Certain.

Rob payerait Sally quand il recevrait son prochain chèque. Selon la loi, on avait dix jours pour immatriculer sa nouvelle voiture au Bureau des véhicules automobiles. Au pire, des plaques d'immatriculation, il y en avait plein au dépotoir qui feraient parfaitement la job. On a posé nos tasses sur les marches et on s'est levés pour essayer la Tercel dans le stationnement. Luna s'est installée sur la banquette arrière, Rob derrière le volant et moi sur le siège passager.

— Fait qu'à droite, ça doit être le gaz, a raisonné Rob, pis celle d'à côté, j'imagine que c'est les brakes. Donc, la clutch, c'est la pédale de gauche ?

— Pédale ? On dit pus ça en 2019, voyons donc !

— Oh God, t'es tellement useless.

— Au moins, comme ça, personne m'utilise.

— Je vais quand même pas peser sur les brakes pis le gaz en même temps.

— Il faut que tu le figures par toi-même, j'ai répondu, sinon tu vas l'oublier.

Il a tenté plusieurs manœuvres différentes, s'est étouffé trois ou quatre fois, puis il a compris qu'en relâchant l'embrayage doucement et en donnant du gaz, il arrivait à passer en première et à avancer. Il avait traité la Tercel comme un nouvel instrument de musique, attentif aux sons, aux vibrations, aux réponses des pédales sous ses pieds. Ça m'impressionnait. Il m'a demandé quand il fallait monter en deuxième, je lui ai dit d'y aller au feeling, alors il a écouté le moteur, quand ça a grondé trop fort à son goût, il a shifté ; il m'a demandé sur quelle vitesse on devait freiner, n'importe quand, j'ai dit ; il a freiné doucement, l'auto a ralenti, puis s'est étouffée bruyamment. Il a tenté de repartir, le moteur s'est étouffé de plus belle. Il a dit voyons, crisse, réessayé, réussi. Quelques tentatives plus tard, il m'a demandé comment rétrograder. Je lui ai dit qu'il s'en sortait super bien, il n'avait qu'à faire le contraire de quand il shiftait. Ça lui a suffi. Il s'est entraîné encore un peu, puis il s'est senti prêt pour l'autoroute. À la hauteur de la Cinquième Avenue, là où Front Street redevient l'autoroute du Klondike, il m'a demandé une cigarette, parce qu'on allait peut-être mourir. Il roulait à trente kilomètres-heure. On va survivre, j'ai dit. Je lui en ai donné une quand même.

— Change de vitesse, faut que t'ailles au moins à cent quarante kilomètres-heure sur l'autoroute.

— Estie que t'es conne.

— C'est pas moi qui s'est rendue à vingt-cinq ans sans permis de conduire.

J'ai allumé les feux de détresse.

— C'est quoi, ça ?

— C'est pour signaler aux gens que tu sais pas ce que tu fais.

— J'aurais besoin de ça tout le temps.

— Je le sais.

Il a levé légèrement le pied de l'accélérateur, débrayé, et il est passé en troisième vitesse, puis en quatrième. Il roulait maintenant à soixante kilomètres-heure, le front humide, les dents serrées. On a dépassé la Huitième Avenue, qui menait au musée Jack London, on a dépassé Salmon View, d'où les Hans pouvaient jadis apercevoir l'arrivée des saumons en juillet – il n'y avait plus de saumons –, on a dépassé la rue du Dôme, qui grimpait jusqu'au sommet de la montagne. Larry faisait du pouce, on ne l'a pas embarqué – Rob n'était pas sûr qu'il se souvenait comment repartir. On a dépassé les terres résidentielles du Tr'ondëk Hwëch'in, on a dépassé le pont qui traverse la rivière Klondike, le camping Bonanza, puis on a continué vers les mines. Rob a étiré un bras tremblant vers la radio pour appuyer sur le bouton ON. *Eye of the Tiger* a résonné dans l'habitacle. J'ai chanté le refrain en remplaçant la moitié des mots par « Luna » : « It's the eye of the Luna, It's the Luna Luna », et Luna, à l'arrière, s'est assise et s'est mise à hurler.

On a parcouru une quinzaine de kilomètres, jusqu'au camping Klondike River. Il avait plu abondamment la veille et j'ai aperçu des hydnes hérissons dans le boisé, de gros et délicieux champignons blancs qui ressemblent à des chutes d'eau figées. La prof d'herboristerie nous avait appris que c'était bon pour les neurones. On s'est arrêtés pour que j'en cueille. Rob s'intéressait davantage aux amanites tue-mouche, des champignons rouges à points blancs qui font halluciner. Les cheechakos pensent que les amanites tue-mouches sont un poison mortel ; c'est un mythe, et ce n'est pas moi qui le dis, c'est l'Association mycologique d'Amérique du Nord. Comme avec n'importe quelle drogue, il faut juste éviter l'overdose. Luna était aux anges, elle adorait découvrir de nouveaux boisés. Elle a couru loin devant nous, pourchassant une perdrix.

— C'est quoi la différence entre les beiges pis les rouges, tu penses ? a demandé Rob, un champignon dans chaque main.

— Larry m'a dit que le beige, si tu y touches, tu meurs.

C'était une amanite phalloïde, la cousine moins spectaculaire et pas mal plus toxique de l'amanite tue-mouches. Je n'ai pas eu le temps d'entrer dans les détails, un cri atroce, strident nous a interrompus. J'ai lâché mes champignons et j'ai sprinté vers le bruit en appelant Luna.

Elle se rapprochait, je l'entendais gémir. J'ai enjambé un tronc d'arbre, des rochers, une branche m'a griffé le visage, je n'ai rien senti. Je me suis dit que, si un chasseur lui avait tiré dessus, on aurait entendu le coup de feu. Je l'ai repérée au loin, elle boitait et pleurait. Est-ce qu'elle s'était prise dans un piège ? Me rapprochant d'elle, j'ai compris. Sa tête et son cou étaient hérissés d'épines de porc-épic. Elle s'est écrasée à mes pieds, tremblante, et m'a fixée, l'air de dire : « Ma vie est entre tes mains. »

Je l'ai soulevée dans mes bras, comme un gros bébé de quarante kilos. Elle continuait de gémir. Je lui parlais à voix basse pour la calmer. J'ai vite dû la déposer, je n'étais pas assez forte pour la porter jusqu'à l'auto. Elle est partie en trottant devant moi, presque joyeusement, comme si elle n'avait plus mal. Je n'en revenais pas. J'ai joggé derrière elle, Rob était allé nous attendre dans la Tercel, dont le moteur tournait.

— Prends le volant, il a dit en voyant Luna. C'est une urgence, il faut qu'on se dépêche.

— Non, j'ai répondu. Je sais pas conduire manuel.

— Tu me fucking niaises.

— Ta gueule, on décrisse.

J'ai allumé mon cell, mais je ne captais aucun signal, on était trop loin du village. Rob a conduit lentement vers Dawson, feux de détresse allumés. À l'approche de l'intersection de Prospector Road, il a proposé qu'on s'arrête chez Joy, elle saurait comment soigner Luna, depuis le temps qu'elle travaillait au Humane Society.

Quand on s'est stationnés, les chiens de la famille ont accouru en jappant. J'ai laissé Luna dans la voiture. Rae, Leah et Joy étaient derrière la maison, autour du trou à feu, une boîte de pizza vide posée sur un billot à côté de Rae. Leah est venue à la rencontre de Rob :

— T'étais où ? Je pensais qu'on soupait ensemble !

— Babe, j'ai un char !

J'ai expliqué la situation à Joy, qui m'a accompagnée à la Tercel. Elle s'est penchée pour examiner Luna, couchée sur la banquette arrière. On était chanceuses, selon elle : la chienne n'avait pas d'épines dans l'œsophage ni dans les yeux. Rae a enfermé les autres chiens dans la maison et elle est revenue avec une pince à sourcils. Il fallait enlever les piquants un à un. On a fait monter Luna sur la table à pique-nique et je l'ai maintenue immobile, je lui parlais pour la rassurer. Joy a tenté de retirer une épine avec la pince, mais Luna s'est débattue. On a inversé les rôles, et elle s'est calmée. Joy m'a dit que les épines de porc-épic s'ouvrent comme des parapluies dans la chair lorsqu'on entreprend de les enlever. Chaque fois que je tirais sur une épine, Luna criait. Il fallait y aller délicatement et fermement, et faire attention de ne pas les briser. Si on en oubliait une à la mauvaise place, elle risquait de s'enfoncer assez loin pour perforer un organe. On a mis trois heures à toutes les trouver. On était à bout de forces. Il était plus de onze heures, le soleil se couchait, la chaleur était tombée, je grelottais de froid et de stress. Joy est rentrée en marmonnant un bonne nuit inaudible. Rob s'était enfermé dans la roulotte avec Leah, et Rae dormait déjà. C'est Phil qui m'a raccompagnée au ferry.

Une heure et demie plus tard, Luna et moi, on est arrivées à notre cabane à West Dawson. La génératrice tournait.

Tom en était au début du deuxième film de la trilogie, *Les deux tours*; j'ai reconnu au son la scène où Gollum, attiré par l'Anneau unique, descendait à quatre pattes le long d'une falaise, vers Frodon et Sam endormis, répétant de sa voix sifflante « voleurs, sales voleurs, les sales petits voleurs », « ils nous l'ont volé ». J'ai entendu des grognements et les chocs sourds de corps heurtant le sol. J'ai rejoint Tom sur le divan au moment où Gollum attrapait Sam par le cou. Tom avait les yeux vitreux et la bouche molle. Frodon a sorti sa dague, appuyé la lame contre le cou de Gollum. Tom avait à peine touché l'assiette de nachos froids sur le tabouret, un sac de vin presque vide traînait par terre, entre le divan et la truie. Sam et Frodon attachaient Gollum par la cheville à l'aide d'une corde elfique qui lui brûlait la peau. Gollum pleurait de frustration. Sam voulait le ligoter et l'abandonner là, Gollum protestait, les orques le tueraient. « C'est tout ce que vous méritez ! » a dit Sam. Même s'il était d'accord avec Sam, Frodon avait pitié de Gollum. Il ne le blâmait pas pour ce qu'il était devenu. Il le plaignait. Il savait qu'on était tous à un malheur, à un accident près de ramper à quatre pattes, transformé en monstre, asservi à jamais par l'objet de notre désir.

— Dude, t'as pas l'air de feeler –

— Ça te tentait pas de me texter ? il a dit sans arrêter le film. T'étais-tu encore avec fucking Kosmas ?

— Luna a attaqué un porc-épic et ça a mal fini. Elle était pleine de piquants. Je l'ai amenée chez Joy, elle m'a aidée.

Tom a appelé Luna vers lui en tapant sur ses genoux. Elle a déposé son museau sur sa cuisse. J'avais envie de la gâter. J'ai ouvert la trappe sous laquelle on avait creusé un trou dans le pergélisol, qui nous servait de frigo pour l'été. Il restait de la crème à café. Je l'ai versée à Luna. Elle l'a bue en quelques lapées puis on s'est pelotonnés les trois l'un contre l'autre sur le divan. On a reporté notre attention sur le film. Tom caressait Luna en répétant « pauvre petite fille ». Il était comme d'habitude, mais en plus triste. Peut-être qu'il avait parlé à sa mère. Une demi-heure plus tard, je cognais des clous, la main posée sur Luna, qui dormait profondément.

24

VERS LA MI-JUIN, on a appris que le voisin du boss de Tom s'était pendu dans son appartement sur la Sixième. Ça a été un choc pour beaucoup de monde dans la communauté, et on est tous allés à ses funérailles. Le lendemain, on a contacté le propriétaire de l'appart en question, même si on se sentait cheap et opportunistes. C'était un deux et demie avec toilette, douche, laveuse-sécheuse, four et frigidaire, pour six cent cinquante dollars par mois, pas chauffé, pas éclairé. On a offert au propriétaire de payer trois mois d'avance et on s'est arrangés avec lui pour y emménager la semaine suivante. Le lundi, on a fait plusieurs voyages à pied de la cabane à la Echo, puis on s'est entassés tous les trois dans l'habitacle. Cinq minutes plus tard, on traversait le fleuve Yukon en ferry pour enfin nous réinstaller à Dawson, dans ce qui nous a paru un palace. La première chose que Tom a faite en arrivant, c'est de retirer le crochet fixé au plafond ; il recevait Amber ce soir-là. C'est elle qui l'avait laissé, trois ans plus tôt, mais il ne lui en voulait plus. Elle était revenue de Prince George le mois précédent. Ils s'étaient vus au Pit et, tout de suite, Tom lui avait fait les yeux doux. Il n'a pas eu à me demander de les laisser seuls. Ça m'aurait rendue mal à l'aise de la voir après tout ce qu'on avait dit dans son dos. Je suis allée veiller au Pit avec Rob, Dylan et le Nageur, le cousin de Tom, qui travaillait finalement comme plongeur au Klondike Kate's. On s'est assis au bar, et Rob a sonné la cloche. Val nous a servi des shooters. Le Pit était vide ce soir-là, à l'exception de nous quatre. Ça semblait convenir à Val, qui ne nous avait pas adressé la parole plus que nécessaire, au-delà des salut et des ça va de rigueur. Elle s'activait derrière le comptoir, profitant du calme relatif, tantôt pianotant sur son téléphone pour changer la musique, tantôt mettant de l'ordre, époussetant des bouteilles. On sonnait la cloche à tour de rôle.

— T'es guide touristique ? s'est extasié le Nageur. De quoi tu parles dans tes visites ?

Avant que j'aie pu répondre, Dylan m'a demandé si je mentionnais les multiples relocalisations des communautés Hans, les pensionnats catholiques, les politiques corrompues du Service de la protection de l'enfance, qui perduraient.

— Man, je raconte aucune histoire autochtone, j'ai dit. Ce serait de l'appropriation culturelle.

Rob s'est esclaffé en me traitant de bullshiteuse, tandis que le Nageur avait l'air prêt à me remettre le Nobel de la paix.

— Minute, a protesté Dylan, c'est pas de l'appropriation culturelle si tu dénonces les crimes des colons.

— J'avoue. C'est juste que, dès que je prononce les mots « Tr'ondëk Hwëch'in », les touristes écoutent pus. Parler des Tr'ondëk Hwëch'in, c'est pas mal moins rentable que de parler de la ruée vers l'or.

Sans arrêter de rire, Rob a sorti un sachet de coke de sa poche. En temps normal, on ne se serait pas permis de tracer des lignes sur le comptoir mais, ce soir-là, on était seuls et Val s'en foutait. Rob a encore sonné la cloche.

Dylan est parti. La coke, ce n'était pas son truc. Pendant que le Nageur était allé pisser, Rob m'a mise au défi :

— Je te donne le reste du sachet si tu fourres avec.

— Je sais pas s'il va vouloir, je pense qu'il me trouve bizarre.

— C'est vrai que t'es fucking wack.

— Au moins, je suis pas recherchée par les cops en Saskatchewan.

— Câlisse, Sacha.

Il m'a prêté son billet de vingt roulé. Le Nageur est revenu. On a parlé de kung-fu, il était ceinture brune ou bleue, j'ai oublié. On a bitché contre Lynyrd Skynyrd, contre le Canada, contre nos boss, contre l'industrie minière, contre le capitalisme et contre les cartels de la drogue, et on a continué à sniffer. On a résolu tous les problèmes de la terre et on s'est promis de lancer un podcast. Le Nageur tripait sur celui de Mike Ward, c'était devenu son podcast préféré, il en citait plein de passages. Pour ma part, je voyais mal comment des conversations interminables entre humoristes pas connus pouvaient être si passionnantes, mais je l'écouterais bientôt, dès que j'aurais un meilleur forfait de données.

C'est là que Leah a fait irruption dans le Pit. Je me suis levée pour lui donner un câlin en criant : What's up, my girl ! Elle m'a ignorée et elle a agrippé Rob par le coude.

— Hier, tu me braillais dans les bras en disant que tu voulais arrêter de consommer, pis la première chose que tu fais, c'est de te garrocher ici ?

Rob nous a regardés, le Nageur et moi. Il serrait les dents, les yeux écarquillés dans une expression où se mêlaient hésitation et regrets. On ne pouvait pas l'aider. J'ai sonné la cloche.

— C'est vraiment pas le temps, Sacha, a dit Leah.

Val a déposé quatre shooters de Jim Beam devant nous. Le Nageur et moi, on en a bu un chacun.

Leah et Rob ont commencé à s'engueuler, Leah débitait ses reproches sur un ton cassant et pressé, et Rob, tendu, la mâchoire crispée, répondait par monosyllabes. Il s'efforçait de se contenir. Leah est partie sans dire au revoir; Rob a bu les deux autres shooters et l'a suivie. Val nous a informés que c'était le last call. On a fini nos verres, puis on a atterri dehors, sur la Deuxième. Il était presque trois heures du matin et il faisait clair.

— Veux-tu que je te montre le Loft? j'ai demandé.

On a marché vers la Sixième. Le Nageur m'a pris la main.

— T'es-tu déjà sortie avec Tom?

— Non, Tom, c'est mon jumeau.

— Ça veut-tu dire que t'es comme ma cousine?

— Juste si ça t'excite de penser ça.

On s'est embrassés. Je lui ai parlé de mon pari avec Rob. Il était gêné, avait les joues toutes rouges.

Je ne me souvenais plus sous quelle roche étaient cachés les tournevis. J'en ai retourné une au hasard et j'ai découvert un étron humain.

— Come on, les punks, les toilettes sont à *un* coin de rue.

J'ai soulevé d'autres roches et suis vite tombée sur la bonne. J'ai dévissé le moraillon et enlevé le cadenas. On est entrés. Le Loft, avec ses fenêtres condamnées, était l'endroit idéal en été pour échapper à la lumière harcelante du soleil de minuit. Ça m'apaisait. On n'avait pas de lampe de poche, seulement un briquet, un petit Bic bleu rouillé. J'ai pris le Nageur par le bras et l'ai guidé vers le matelas simple, qui était recouvert de mégots. On l'a balayé avec nos mains.

On s'est déshabillés lentement, en se donnant toutes sortes de sensations plaisantes. Il m'a demandé ce que j'aimais, ce dont j'avais envie, il était attentif, prévenant, il avait même des condoms sur lui.

Vers cinq heures du matin, des coups dans la porte m'ont réveillée. On s'était assoupis, lui collé contre mon bassin, moi couchée dans le creux de son épaule. Quelqu'un est entré. J'ai eu peur que ce soit le propriétaire ou la police. Je n'arrivais pas à mettre la main sur le briquet. J'entendais des pas se rapprocher. J'ai secoué le Nageur, il ne savait pas plus que moi où était le feu. Les pas se sont rapprochés encore.

— Sacha ? a dit une voix. C'est-tu vous autres ?

C'était Rob, qui venait d'entrer dans la chambre.

— Rob, my man ! je me suis exclamée.

— Tu nous as fait peur en tabarnac, a dit le Nageur, sous le choc.

— T'as-tu un lighter ? j'ai demandé.

— Leah m'a crissé dehors.

— Oh my God, t'es-tu correct ? s'est inquiété le Nageur.

— On est là, man ! j'ai dit. Pis en passant, tu me dois un sachet de poudre !

— Fuck yeah. C'était-tu nice ?

— C'était merveilleux.

— Pour vrai ? a chuchoté le Nageur. T'as aimé ça ?

— Vraiment, j'ai dit en lui donnant un bec sur la joue.

— Ça vous tente-tu qu'on aille monter le Dôme drette là ? a demandé Rob.

Ça nous tentait, mais on ne trouvait plus nos souliers. On a tâtonné dans le noir en se cognant la tête sur les murs, les cadres de porte, la tête des autres. Après un quart d'heure, on s'est tannés ; on irait nu-pieds. On est sortis de la ruelle et on s'est engagés sur le terrain vague bordant le Loft et qui débordait sur la Sixième. La ville était déserte. On n'entendait pas un son.

— Tout le monde dort, j'ai dit, faut qu'on soit discrets.

— Comme des ninjas.

Je me suis tournée vers le Nageur.

— Est-ce que les ninjas faisaient du kung-fu ?

— Le kung-fu, c'est chinois. Les ninjas étaient japonais.

— On s'en fout, j'ai dit.

— Tout ce qu'on veut, a chuchoté Rob, c'est que tu nous montres à marcher en silence...

— Comme des ninjas ! j'ai crié.

— Chut ! a insisté Rob. On est des ninjas.

Il a enlevé son t-shirt noir, se l'est mis sur la tête et en a attaché les manches longues derrière sa nuque. Je l'ai imité. Le Nageur a timidement retiré son propre t-shirt, il a écarté les bras et traversé le terrain à grands pas chassés. Sur la Sixième, il a posé le bout des doigts par terre et on a poursuivi notre chemin vers King dans une étrange marche de singes, bondissant pour éviter des rayons laser meurtriers. Un corbeau perché sur un pylône imitait le bruit d'une goutte d'eau qui tombe. Il essayait de nous ensorceler et de nous voler notre âme. Mais tant qu'on serait des ninjas, il ne nous atteindrait pas.

Au coin de King, j'ai dit aux gars qu'on devait aller chercher Luna parce que monter une montagne sans son chien, c'est comme le tromper. Rob a répondu qu'il avait déjà trompé sa blonde plein de fois et que ça n'avait rien changé entre eux. Il a éclaté de rire. Une seconde après, il pleurait en nous racontant que Leah était abusive, contrôlante, possessive, paranoïaque, manipulatrice, violente, suicidaire et jalouse de toutes les filles. Je l'ai écouté sans commenter, sans me mouiller. Je lui ai dit que je serais toujours là pour lui. Le Nageur assistait à cette scène de répertoire pour la première fois et il s'est indigné : Quelle fille toxique ! C'étaient bien des paroles de cheechako. À Dawson, quand un couple se chicane, tu ne dis rien avant d'être sûr qu'ils ne sont plus ensemble, sinon ça peut se retourner contre toi deux heures plus tard.

La porte de l'appart était toujours débarrée. Luna s'est ruée sur moi pour me lécher la face. Je l'ai inondée de mots d'amour et serrée dans mes bras. Sa fourrure était toute douce contre mon ventre froid. Tom ne dormait pas, il jouait à *Vice City*.

— On s'en va monter le Dôme, viens !

Rob a ramassé ma guitare accotée sur le mur.

— Non, a dit Tom. Amber dort dans la chambre, j'aimerais mieux être là quand elle va se réveiller.

— Réveille-la, j'ai dit, qu'elle vienne avec nous !

— Je pense pas que c'est une bonne idée.

Il n'avait pas mis sa game sur pause, ses mains s'acharnaient sur la manette.

— OK, tu me prêtes-tu tes shoes, d'abord ? a demandé le Nageur.

— Ben là, j'en ai besoin, de mes shoes.

Il a tiré dans la tête d'une grand-mère avec son AK-47.

— Pour faire quoi ? j'ai dit, t'es assis sur ton cul.

— Parce que… vous irez pas sans moi !

— Oh yeah ! on a crié en chœur.

Dehors, je me suis aperçue que Tom était nu-pieds.

— Tes shoes, man !

— Fuck toute ! a crié Tom.

On a entamé l'ascension du Dôme, sans eau, sans nourriture, sans cellulaires, sans souliers. Sauf Rob, qui portait des sneakers et ma guitare en bandoulière. Même si le fond de l'air demeurait froid, le soleil nous réchauffait, haut dans le ciel vide de tout nuage. Dans quelques heures, on suerait à grosses gouttes. On a bu à même la rivière, comme de magnifiques créatures de Dieu. Le soleil colorait le flanc de la montagne d'une lueur rose miel.

— Ça s'appelle l'*Alpenglühen,* a dit le Nageur. Lars Von Trier explique c'est quoi dans –

— Connais pas, j'ai dit.

— Man, a chuchoté Tom, tu devrais lui parler du *Seigneur des anneaux,* si tu veux l'impressionner.

Au sommet du Dôme, Rob a joué de la guitare et chanté une chanson qui parlait de solitude, de colère et de Dawson, qui n'était le paradis que dans nos têtes de fous. Sa voix débordait de rage et me secouait comme au temps révolu où j'étais minuscule et qu'on me rouait de coups. Ça donnait envie de tout casser, de pleurer, de brûler vive. Il se vidait les tripes, jouait avec l'intensité viscérale et contrôlée que donne le talent brut. Et la montagne vibrait, la vallée vibrait, l'horizon vibrait et, tout en bas, Dawson City vibrait comme une mince feuille d'automne ; à l'est, la rivière Klondike et le King Solomon's Dome vibraient ; à l'ouest, le fleuve Yukon, la forêt, les sommets enneigés de la chaîne de l'Alaska vibraient ; tout ce qui existait vibrait dans une harmonie violente. La sueur coulait dans mes yeux, l'air me manquait. On est restés longtemps à crier les refrains de Rob et à frapper sur des roches avec des bâtons pour l'accompagner. Je n'avais jamais rencontré d'autres musiciens comme lui. Dire qu'il vivait pour la musique serait réducteur : il jouait pour ne pas mourir. Pas pour se faire des amis, pas pour séduire, pas pour l'argent, pas pour enregistrer des EP, pas pour voyager. Je me souviens avoir regardé Rob et m'être dit : « Ce gars-là est un génie. Il crache toute la laideur de la terre, et c'est beau à se câlisser en bas d'une falaise. Je vais toujours l'aimer. »

ON DESCENDAIT le Dôme en courant quand on a croisé en sens inverse, sur la route Mary McLeod, l'autobus de Gold Rabbit. Je me suis rappelé que c'était moi qui étais censée le conduire ce matin-là. L'autobus a ralenti, bondé de touristes. L'un d'eux a brandi son cellulaire et nous a pris en photo. J'ai croisé les bras. Mon boss a passé la tête par la fenêtre et m'a dévisagée longuement, sans rire, même si je me doutais qu'il en avait envie. J'étais pieds nus et seins nus, j'avais de la boue sur les joues, un mégot de cigarette dans les cheveux, mes shorts étaient déchirés, mes jambes couvertes d'égratignures et de bleus ; mes trois amis n'avaient pas plus fière allure. Seule Luna avait l'air digne, droite sur ses pattes, la tête haute sous le soleil.

— Allez vous coucher, a dit Marvin.

Il s'est retourné vers ses touristes pour leur dire de bien observer ces superbes spécimens de la faune sauvage de Dawson. Il donnait de bons conseils, mon boss, on allait l'écouter mais, avant, on remettrait nos t-shirts et on irait au Pit boire une dernière pinte.

Au Pit, Luna s'est couchée à l'ombre, sur le côté de la bâtisse. Je lui ai servi un bol d'eau avec des glaçons dedans, que j'ai placé tout près du trommel en fer encore frais. Au bar, on a rencontré un mineur d'or qui nous a payé des shooters de Jägermeister et nous a donné de la poudre. C'était la première fois qu'on le voyait : fin quarantaine, longue barbe grise effilée, casquette décolorée par le soleil. Le Nageur et Rob sont partis, ils n'en pouvaient plus. J'ai expliqué au mineur qu'il fallait qu'on rentre avant que la douce moitié de Tom se réveille et se sente seule et désorientée. On l'a invité à nous accompagner. Why not, il a dit, vous êtes des vrais, vous autres.

Amber avait disparu, mais elle avait collé un post-it sur le frigo, qui disait FUCK YOU. Tom et le old-timer se sont assis dans le salon. Luna nous a fait savoir en hurlant qu'elle avait faim ; j'ai rempli sa gamelle. Le old-timer a sorti un revolver de la poche intérieure de sa veste en jeans aux manches coupées, juste pour nous le montrer. Il affirmait que c'était un authentique Colt 1851 Navy et qu'il était hanté. Un soir, sa femme avait voulu lui tirer dessus avec et la balle était partie dans le mauvais sens, et depuis il était veuf. On ne savait pas si on devait le croire ou s'il déconnait. Il s'est levé en vacillant pour mimer la façon dont son Colt lui exploserait dans les mains s'il appuyait sur la gâchette, comme il avait explosé dans les mains de sa femme quand celle-ci avait essayé de le tuer. Il parlait fort, gesticulait et postillonnait. J'avais l'esprit embrouillé, du mal à lire le visage de l'homme ; je n'avais pas vraiment peur, mais l'idée qu'il nous tire dessus m'a effleurée. J'ai appelé Luna et l'ai enfermée dans la chambre. Elle s'est aussitôt mise à gémir. Je ne faisais jamais ça. Sans qu'on comprenne le lien, le mineur d'or s'est mis à nous raconter des choses dégueu et révoltantes qu'il avait faites en Thaïlande. On lui a demandé de partir. Il s'est mis en colère, il a donné plusieurs coups de poing dans le mur, jusqu'à défoncer le gyproc. J'entendais Luna pleurer et gratter la porte. Tom s'est levé et on a convaincu le old-timer de sortir prendre une bière avec nous sur le bord du fleuve, on lui montrerait l'épave de West Dawson. Une fois dehors, on a marché avec lui pendant cinq minutes, puis on est repartis en courant vers l'appart. On a barré les portes pour la première fois de notre vie au Yukon. On a délivré Luna. C'est là qu'on a vu le revolver sur la table. On s'est regardés, morts de peur, puis je l'ai pris et je l'ai lancé dans le trou que le old-timer venait de faire dans le mur. Je l'ai entendu tomber sur quelque chose, probablement une poutre.

J'AI DÉGRISÉ juste à temps pour aller acheter un vinier de quatre litres au Liquor Store avant que ça ferme et je me suis rendue avec Luna chez Phil et Joy pour prendre des nouvelles de Leah. Elle était avec Rae dans sa roulotte.

Je suis allée la voir. J'ai laissé Luna dehors avec les autres chiens. Leah pleurait. Un film avec Jack Black jouait sur un vieux laptop posé sur le comptoir. Rae cuisinait des ramens, l'air soucieux. J'ai sorti le sac de vin de sa boîte en carton et l'ai tendu à Leah, qui a bu à même la valve.

— T'es-tu correcte ? j'ai demandé. Je suis désolée pour hier, j'étais paquetée.

— J'ai le goût de mourir. Rob a été full méchant avec moi. Il m'a dit qu'il voulait fourrer d'autres filles. Il me trouve laide. Pis Amber dit qu'il m'a déjà trompée.

— Amber est tellement menteuse, a dit Rae en posant un bol de ramens devant sa sœur. Pis même si elle disait vrai... Si elle est la seule à le savoir, y a une raison.

J'ai pris Leah dans mes bras, elle a éclaté en sanglots.

— C'est-tu vrai, que je suis grosse ?

— On est toutes grosses. Les filles minces, elles survivent pas à l'hiver.

Ce n'était pas vrai, on n'était pas toutes grosses, mais beaucoup d'entre nous rêvaient d'une minceur extrême, d'une minceur poétique qui témoignerait de notre nihilisme, de notre désengagement envers la vie, de notre mal-être. Leah et moi, on était pleines de douleur, de haine envers nous-mêmes et envers le monde, mais ça ne nous donnait pas le corps désirablement désincarné qu'on aurait voulu et, quand une nouvelle vergeture, un nouveau cratère de cellulite ou un bourrelet apparaissaient sur nos cuisses, notre ventre, nos fesses, c'est de la honte qu'on ressentait, et de l'angoisse. Ce que je n'ai pas su dire à Leah sur le coup, c'est que, si Rob la traitait de grosse ou de laide quand il était soûl ou en colère, ce n'est pas parce qu'elle n'était pas assez mince ni assez belle. C'était pour lui faire mal.

Elle a continué à pleurer. Je lui ai caressé les cheveux en lui promettant que tout s'arrangerait bientôt. Je ne me suis pas trouvée très originale ni très convaincante. Moi-même, je ne me serais pas crue.

— Pis Ashley dit que t'arrêtes pas de cruiser Rob quand je suis pas là.

— J'agis exactement pareil avec Rob quand t'es là pis quand t'es pas là.

— Je te crois. Je sais que vous êtes des super bons amis.

— Fuck Ashley, a dit Rae en se resservant un verre de vin, elle est crissement en manque d'attention ces temps-ci.

— Rob a pas rapport, j'ai dit. T'es ben plus chicks que lui. Il s'est-tu regardé, estie ?

— Je vais peut-être revenir avec, mais je vais fourrer quelqu'un d'autre avant.

— That's the spirit ! Le Nageur est célibataire. Je te le conseille.

Leah s'est tout de suite sentie mieux. À sa demande, j'ai peint ses ongles avec du vernis noir. Rae lui a décoloré les cheveux, les a teints en mauve et lui a fait une coupe Chelsea – rasé derrière et long à l'avant.

— Rob va capoter, j'ai dit.

— On s'en câlisse, de Rob, a dit Rae.

Vers le milieu de la soirée, Joy est venue nous chercher dans la roulotte, elle et Phil venaient de commander de la pizza au Pan of Gold, elle serait là dans trente minutes. On s'est dit que, si Rob, qui travaillait au resto ce soir-là, nous donnait notre extra bacon comme d'habitude, ça voulait dire qu'il aimait encore Leah. On est sorties en shorts et en bottes. Joy nous a montré où elle voulait le nouveau trou à feu : au centre du terrain, à égale distance de la maison, de la roulotte de Leah et de la nouvelle cabane de Rae. On avait promis de l'aider à le creuser après la pizza. L'ancien était trop proche de la fenêtre de sa chambre à coucher, Joy avait passé l'âge. On a vidé le sac de vin, on s'est ouvert des bières. Puis le livreur a klaxonné, Rae a couru vers lui, a rapporté la boîte et l'a posée sur un billot. Pendant que je frappais sur mes cuisses en imitant un roulement de tambour, elle l'a ouverte avec des gestes théâtraux. On ne voyait presque pas le fromage tellement il y avait de bacon. Leah s'est remise à pleurer, j'ai levé le poing dans les airs en signe de victoire. On a mangé, Luna a volé nos croûtes, puis on s'est jetées dans le travail.

Comme il y avait trois pelles et qu'on était cinq, j'avoue qu'à la fin je buvais plus que je creusais. Luna était comique, à creuser elle aussi, elle avait fait des trous un peu partout sur le terrain. On a terminé juste avant minuit, on était soûles et parties pour la gloire. Leah et moi, on s'est frenchées devant ses parents.

— C'est avec elle que tu devrais sortir, a dit Joy en riant.

— Bon, ça suffit, a dit Phil, je m'en vais vous porter à la garderie.

La garderie, c'est le nom qu'il donnait au Pit.

Kosmas était là. Il venait d'être embauché comme doorman. On ne s'était pas vus depuis six semaines. Je jouais à l'indépendante ; il m'ignorait. Il avait attaché ses dreads, qui lui allaient aux épaules, et taillé sa barbe. Je voyais la moitié de son nouveau tatouage sur son bras – un cocatrix, il m'en avait parlé la dernière fois qu'on s'était vus, c'était un animal fabuleux, une espèce de coq aux ailes de chauve-souris. Il portait la même casquette de bum que d'habitude, il avait les mêmes yeux désabusés. J'étais crevée, en fin de compte. J'aurais peut-être dû aller me coucher, mais je suis restée jusqu'au last call, sans rien commander. Je l'ai observé en silence alors qu'il s'obstinait avec des old-timers soûls qui prétendaient que, dans leur temps, tu pouvais boire au lounge toute la nuit. Bientôt, il n'y a plus eu que Val, Kosmas et moi. Neil Young chantait pour la troisième fois ce soir qu'il avait été un mineur à la recherche d'un cœur d'or. Quand est-ce que quelqu'un créerait de nouvelles playlists pour le Pit ?

— Pourquoi t'es encore ici ? m'a dit Kosmas en s'assoyant face à moi.

Il a posé ses coudes sur la table. Il avait de belles mains.

— Je, j'adore la musique.

Il a esquissé un sourire. J'étais fière.

— T'as l'air fatiguée morte.

Je ne bougeais pas, je ne détournais pas le regard, alors il s'est cru obligé de parler. Il a dit qu'il essayait de ne pas trop se rapprocher de moi. Il savait qu'il ne serait jamais un bon chum ; il n'était pas fiable, il était égoïste et il ne prenait pas soin de lui. Il fumait et buvait trop. Il en mourrait probablement.

Je lui ai répondu que je ne voyais rien d'insurmontable là-dedans. J'étais dure à décevoir. Accessoirement, j'étais aussi pire que lui. Il n'aurait même pas besoin de me mentir.

Il a dit que, quand il m'avait vue entrer, il avait eu une érection, la première depuis longtemps, même s'il était tout le temps horny.

On s'est embrassés, moi debout, lui renversé dans sa chaise. Il goûtait un mélange de whisky, de tabac et de weed.

— J'ai envie de dormir chez toi ce soir, j'ai dit. Mais il faudrait que je prenne une douche avant, par respect pour toi.

Il a eu ce rire de surprise, un peu éraillé, que j'aimais tant susciter chez lui, où ce sont les yeux qui riaient, qui brillaient le plus, comme de l'eau noire. Il m'a prêté la clé de la salle des employés. Je me suis lavée, puis j'ai utilisé la clé pour gratter le fond de mon sachet de coke.

Kosmas n'habitait plus dans sa roulotte, lui et Buddy venaient d'emménager ensemble au Hobo Mansion. Un des anciens locataires était parti vivre dans le Sud, à Halifax, dans l'espoir que sa carrière de musicien débloque, l'autre était en voyage au Pérou. Des spectacles étaient déjà prévus cet été-là au Hobo Mansion, plusieurs artistes bookés par Juliette durant l'hiver, pendant qu'elle était à New Orleans. Buddy et Kosmas en organiseraient d'autres, en plus des soirées de poésie, des shows bénéfice et de tous les partys. Chez Kosmas, Luna s'est roulée en boule au pied du lit, et j'ai sombré dans un sommeil profond aussitôt que ma tête a touché l'oreiller. Le lendemain, je travaillais. On s'est revus trois jours plus tard, Kosmas avait congé au Pit, il m'a textée pour savoir si j'étais libre après la job. Quand je suis arrivée, il grattait sa guitare, assis sur son lit. Les rideaux de velours étaient tirés. En ce mois de juillet, je recevais chaque moment passé dans la noirceur comme une bénédiction, un miracle.

On était vidés, éreintés par nos semaines de travail. Je me suis étendue sur son lit moelleux, dans ses draps de satin, ses draps propres et lisses – une chose rare à Dawson. J'ai ôté mes pantalons couverts de grains de sable noir et de poussière d'or. Je me suis débarrassée de mon t-shirt Gold Rabbit imprégné de sueur. Kosmas l'a ramassé et l'a reniflé ; j'ai feint l'indignation, il a feint l'innocence en disant que ça sentait le paradis. Il a fait jouer Tom Waits sur son speaker portatif et il s'est allongé à mes côtés. J'ai examiné son tatouage, touché ses contours du bout des doigts. Je lui ai demandé si je pouvais lui masser les poignets. J'adorais leur odeur de forêt et de cumin, leur couleur bronze et la plante tatouée sur l'un d'eux, qui grimpait autour de son bras, de ses phalanges jusqu'à son coude. Il m'a raconté que c'était un hybride entre l'Hydre de Lerne, une créature à neuf têtes issue de la mythologie grecque, et Audrey II, la plante carnivore mangeuse d'hommes de *Little Shop of Horrors*, un film musical qu'il avait vu adolescent. J'ai embrassé et léché ses poignets. Kosmas m'a demandé si toutes les Françaises tripaient autant que moi sur les poignets – si oui, il faudrait absolument qu'il aille à Paris un jour. Je l'ai traité de colon, lui ai rappelé que le Canada était bilingue, que j'étais née à Montréal, et que, non, toutes les Québécoises ne tripaient pas autant que moi sur les poignets, d'ailleurs c'est pour ses poignets à lui seul que j'avais un faible. Il a dit que le Québec, ça n'existait pas, c'était juste une conspiration de l'Europe pour effrayer les États-Unis. Je me suis esclaffée : Larry ! Sors de ce corps ! Tom Waits chantait : « Let me fall out the windows with confetti in my hair ». J'ai demandé à Kosmas où il était né ; je n'avais jamais songé à lui poser la question. À Guelph, en Ontario, il a répondu, mais sa grand-mère était grecque. Chaque jour de sa vie, elle avait porté au cou un œil en verre bleu, dont Kosmas avait hérité, une amulette pour éloigner le mauvais œil. Kosmas a tendu le bras et m'a montré, suspendue au mur de sa chambre, une grosse perle aplatie en verre bleu, avec en son centre un point noir cerné de bleu pâle, lui-même encerclé de blanc. Avant d'immigrer au Canada, sa grand-mère avait été propriétaire d'une boulangerie prospère à Thèbes, son mari l'aimait, ses enfants étaient en santé ; elle risquait donc fort d'attirer le mauvais œil et elle le savait. Un matin, elle s'était rendue à la boulangerie et avait réalisé trop tard qu'elle avait oublié son amulette sur sa table de nuit. Ce jour-là, elle s'était méfiée et protégée de chaque client en faisant semblant de cracher dans leur direction quand ils avaient le dos tourné. Kosmas racontait en riant qu'elle agrippait son entrejambe de ses deux mains et murmurait « ánte gamìsou » entre ses dents, ce que Kosmas traduisait par « fuck right off ». Pendant qu'on parlait, je prenais des gorgées dans ses bières, et les chansons se succédaient, du folk au blues. J'avais imaginé cette scène-là dans ma tête pendant tout l'été, je l'avais tellement voulue et espérée. J'y étais maintenant. C'était la réalité. J'étais en g-string sur le lit de

Kosmas, les seins nus, les cheveux en broussaille, j'avais le nez dans ses poignets puis dans le pli de son coude. On s'est raconté des choses sombres, des choses apaisantes. Kosmas a eu l'idée de me montrer son bien le plus précieux. Il est allé fouiller dans le placard d'où il a sorti une boîte à souliers peinte en noir. Sur le couvercle, il avait tracé avec du liquide correcteur une tête de cerf de Virginie au milieu d'un amas de branches noueuses et tordues. Il a posé la boîte sur le couvre-lit. À l'intérieur, il y avait un disque dur, un calepin en cuir et un livre. C'est l'édition originale de *Naked Lunch,* il m'a annoncé, les yeux pétillants. Les pages étaient jaunies, gaufrées d'humidité, à un souffle de se détacher de la reliure. Je lui ai demandé s'il accepterait de me le prêter pour que je le lise. Il a dit que non, personne ne pouvait partir avec ce livre-là, il était trop vieux, il devait demeurer dans la boîte. J'ai seulement eu le droit de l'ouvrir. J'ai demandé à Kosmas ce qu'il avait de si spécial, ce livre. C'est le roman qui se rapproche le plus de comment je me sens au quotidien, il a répondu. Je l'ai feuilleté, j'ai lu quelques passages au hasard, « je suis un fantôme qui veut ce que n'importe quel fantôme veut – un corps ». Pourquoi, j'ai dit, s'il se sentait tout le temps comme dans *Naked Lunch,* il ne s'était pas déjà suicidé ? Il a ri. Je lui ai énuméré les meilleures méthodes selon moi : faire une overdose de fentanyl, s'ouvrir les veines dans un bon bain chaud après avoir avalé la bouteille de Xanax, boire deux litres de lave-glace – mais alors il faut résister à la tentation de se soûler en même temps, sinon tu survis, comme Guy Turcotte. Kosmas ne savait pas qui était Guy Turcotte.

Je n'avais pas envie de le lui expliquer. Je n'avais pas envie d'être sérieuse. J'ai répondu que, si Mike Ward rencontrait Guy Turcotte à Cuba, il dirait : « Heille ! Un Québécois, trop malade ! En plus, lui non plus, il a pas d'enfants ! » Kosmas ne savait pas qui était Mike Ward. Je lui ai dit que c'était un humoriste québécois, qui avait fait cette blague-là et d'autres encore pires dans un de ses récents shows. La version anglaise était sur YouTube. Kosmas a répondu qu'on pourrait l'écouter ensemble bientôt. Lui, son humoriste préféré, c'était George Carlin. Il avait vu son one man show *Life Is Worth Losing* – la vie ne vaut pas la peine d'être vécue – une bonne dizaine de fois. On s'est remémoré ses meilleurs monologues : celui où il décrit l'Amérique comme une terre volée transformée en centre d'achat ; celui où les écrivains ne parviennent pas à se suicider parce qu'ils sont trop occupés à retravailler leur lettre d'adieu ; celui où la haine et le racisme accumulés de nos mononcles blancs explosent en mille milliards d'étoiles, et pour chacune de ces étoiles il y a mille milliards de planètes et sur chacune de ces planètes il y a mille milliards de mononcles blancs, et ils ont une vie sexuelle formidable, ils aiment leur métier, leurs soins de santé sont gratuits, et ils sont enfin heureux et arrêtent de faire chier le peuple. Nos idoles sont nihilistes, j'ai chuchoté dans son coude. Il s'est allumé une cigarette, il m'a avoué qu'il avait longtemps pensé à s'enlever la vie, il souffrait de dépression et d'alcoolisme depuis l'âge de quatorze ans, il avait grandi dans la pauvreté, comme sa mère. Son père, il le connaissait à peine. Qu'est-ce qui nous retient, tu penses ? j'ai demandé. Il a tiré sur sa cigarette et, toujours étendu sur le lit, en jeans, en t-shirt et en bottes, il m'a répondu : La curiosité. Je sais que c'est absurde, je sais que rien n'est juste, je sais que ça ne va pas aller en s'améliorant, mais je veux le voir quand même, je veux contempler le déclin jusqu'à la fin. Il a calé sa canette de Kokanee, en a ouvert une autre et a continué : J'ai une hernie abdominale, il faut que je me fasse opérer, et ça arrivera pas, parce qu'il est pas question que j'arrête de boire, j'ai besoin de boire tous les jours, et eux, ils peuvent pas m'anesthésier si j'ai bu. J'ai mal au dos, je suis endetté. Les freins sur mon pick-up sont finis, je dois changer l'arbre de transmission avant que ça roule plus. Je joue de la musique pour pas me noyer au quotidien, mais la musique est un vortex de nostalgie et de regrets qui m'aspire hors du temps sans rien guérir. Je suis en train de pourrir de l'intérieur, Sacha. Je pourrais mourir ce soir ou ça pourrait s'étirer, ça pourrait durer encore soixante-cinq ans, je m'en fous. Kosmas s'est allumé une autre cigarette. J'étais fascinée par sa capacité à dire des choses graves sans chercher le punch. Je n'allais pas l'interrompre, je voulais qu'il aille au bout de sa pensée ; j'aimais le voir s'ouvrir. Il a poursuivi : J'ai des amis, j'ai de la famille. Je leur dois de plus en plus d'argent. La plupart de mes ex ont de bonnes raisons de me détester. T'en auras sûrement, toi aussi, un jour. En même temps, comment je suis censé faire pour être une bonne personne ? Il s'est ouvert une nouvelle bière ; dans ces moments-là, où il me parlait, où il parlait de lui, il semblait avoir plus soif que d'habitude, il buvait plus et plus vite, ça le calmait. Comment tu fais pour fonctionner quand t'es brisé ? Comment tu fais quand t'as faim, mais que tu préfères t'acheter un six-pack plutôt que de la nourriture ? Comment tu fais quand t'es toujours épuisé, que, dans ta famille, personne va bien pis que personne t'a montré comment bien aller ? Ses yeux étaient vitreux et rouges. Je me suis demandé si c'était parce qu'il était soûl, ou parce qu'il était triste, ou parce qu'il avait fumé un joint. Comment tu fais quand t'es né comme ça, avec rien, habitué à manquer de tout ? Moi, j'ai décidé que j'allais rester. Je vais rester en attendant que tout pète. Je suis curieux de voir comment ceux que j'aime, ceux que je déteste, ceux dont je me fous et même moi – comment on va mourir. Il m'a passé sa canette de bière, j'en ai pris une longue lampée, je nous ai allumé une cigarette avec le mégot de l'ancienne. J'aurais voulu lui répondre, mais je n'étais pas certaine s'il me parlait ou s'il se parlait à lui-même. Je suis curieux de voir ce que le monde va devenir, pis surtout... je partirai pas avant Scarlett – pas volontairement, en tout cas. Je veux que ma chienne meure dans mes bras, en sachant que je l'ai aimée jusqu'à son dernier souffle – ou nos derniers souffles.

J'ai tendu la main pour trouver le corps chaud de Luna, couchée par terre à côté du lit. Elle a léché mes doigts. Je l'ai caressée derrière les oreilles. Je me suis retournée vers Kosmas. J'étais émerveillée, amoureuse, terrassée ; je me suis coulée contre lui. On s'est embrassés, on a fait l'amour, on a joui. Je ne sais plus tout à fait comment on s'est dit ça, si on a parlé d'autre chose, quelles phrases rassurantes ou pas on a dites, mais on a décidé qu'on essaierait d'être un couple. Je me souviens qu'on y a cru, on a cru à nos chances. On s'est endormis, entrelacés comme un tas de serpents à sonnettes en hibernation – pour citer William S. Burroughs.

III

CHIENNES

25

TROIS SEMAINES plus tard, je finissais ma journée de travail. J'ai débarqué mon groupe de touristes sur Front Street et rapporté au kiosque de Gold Rabbit les clés de l'autobus, la petite caisse et un sac oublié par un touriste texan. C'est dans cette minuscule boîte de bois, meublée seulement d'un bureau et d'un ordinateur de 1997, que Marvin accueillait les visiteurs et prenait leurs réservations pour les différentes visites qu'on offrait : tour du village, Drague-Numéro-Quatre, site de la mine, ainsi de suite. Marvin était encore là, il m'a raconté, pendant que Luna lapait son eau dans un vacarme de ferraille, que l'ordinateur avait planté à cause de l'affluence record et qu'il avait dû s'occuper de la paperasse et de la comptabilité à la main. Il m'a remis ma paye en argent comptant, précisant qu'il avait décidé de me payer mes heures de lunch cette semaine, un petit supplément de cent vingt-six dollars. Ton ordi a pas planté parce qu'il y avait trop de monde, j'ai dit au lieu de le remercier, il a surchauffé – commence pas avec ça, toi, il a répondu. Je t'aurai averti, j'ai dit, tu devrais le remplacer avant qu'il pogne en feu. Sors d'ici, espèce d'ingrate, il a bougonné, mon ordinateur fonctionne parfaitement.

Les ordinateurs n'étaient pas les seuls à souffrir de la chaleur ce jour-là. Je n'avais jamais autant sué à Dawson, il faisait au moins trente degrés, les Américains paniquaient parce que, dans tous les hôtels de la ville, les climatiseurs avaient sauté. Épuisée, je me traînais vers l'appart avec Luna, qui haletait en bavant à grandes coulisses. Je n'avais qu'une envie, prendre une douche froide et m'allonger toute nue sur le matelas, les rideaux tirés, le ventilateur au maximum. Mais avant, je redonnerais de l'eau glacée à Luna, elle s'étendrait sur le dos près de la porte de ma chambre et se reposerait. Je craignais qu'elle fasse un coup de chaleur. Je croyais me souvenir qu'il restait un sac de petits pois congelés, je le poserais sur son ventre, ça lui ferait du bien. J'ai texté Tom pour lui demander de vérifier si le sac était bien là, si on avait de la glace. Il m'a envoyé un mème : dans une chambre d'hôpital, un médecin dit à sa patiente, une fillette de huit ans : « J'aimerais pouvoir t'aider, mais je suis un médecin de famille, et tu es orpheline. » Peu importe, le congélateur n'était jamais vide, j'improviserais. Tom s'était occupé des déjeuners au El Do ce matin-là, il était sorti à six heures moins quart, avant que je me réveille ; il avait dormi sur le divan, la porte grande ouverte, parce qu'il avait trop chaud. Souvent il acceptait des quarts de soir dans d'autres cuisines, pour dépanner, au Klondike Kate's, au Downtown Hotel, au Triple J, tout le monde manquait de personnel. Je remontais Queen en direction de la Sixième quand j'ai vu, dans la ruelle qui passait entre le Downtown et le Midnight Sun, Rae, Leah, Dylan et Rob assis à l'ombre. Les gars, Rob au violon, Dylan à la guitare, interprétaient leur version de *Old Tyme Mem'ry,* une chanson nostalgique du temps où le bois était du bois, l'argent de l'argent et l'or de l'or. C'est Dylan qui chantait, accompagné de Leah, dont la voix était plus profonde mais moins juste que la sienne. Rae les écoutait, une canette de Kokanee suintante de condensation entre les jambes, une cigarette à la main. Elle portait des sandales, des shorts en jeans, une camisole noire. Rien d'extravagant, elle devait sortir de la job. Elle m'a envoyé la main, j'ai remarqué ses ongles fraîchement vernis en mauve. Je me suis arrêtée pour écouter la fin de la chanson.

— J'en reviens pas que t'aies fait ça à Tom, m'a lancé Rob. On commence à être écœurés de te voir le niaiser de même.

Leah et Dylan se sont arrêtés de chanter.

— De quoi tu parles ? j'ai demandé. Tom, c'est mon meilleur ami, on est comme Pet pis Répète. Ou Ding et Dong, ou Mickey et Mallory.

— Mickey et Mallory étaient mariés. Mickey et Mallory *Knox.*

J'ai éclaté de rire.

— Tabarnac, Sacha, t'es pas capable de rester sérieuse deux crisse de secondes ?

Dylan m'a offert une Kokanee. Je l'ai remercié et j'ai pris une longue gorgée, la bière n'était plus très froide mais elle descendait toute seule. J'avais soif et mal à la tête, j'avais passé la journée à expliquer la différence entre l'or alluvial et le hard rock mining à des touristes sexagénaires rouges comme des tomates sous leurs chapeaux beiges. Rob s'était désintéressé de moi et râlait contre son gérant au Pan of Gold, « un ostie de Paki qui lui donnait toujours des ordres ». Dylan l'a interrompu :

— T'as le droit d'insulter ton boss autant que tu veux, mais pas sur sa nationalité. Ça passe pus en 2019 et ça aurait jamais dû passer.

— Je suis d'accord avec Dylan, j'ai dit. T'as l'air d'un pire trou-de-cul que ton boss quand tu parles de même.

— Ta gueule, Sacha ! a explosé Rob. Toi, tu t'entends bien avec ton boss parce que t'es une estie de licheuse de cul, moi je dis ce que je pense, man !

Il semblait soûl. Il sonnait peut-être plus agressif qu'il le pensait.

— Ouin, mais j'adore ça, les culs, j'ai dit.

Les autres ont ri, Rob a levé les mains d'un geste brusque, l'air de dire fuck you all. L'ambiance s'est détendue un peu ; on a jasé de nos jobs en buvant des bières. Rob a recommencé à jouer tout bas, tandis que Leah égrenait du pot pour rouler un joint. Comme s'il venait juste de s'en souvenir, Dylan nous a annoncé que Punk With A Camera avait publié sur les réseaux sociaux une photo de la blonde de Jesse Stewart avec un œil au beurre noir. Jesse lui avait donné un coup de poing dans le visage alors qu'ils s'engueulaient en voiture. On ne savait pas exactement quand ça s'était passé. Juliette avait dû annuler le show censé avoir lieu ce soir-là au Hobo Mansion. C'était impensable que Jesse joue à Dawson. Il était arrivé en ville à la fin de la matinée. On ne savait pas où il était.

Où est-ce qu'il passerait la soirée ? Dans sa voiture, s'il en avait une. C'était son problème, rendu là, qu'il aille se cacher. Je me suis demandé s'il s'était présenté au Hobo Mansion, si Kosmas et Buddy l'avaient vu, j'ai eu envie d'appeler Kosmas pour qu'il me raconte tout. J'ai senti une bouffée d'admiration pour notre communauté, on se serrait les coudes, on ne transigeait pas sur nos principes, on ne se laissait pas impressionner par un punk batteur de femmes juste parce que son vidéo avait sept millions de vues sur YouTube. Je serais bien restée avec mes amis quelques heures de plus, mais Luna avait besoin de rentrer au frais. J'avais fini ma bière et m'apprêtais à repartir lorsque Rob, les yeux baissés sur son violon, m'a dit sur un ton trop joyeux :

— Reste donc pour jammer, Sacha, on avait du fun !

J'ai compris que c'était sa manière de s'excuser.

— Je vais repasser, j'ai dit.

— On mange du mush à soir !

— Vous mangez tout le temps ça.

— Tu viendras !

Il n'y avait aucune chance que je mange du mush ce soir-là. Je travaillais à huit heures le lendemain et je n'avais plus vingt ans. À l'appart, Luna s'est jetée sur son bol d'eau. Tom écoutait *Le Groulx luxe,* le spécial où ils chantent « dans les bois, ah, ah, ah », ça me tournerait dans la tête pendant une semaine. Tout en fouillant dans le congélateur à la recherche de glace, j'ai rapporté à Tom les propos de Rob. Il a soupiré, puis il s'est excusé ; il m'a avoué s'être un peu trop confié à nos amis, l'autre soir, quand il était soûl. J'ai baissé le son de la télé. Il m'a promis de leur dire que c'était redevenu chill entre nous deux.

— C'était pas chill entre nous deux ?

— Nah, c'est chill.

— T'es sûr ? j'ai dit en remplissant la gamelle de Luna.

— C'est pas toi qui me fais chier, c'est Kosmas. Il est narcissique pis il se crisse de toi. Tu peux pas dater quelqu'un d'autre ?

— Mais je suis une grosse conne en amour ! Tu me connais. Ça va sûrement pas durer ben longtemps.

— Tu le vois pas, qu'il s'en câlisse ? il a insisté. Tu mérites pas ça. Je l'haïs.

— T'as le droit de l'haïr. Je te promets que je l'inviterai pas ici.

— C'est juste qu'on a jamais parlé de ce qu'on était.

— Qui ça, *on* ?

— Nous deux.

— On est la même personne.

— Ta gueule, deux secondes. Sérieux, Sacha. On dort ensemble, t'es tout le temps toute nue, on a déjà couché ensemble. On... tu t'es jamais demandé ? Moi, en tout cas, je suis tanné de courailler. Pis nous autres, on sait qu'on s'entend bien. J'aime ça, dormir avec toi. Je... t'es fucking drôle, man. Tu me fais tellement rire.

Je me suis assise sur le divan. L'attitude, les paroles de Tom me décontenançaient. J'ai eu un pressentiment terrible pendant une fraction de seconde, comme si quelque chose était sur le point de se révéler à moi, attirant mon attention au moment exact où ça se dérobait, mais je me suis ressaisie. Une poche de tabac traînait sur la table, je me suis roulé une cigarette en me concentrant sur mes gestes, mille images défilaient dans ma tête, comme un montage incohérent.

— Moi aussi, je te trouve drôle, j'ai commencé. Je me pisse dessus vingt fois par jour à cause de toi.

— Justement... On a tellement de fun ensemble.

— Écoute, je suis peut-être une bonne amie, mais je suis super lourde et chaotique comme blonde. Le mieux pour moi, c'est de fréquenter des dudes qui s'en câlissent, pis avoir des amis cool, des amis qui restent, que j'aime.

— Je suis capable de me câlisser de toi, si c'est ça que tu veux.

— Tu parles-tu encore à tes ex, toi? Parce que moi, non. Je veux pas te perdre. Je te connais tellement bien. Je veux jamais arrêter de te connaître.

— Au pire, si ça marche pas, nous deux, on arrête pis on redevient comme avant. T'es pas une fille random que je me ramasse au Pit, là. T'es ma meilleure amie.

— Mais oui, mais toi aussi. T'es comme mon frère.

J'ai allumé ma cigarette. Un étau me serrait la poitrine. Je peinais à aspirer la fumée. J'aurais voulu effacer cette conversation. J'aurais voulu que Tom n'ait jamais eu ces sentiments-là pour moi, et qu'on demeure des enfants pour toujours. Il me regardait, le visage sans expression. J'ai fumé la moitié de ma cigarette, en silence, puis il a fini par dire :

— Pas lui. S'il te plaît. Il va te briser le cœur.

— C'est sûr, qu'il va me briser le cœur, t'as-tu vu comment y est sexe! C'est pas grave. Après, toi pis moi, on mangera des brownies en écoutant *Cliptoman*.

Fronçant légèrement les sourcils, Tom émiettait son tabac humide sur du papier à rouler.

— Ils censurent le mot shit, j'ai dit, ils censurent le mot marde...

On a continué en chœur : UNE CHANCE QU'ILS CENSURENT JUSTE LE MOT, SINON Y AURAIT PUS DE CLIP !

On a hurlé de rire, ce qui a mis fin à la conversation la plus pénible qu'on ait jamais eue ensemble, mais notre rire est mort bien avant que se dissipe en moi l'angoisse qui m'avait étreinte plus tôt. Je me suis installée sur le divan et j'ai écouté des émissions toute la nuit. J'aurais voulu ne jamais décevoir Tom, je l'aimais plus que tout, et je n'étais personne pour personne, sauf pour lui.

Le lendemain, on s'est levés en même temps. Luna s'était réveillée, elle me demanderait bientôt la porte. Je me suis assise à la table de cuisine en attendant que le café soit prêt. Tom fumait devant la fenêtre ouverte. Il évitait mon regard et me répondait par monosyllabes ; j'en ai déduit qu'il ruminait encore notre conversation de la veille, ou alors qu'il avait juste besoin d'espace. Je lui en ai laissé. Ce soir-là, après la job, je suis allée dormir chez Kosmas. Je suis restée deux jours.

LA SEMAINE SUIVANTE, un feu s'est organisé au bord du fleuve. J'aurais dû en entendre parler, mais j'avais été dans ma bulle ; j'avais travaillé six jours de suite, la chaleur avait été intense, je rentrais vidée le soir et m'endormais devant la télé, mes cartons de takeout nettoyés par Luna étalés sur le tapis. C'était possible qu'on m'ait invitée et que j'aie oublié. Je suis tombée sur le rassemblement par hasard vers neuf heures, alors que je me promenais avec Luna. On était lundi, j'avais eu envie d'aller me tremper les pieds dans l'eau et m'asperger le visage. Il y avait une dizaine de personnes au feu, en plus de Leah, Rob, Rae, Dylan et Tom. Les cheveux de Leah avaient repoussé, une ombre brune lui recouvrait maintenant le crâne, et Rae portait un manteau de cuir à franges que je ne lui avais jamais vu, par-dessus un haut de bikini noir. Assis à côté d'elle, Tom triturait les cordes de notre ukulélé. Luna a couru vers lui. Je me suis approchée, ils ont interrompu leur discussion sans pour autant me saluer. Je n'ai pas réussi à croiser le regard ni de Rob ni de Leah. Les chiens, Ménage, Twitch, Mush, Raccoon, m'ont reniflée en remuant la queue, je leur ai offert des peaux de poisson. Luna est venue m'en réclamer une double portion, et ils sont repartis courir autour du feu et se chamailler. Les bavardages ont repris, par petits groupes de deux ou trois, les propos couverts par les craquements du feu. Je me suis allumé une cigarette, sans m'asseoir. Jade m'en a quêté une. On a échangé quelques mots et iel est allé·e s'asseoir à côté de Tom, qui a posé le ukulélé. Personne d'autre ne m'a parlé. Je n'étais pas dans mon assiette, je devais avoir l'air fatiguée. J'ai fini ma cigarette et je suis rentrée à l'appart. J'ai ouvert Messenger et vérifié sur Shenanigans. Le feu avait été annoncé, ils avaient échangé une trentaine de messages là-dessus. C'est moi qui avais mis les notifications en sourdine parce qu'elles me tapaient sur les nerfs, et je n'avais jamais répondu, ça avait dû paraître un peu bête.

ET PUIS l'automne est arrivé, les touristes sont partis, Gold Rabbit a fermé, et j'ai repris mes habitudes casanières. Je pratiquais mes power chords à la guitare et je me couchais tôt. Tom sortait beaucoup et rentrait tard, quand il rentrait, on se croisait à peine, et moi j'allais souvent dormir chez Kosmas. La neige tombait et ne fondait pas, dehors on expirait une vapeur blanche et dense, j'ai ressorti mon manteau de fourrure. J'ai passé la soirée du 31 octobre seule à l'appart. J'avais été toute la journée en forêt avec Luna, on avait couru dans la neige et je m'étais trempé les pieds dans le fleuve, sans doute pour la dernière fois avant qu'il gèle. J'avais fait du ménage et l'épicerie, j'avais cuisiné une sauce à spagate d'après la fameuse recette de Tom, j'avais écouté la télé et je m'étais couchée.

Au réveil, j'ai vu sur Facebook que, pour l'Halloween, Leah et Rae avaient organisé un gros party costumé chez elles. Sur les photos publiées et repartagées, il y avait tout le monde que je connaissais à Dawson : Flo, Jade, Tom, Dylan, Sawyer, Marine, Larry, Buddy, Joseph, Dave, Cody, Juliette, Sally, Drake, Francis, Clara, Hayden... autour d'un immense feu de joie. Même Kosmas était là, bras dessus bras dessous avec Clara. Il grattait sa guitare, cigarette à la bouche, avec Buddy, qui soufflait dans son harmonica. Juliette, Clara, Flo et Sally trinquaient avec des bouteilles de moonshine. Tom et Jade, hilares, se roulaient par terre avec les chiens. J'ai eu un pincement au cœur. J'ai essayé de me souvenir si j'avais entendu parler de cet événement. Je suis allée voir sur Shenanigans. Je n'étais plus dans la conversation. Flo m'avait retirée du groupe, sûrement par erreur. Je ne me suis pas permis d'y repenser. Je n'étais pas une ado qui pleure parce qu'on ne l'a pas invitée à un party. J'étais responsable de mon bien-être. J'avais une vie. J'avais mon chien, mon disque dur, un toit sur la tête. Sans compter que je voulais moins boire depuis longtemps, alors tant mieux. Si je leur avais demandé directement ce qu'ils faisaient à l'Halloween, mes amis me l'auraient dit. Est-ce que je le leur avais demandé ? Je n'ai pas osé fouiller ma mémoire.

LE MERCURE a plongé, et le rythme engourdi des heures d'hiver s'est installé pour de bon. Les jours suivants ont passé avec une lenteur irréelle, et je sentais qu'une partie de moi s'empêchait d'être consciente de ce que je vivais. Au parc à chiens, à la rivière, au magasin général, les gens que je croisais avec qui j'avais le réflexe de m'arrêter pour discuter me répondaient avec froideur, comme si chaque mot leur coûtait. Si j'insistais, le malaise s'intensifiait. On attendait que j'aie la présence d'esprit de mettre fin à mon supplice en crissant mon camp. Un jeudi soir vers la mi-novembre, je suis allée au Pit et Marine, derrière le bar à la place de Val, a refusé de me donner le nouveau mot de passe du wifi. Je me suis assise à une table, à côté de Sawyer, qui m'a dit que c'était mieux pour le moment si on ne chillait pas trop ensemble. À la buanderie, au bureau de poste, à la quincaillerie, on feignait de ne pas me voir. Je jouais à une version absurde de Qui suis-je ?, le jeu où on porte une étiquette sur le front et où on doit deviner sa propre identité en posant des questions aux autres. Est-ce que j'étais un boss ? Est-ce que j'étais une police ? Est-ce que j'étais un batteur de femmes ? Est-ce que j'étais un fonctionnaire de Whitehorse à la solde de Goldcorp ? J'étais quoi ?

J'ÉVITAIS les endroits publics autant que possible, mais Luna avait besoin de croquettes – elles se vendaient à la quincaillerie. Devant les sacs de NutriLife au saumon, je suis tombée nez à nez avec Leah et Rae.

— Heille, les filles, ça va ?

— Euh, oui, a dit Rae. Toi ?

— Ben, j'ai peut-être pas rapport, mais est-ce qu'il y a un malaise entre nous ? Vous m'avez pas invitée à l'Halloween... D'habitude, on fête ça ensemble. Tu me le dirais, si t'étais frue contre moi, hein ? On est assez amies pour ça, tu me le dirais, s'il y avait de quoi ?

— Oh my God, chérie, a grimacé Rae, tout le monde était invité, t'aurais dû venir, c'était malade !

J'ai regardé Leah.

— Pis toi ? T'es-tu frue ?

— Voyons donc, non.

— OK, merci ! Vous me rassurez. On fera de quoi bientôt, je m'ennuie de vous.

— Ben oui, certain !

J'ai pris un sac de vingt-cinq livres et je suis allée payer, oubliant de présenter ma carte de fidélité à la caissière. C'était la mère d'Ashley. Elle ne m'a pas rappelé de la sortir. J'ai soulevé le sac, je l'ai tenu appuyé contre mon bassin et j'ai réussi à ouvrir la porte de la quincaillerie sans me blesser le dos. Luna m'attendait dans la voiture, sur la banquette arrière. J'ai déposé le sac par terre. J'ai cherché mes clés dans les poches de mon manteau avant de me rendre compte qu'elles étaient toujours dans le contact et que les portières étaient déverrouillées. Leah et Rae sont sorties du magasin sans me voir. J'ai laissé tomber le sac de croquettes à côté de Luna, qui a gémi de joie et m'a léché les mains. Je lui ai donné des becs sur la tête. On était à deux minutes de la maison.

SES JOURNÉES de congé, Tom les passait désormais au Pit. Je le voyais partir, il ne m'invitait pas, alors je n'y allais pas. Il rentrait aux petites heures ou découchait, ne me donnait plus aucune attention, et à Luna non plus.

UN SOIR, fin novembre, j'ai lu à la soirée de poésie de Buddy. Kosmas m'a offert de m'accompagner à la guitare, mais ça m'embarrassait. À vrai dire, j'aurais préféré qu'il n'entende rien de ma lecture. J'ai attendu qu'il sorte fumer pour aller au micro. Il y avait une dizaine de personnes, dont Sawyer et Jade, iel habitait juste en face, et toutes ont été gentilles avec moi, même celles qui semblaient m'ignorer durant le jour. Juliette m'a dit qu'elle avait adoré mon texte – j'étais ravie, moi qui adorais l'entendre chanter.

Après la lecture, quand il n'est plus resté que Kosmas, Buddy et moi, je me suis servi un whisky avec de la neige dedans et me suis blottie dans le divan. Je me sentais bien. Je devais juste être un peu parano depuis que Tom avait pris ses distances. Il y avait assez d'habitants à Dawson pour que j'y conserve des amis. Chaque année, de nouvelles personnes venaient s'y installer, d'autres partaient pour Montréal, Toronto, Vancouver, New Orleans ou Austin. D'un ton léger, j'ai dit à Buddy et Kosmas que, ces temps-ci, j'avais parfois l'intuition stupide qu'on me détestait. Ils se sont crispés. Ça m'a inquiétée, alors j'ai poursuivi : Tom répétait qu'il n'était pas fâché, mais notre cohabitation était lourde, j'avais peur que notre amitié ne soit plus comme avant. Kosmas et Buddy se sont regardés, mal à l'aise. Kosmas a pris une grande respiration, j'ai compris qu'il cherchait depuis quelque temps les bons mots et le bon moment pour me parler.

— Tout le monde parle dans le dos de tout le monde, ici, faut pas trop capoter avec ça..., il a commencé par dire. Sauf que la première personne que j'ai entendue parler contre toi, c'est Tom, il y a deux ou trois ans au moins, pis c'était pas super reluisant. Mais votre relation a l'air complexe. C'est peut-être normal qu'il ait besoin de ventiler, des fois.

— Il disait quoi ?

— Je m'en souviens pas. Genre que t'étais broke, que tu vivais sur son bras pis que t'étais une fille facile.

— Ça se peut pas, t'as dû mal comprendre, j'ai répliqué. Son anglais était à chier dans ce temps-là.

— Pis il y a deux semaines, a enchaîné Buddy, je l'ai vu au Pit, il a été sur ton cas toute la soirée, à te traiter de profiteuse, de bullshiteuse, de slut, de menteuse pis de drama queen.

Kosmas lui a donné un coup de coude.

— Ça va, elle a compris, t'es pas obligé d'en rajouter.

L'or est le métal le plus lourd contenu dans le sol. Je le répétais quatre fois par jour à la mine. En vérité, le platine est encore plus lourd. On l'extrait ailleurs, en Russie.

Connais-tu la mine de Konder? Les trous noirs sont des milliards de fois plus lourds que le platine, des centaines de fois plus lourds que le Soleil. Ils peuvent engloutir une galaxie en une heure. Quelque chose de lourd s'ouvrait dans ma gorge.

— T'es-tu correcte, Sacha?

— Oui, j'ai dit. Pourquoi?

JE SUIS SORTIE fumer et réfléchir. En deux décennies d'amitié, Tom avait accumulé des frustrations contre moi et il en avait accumulé beaucoup. Il ne m'en avait jamais parlé. Il aimait boire, parler fort et rire. Il avait raconté des choses méchantes sur moi. Qui n'avait jamais fait pareil? On vivait dans un petit village où tout ce que tu disais pouvait se retourner contre toi. En ce moment, il ne se passait rien, on avait besoin de divertissement. Trois ans plus tôt, un gars qui s'appelait Alex avait été reconnu coupable d'avoir battu et violé son ex. L'année d'après, vingt-deux feux de forêt s'étaient déclarés aux alentours en trois semaines, soixante-quatorze mille hectares partis en fumée en un mois. Tout l'été, le village avait été recouvert de smog. L'année d'après, Luke, un gars qu'on connaissait, avait fait une psychose toxique et poignardé quelqu'un à mort. Chaque hiver quelqu'un se suicidait. Un événement terrible se produirait bientôt, les gens ne parleraient que de ça, et pour moi tout redeviendrait comme avant.

Je n'étais pas en colère contre Tom. Il avait le droit de se défouler, il avait le droit d'avoir de la peine. C'était aux autres de former leur propre opinion. Si Tom avait plus d'amis que moi, c'est qu'il était plus disponible, plus généreux, plus à l'écoute et moins bizarre, moins scandaleux. Moi, j'étais trop lunatique, trop inconstante, et un peu recluse, et je consommais moins depuis un bout. De toute façon, quand je consommais, j'étais encore plus bizarre. Tom seul ne pouvait être tenu responsable de ce qui se passait depuis des semaines.

J'ai entendu grincer la porte, et Kosmas est venu me serrer dans ses bras. Une fine neige tombait du ciel vide, les flocons s'accrochaient dans sa barbe noire ; il était magnifique, je ne m'habituerais jamais. J'ai enfoncé mon nez dans le col de son manteau pour l'embrasser dans le cou. On est restés collés comme ça un moment, puis il s'est détaché de moi pour s'allumer un joint. Il a relâché une bouffée et m'a demandé si j'aimerais emménager avec lui au Hobo Mansion et partager sa chambre. Il en avait discuté avec Buddy avant de sortir me rejoindre. J'étais la bienvenue. J'ai pris le temps de finir ma cigarette. Dans n'importe quelles circonstances, j'aurais accepté avec joie d'habiter au Hobo Mansion. Vu ma situation, la question ne se posait pas. Je pourrais m'éloigner du village, passer du temps dans la nature et approfondir des relations avec des gens qui m'aimaient un minimum, et j'aurais la chance de voir Jade plus souvent. J'adorais la chambre de Kosmas, j'y serais bien. Devant les fenêtres tendues de rideaux en velours noir, il avait érigé, sous l'amulette de sa grand-mère accrochée au mur, une sorte d'autel païen décoré de pierres précieuses, de minuscules pépites d'or que je lui avais rapportées de la mine, de feuilles d'argent, d'un crâne d'animal, d'une fourrure de lapin et d'une patte de renard, et de trois-quatre pommes de pin sur un plateau en cèdre. Il y avait des canettes de bière partout autour du lit, du givre dans les vitres, et des démons sculptés gardaient la porte. L'atmosphère de la chambre était enfumée, je pouvais y dormir pendant des heures dans la pénombre, sous la pente du toit, et m'y oublier sans angoisse, j'avais la paix.

QUAND je lui ai annoncé que j'allais vivre au Hobo Mansion le temps que les choses redeviennent normales entre nous, Tom m'a dit que c'était une bonne idée, que notre deux et demie était trop petit pour deux personnes et un chien. Je ne lui ai pas répondu que cet appart était plus spacieux que toutes les cabanes qu'on avait habitées ensemble.

— Luna va être bien là-bas, il a ajouté, y a une estie de grosse cour.

Il m'a aidée à déménager. Quelques jours plus tard, il est venu prendre une bière un soir où Kosmas travaillait. Il avait apporté des épisodes de *Mike Tyson Mysteries* sur une clé USB : on n'en revenait pas que Tyson, un boxeur connu pour avoir arraché l'oreille de son adversaire avec ses dents, soit devenu le héros d'un dessin animé. C'est Dylan qui avait fait découvrir ça à Tom pour le convaincre de lâcher l'humour des années deux mille.

À LA TOUTE FIN du mois de novembre, sa mère m'a écrit sur Facebook pour prendre des nouvelles. Elle avait vu qu'il avait fait moins vingt la nuit d'avant et elle s'inquiétait. Est-ce que Tom était prêt pour l'hiver ? Est-ce qu'il avait de bonnes mitaines, un cache-cou, des bottes? Je suis passée au El Dorado pour lui transmettre le message. J'ai glissé la tête à travers le cadre de la porte arrière. Marcos taillait des patates en juliennes. Quand je lui ai demandé si je pouvais parler à Tom, il a gueulé :

— Ton ex est là pour toi ! What's up, Sacha Drama?

— Fuck you, ostie ! Tom, c'est pas mon ex, crisse, on a couché ensemble une fois pis c'était un trip à trois ! Pis quand il va chialer à toute la ville qu'il a de la peine, c'est moi que tu traites de drama?

— Je sais toute sur toi, il m'a dit entre ses dents. T'es une estie de folle.

— On est toutes fous icitte, j'ai répondu.

Tom a marché vers nous en essuyant ses mains sur ses pantalons.

— Dude, sont ben lourds, tes collègues.

— Excuse-moi, il t'aime vraiment pas, Marcos.

— Pourquoi ? Il me connaît pas.

— Parce qu'il est poudré raide. Je vais y parler, je vais y dire de pus t'appeler Sacha Drama.

Il a eu un petit rire joyeux et a ajouté :

— C'est pas pire pareil, comme surnom.

— T'as-tu dit à nos amis qu'on était chill ?

— Inquiète-toi pas, je vais le faire.

Après sept ans à vivre à Dawson, j'en étais réduite à supplier Tom de sauver mon honneur, comme les sorcières et les putes du Moyen Âge.

— Estie que je suis dans la marde.

— Ben non.

— Whatever, dude, c'est pas grave. Ta mère veut savoir

si tu t'habilles assez chaudement. Je lui ai dit que t'avais tout ce qu'il faut, mais elle m'a renvoyé quinze messages depuis hier. Elle veut une photo de toi... Elle pense encore que t'as été enlevé par les intraterrestres.

— Elle est-tu gossante avec ça!

— Veux-tu que je prenne une photo de toi pis que je lui envoie?

— Tu peux ben. Viens dedans, ça va la rassurer.

Ça a été le dernier selfie où on nous voit ensemble, Tom et moi, nous qui en avions pris des centaines. Sur la photo, il porte son uniforme de cuisinier, une chemise blanche et un tablier bleu marine. Il montre sa tuque, son cache-cou et ses mitaines. Je suis à côté, ma tuque sur la tête et mon manteau de fourrure sur le dos. On a le sourire fendu jusqu'aux oreilles. À l'arrière-plan, Marcos plonge des frites dans l'huile. Quand je regarde cette photo-là, aujourd'hui, c'est comme si elle provenait d'une autre dimension.

KOSMAS ET MOI, on s'était fait un nid chaud et sombre où on baisait à cœur de jour. On s'aimait bruyamment, sans mièvrerie, sans promesses. Il était fidèle, à sa façon: il rentrait toujours coucher, à six heures du matin après avoir fermé le Pit. Il dormait longtemps, il ne m'interrompait jamais quand je lisais, dessinais, pleurais. Il n'exigeait rien de moi, je n'exigeais rien de lui. On ne parlait pas de ce qu'on était, nous deux. Ça me suffisait.

Me réveiller chaque matin au Hobo Mansion me donnait l'impression de vivre dans un palais, un château de l'underground dont j'étais la reine secrète.

Même à trois dans cette immense cabane, on ne manquait pas d'espace. Je pouvais courir du salon à la cuisine, des tranches de bacon à la main, pendant que Luna et Scarlett me pourchassaient. Il y avait deux divans trois places, un à côté de l'entrée et un dans le salon, près de la truie. Dans la dépense non isolée, qui donnait sur la cuisine, on entreposait des sacs de carottes, de betteraves et d'oignons, des poches de nourriture pour chien, de la viande, des conserves, et tout ce qu'on avait besoin de garder au frais – mais assez de chaleur s'y infiltrait pour empêcher les denrées de geler. Kosmas avait acheté une génératrice qu'il avait placée derrière la maison. Le soir, il l'allumait et, pendant quelques heures, les lumières de Noël scintillaient, nos téléphones se rechargeaient et on pouvait visionner des films sur nos appareils, ce qui nous coûtait environ cinq dollars d'essence par film. La bécosse était à vingt-cinq pieds de la maison vers la gauche. Il fallait bien déneiger le sentier, question de ne pas se faire surprendre par une urgence un matin où on aurait été très lendemain de veille, à boire du café très noir en enchaînant les cigarettes. On se lavait à la débarbouillette avec de la neige fondue, on isolait la maison à mesure qu'on découvrait d'où provenaient les courants d'air, il y en avait toujours de nouveaux et, même quand le feu brûlait à plein régime, on ne marchait pas nu-pieds ; le plancher de plywood demeurait glacé. Les armoires, le comptoir, les tablettes étaient faits de matériaux hétéroclites, recyclés, trouvés ou volés. Parfois, quand je me sentais motivée, je préparais sur la table de cuisson au propane un gros chaudron de tofu aux légumes ou de sauce à spaghetti.

En se levant, Buddy cuisinait une omelette pour nous trois et on déjeunait ensemble à la table, accolée au mur du fond. Entre la cuisine et le salon, un escalier menait aux chambres, où on était toujours un peu plus au chaud qu'en bas parce que la chaleur de la truie montait s'y accumuler. Chaque nuit, l'un de nous se levait pour entretenir le feu. C'était une vie dure pour les pieds et douce pour la tête, une vie simple. Les défis étaient manifestes et clairs, et les solutions existaient. Mais je m'ennuyais de Tom. Je m'ennuyais de parler français, de déconner en français. Je me disais que ce n'était certainement pas la première fois de l'Histoire que deux meilleurs amis se chicanaient. Ce n'était pas la fin du monde. Tom avait besoin d'espace et je lui en donnais. On n'en serait que plus proches par la suite.

J'ALLAIS parfois flâner à la station-service quand Sally travaillait. Luna était acceptée, attendue même, reçue comme une invitée de marque. Elle avait son bol d'eau à côté du comptoir-caisse, et Sally lui filait des gâteries. On buvait des cafés au Jim Beam et elle me faisait découvrir le rap – Azealia Banks, Princess Nokia, Ashnikko. Ça me donnait envie d'être une femme forte et indépendante. Larry aussi avait droit à des cafés gratuits, il passait la moppe en échange. Je le croisais parfois. On se saluait. Je prenais des nouvelles. J'étais incapable de rester fâchée contre quelqu'un plus de six mois. Un soir au début décembre, Tom est passé à la station-service avec Jade, Rob et Leah. Dès que je l'ai reconnu, je lui ai sauté dessus pour lui faire un câlin. Il a levé les mains pour m'empêcher de le toucher, les yeux mauvais. J'ai reculé, ébahie, lui ai demandé ce qu'il avait. Il a trébuché sur le bol d'eau de Luna puis repris son équilibre en sacrant : Mon estie de chien, câlisse, pis en plus y habite chez Kosmas, astheure. Il s'est mis à crier :

— Je suce un dude une fois en six ans pis après y a le cœur brisé !

Il a donné un coup de pied dans le bol de Luna.

— C'est-tu ça que tu penses, Sacha ?

Il a éclaté en sanglots. Je ne l'avais jamais vu pleurer comme ça, autant que ça. Tout le monde était pétrifié.

— Respire, Tom.

— Voire que t'as dit ça, il a réussi à articuler. Je te le pardonnerai jamais. Sérieux, je l'oublierai jamais. J'en reviens pas. J'en reviens juste pas. Toutes mes amis me l'avaient dit, mais je voulais pas les croire. Au moins, j'ai des ostie de bons amis ! Fuck you, Sacha, fucking traître !

J'avais fait tout en mon pouvoir pour protéger Tom, pour protéger son ego et notre amitié, pour que tout redevienne comme avant. Je regrettais ce que j'avais dit à Marcos et je me suis excusée – même si je n'avais jamais prononcé les mots exacts qui avaient été répétés à Tom. Ça ne valait pas le coup de m'obstiner.

— Je sais pas ce qui m'est passé par la tête, j'ai dit. Je me sentais attaquée. Je pensais qu'il m'haïssait parce que tu lui avais parlé contre moi. Je t'aime, Tom. Je m'ennuie de toi. Je m'excuse.

Il a répété qu'il s'en souviendrait en fixant le plancher. Je lui ai demandé si je pouvais venir chez lui pour qu'on se parle. Il a accepté. Personne n'a osé me regarder en face.

J'avais bien gâché leur soirée en me trouvant sur leur chemin, et on me le faisait sentir. Sally m'a aidée à ramasser mon manteau, mon sac et ma tuque. J'ai marché avec Tom sur la Sixième, jusqu'à notre ancien appart. Il était soûl, limite incohérent. Quand on est entrés, une bouffée de chaleur et de nostalgie m'a envahie. J'avais laissé plein d'affaires chez lui en me disant que je réemménagerais bientôt : un skateboard, des outils, des calepins noircis, un jumpsuit de licorne, des livres, des pneus d'été, des plaques d'immatriculation, des herbes séchées, des patins pointure sept. Luna a déniché un de ses vieux jouets, un poulet en caoutchouc qu'elle a fait couiner. On a ri en même temps, ça nous a un peu détendus. On s'est assis sur le divan. Il a répété qu'il m'aimait, mais que je n'étais pas facile à aimer. Je l'aimais, moi aussi, j'étais désolée et je voulais que les choses redeviennent comme avant.

J'ai senti qu'il se calmait. Ses traits s'étaient décrispés. Je lui ai avoué que, depuis la fin de l'été, j'avais l'impression de puer la charogne ; nos amis ne me parlaient plus, je ne comprenais pas pourquoi.

— Tu pourrais-tu faire attention à ce que tu dis sur moi, toi aussi ?

— C'est beau, Sacha, je dirai pus jamais rien dans ton dos, inquiète-toi pas. Je dirai pus jamais rien sur toi, jamais.

C'était bizarrement formulé mais j'ai préféré me taire.

— Je t'aime, man, il a continué. Viens icitte. Estie que je t'aime.

Il m'a prise dans ses bras, il m'a serrée fort et il a encore fondu en larmes.

— Je t'aime pis tu m'aimes, je lui ai dit. J'aimerais ça que t'arrêtes de l'oublier.

Cette nuit-là, on s'est endormis ensemble, en cuillère, comme on en avait eu l'habitude si longtemps. Je l'ai tenu dans mes bras en souhaitant silencieusement que sa douleur s'apaise, surtout parce qu'elle m'effrayait de plus en plus. Bientôt le soleil brillerait, on irait promener Luna et boire au Pit. On niaiserait, on chanterait nos tounes préférées, on se lancerait des balles de neige, on jammerait avec Rob, on se bourrerait de pizza hawaïenne. On se réunirait autour d'un feu au bord de la Klondike avec tous nos amis. On vivait une passe difficile, mais ce serait vite derrière nous.

UNE SEMAINE plus tard, Kosmas a évité de justesse une blessure grave, alors qu'il débitait un peuplier. Sa vieille scie à chaîne a rebondi sur un nœud et failli lui ouvrir le front. Il a décidé de se rendre à Whitehorse pour en acheter une autre. Compléter l'aller-retour en une journée, en plein mois de décembre, était abrutissant, sept heures de route sur la glace et dans la pénombre. Il n'aurait pas le choix de dormir au motel. Est-ce que j'avais envie de l'accompagner ? Noël approchait, je voulais offrir à Tom une salopette Carhartt noire, la sienne tombait en lambeaux. Je voulais aussi m'acheter une brassière rembourrée, une caisse de jus de canneberge pur – c'est bon contre les infections urinaires – et de la nourriture pour chien – elle est moins chère à Whitehorse. On irait chercher Jade à l'aéroport, qui revenait de Vancouver, où iel avait assisté aux funérailles de sa grand-mère. La veille du voyage, j'ai croisé Joy à la quincaillerie, on a discuté quelques minutes. Je me suis rendu compte qu'elle me manquait. J'avais assez hiberné. Je lui ai dit que, si elle avait besoin de quoi que ce soit à Whitehorse pour son souper de Noël, elle n'avait qu'à me remettre une liste. Elle a eu l'air sincèrement enchantée de ma proposition et, avant même de m'avoir envoyé sa liste par Messenger, elle m'invitait au réveillon.

26

ON EST PARTIS tôt le matin à bord de ma Toyota Echo, Luna et Scarlett se partageant la banquette arrière. On s'échangerait le volant en cours de route ; c'est moi qui conduisais pour l'instant et Kosmas s'occupait de la musique. On avait cinq cent trente kilomètres à parcourir. On roulerait vers le sud, vers l'aube, dans l'obscurité totale pendant la première heure, puis le paysage se colorerait de bleu cobalt. Vers Pelly Crossing, le soleil atteindrait la ligne d'horizon.

J'ai demandé à Kosmas s'il avait réécouté du Jesse Stewart depuis qu'il avait su ce qu'il avait fait à son ex. *Shed Life* traînait à mes pieds, tout égratigné, éclaboussé de neige fondue. Kosmas a dit que l'art, une fois sorti de l'artiste, appartenait à tous les mortels. Il n'aurait eu aucun problème à réécouter l'album, mais ça l'aurait trop fait grincer des dents, aujourd'hui. Dans *When You're Gone,* Jesse chantait : « Qui va battre ma femme quand je ne serai plus là ? » Come on.

Je ne réécouterais *Shed Life* que deux ans plus tard. Entre-temps, on aurait tous effacé Jesse Stewart de notre mémoire. On ne repenserait à lui qu'en apprenant sa mort – d'une overdose, seul dans une ruelle d'Edmonton.

— Mets-en, c'est plus écoutable, j'ai dit. Avec des paroles de même, on aurait dû le savoir, on aurait dû deviner.

— C'est pas si simple que ça. Prends Johnny Cash : « Pauvre Delia, si je l'avais pas tirée, je l'aurais mariée... »

— Crisse. Pis dans *Nobody's Dirty Business* : « Si je prends mon gun pis que je tire ma blonde, c'est les affaires de personne... »

— On est damnés.

Kosmas s'est ouvert une bière, pratique courante sur l'autoroute du Klondike. Je lui ai avoué qu'il m'arrivait, lorsque j'étais entourée de mes amis, de sentir se former dans ma gorge une boule de honte et d'inquiétude, sans raison précise. Kosmas vivait parfois la même chose et, dans ces moments-là, il buvait et fumait encore plus. Moi, je cherchais à faire rire à tout prix ; quand j'entendais rire mes amis, je l'interprétais comme un signe que j'étais acceptée, que j'étais aimée, que tout allait bien, que la haine que je me portais à moi-même ne les atteindrait pas ; le rire était la base de mon amitié avec Tom, j'ai dit à Kosmas, puis je me suis tue. Ce n'était peut-être plus vrai. Kosmas m'a demandé si, Tom et moi, on avait déjà sorti ensemble. Je lui ai dit que non, je lui ai raconté nos années à Montréal, comment, enfants, on s'était sauvés l'un l'autre de la solitude et de l'invisibilité. Tom avait été la première personne à écouter ce que j'avais à dire, et j'avais été la première personne à le traiter comme un être humain à part entière, quelqu'un de très important sur l'immense planète vaine que nous habitions.

La nuit bleutée se trouait lentement d'une lumière mauve encore tamisée. Est-ce que ça t'arrive de penser à la mort ? a demandé Kosmas. Beaucoup à l'adolescence, j'ai dit, mais moins depuis qu'on est arrivés au Yukon. Plein de choses me gardaient en vie. Il y avait Luna, l'amitié, la nature sauvage, la beauté, l'humour. Quand on serait morts, il serait trop tard pour rire. Et puis le suicide, c'était du travail, et je ne voyais pas pourquoi je me serais tapé cette corvée-là. Déjà qu'il fallait pisser et chier, manger, boire de l'eau. Déjà qu'il fallait dormir, se soigner quand on était malade, se loger, se chauffer. Il fallait s'aimer, jouir, s'expliquer, se défendre et se battre contre… contre tout. On n'allait pas se tuer en plus. On avait tous la garantie qu'on mourrait un jour, la mort ne rejetait personne, elle nous aimait tous également. Pas besoin d'apprendre à faire des nœuds coulants et à poser des crochets, pas besoin de se procurer de la morphine ni d'écrire la lettre d'adieu parfaite, pas besoin de garage où s'enfermer pour s'intoxiquer au monoxyde de carbone. La mort viendrait tous nous chercher en temps et lieu, et, après, on serait morts pour l'éternité, sûrement. Comparées à l'éternité, quelques décennies de souffrance psychologique, ce n'était rien, c'était infime. Kosmas a dit qu'on ne pouvait pas comparer une quantité finie à une quantité infinie, que l'infini est inconcevable pour nous. J'ai parlé des montagnes du parc territorial Tombstone. Aux touristes que j'accompagnais là-bas, l'été, je disais qu'elles dataient de l'ère précambrienne. Elles étaient là depuis cinq cent quarante-deux millions d'années. Elles t'auraient ri au nez si tu leur avais dit que tu en avais assez, que tu ne supporterais pas de vivre une seule nuit de plus. Kosmas n'était pas d'accord, le temps était relatif, et la souffrance le densifiait. Selon lui, il y avait aussi dans le suicide l'idée de reprendre le contrôle, de se venger du choc de la naissance. Dehors, l'aube durait et durait, dans le ciel les lueurs mauves et bleues fluctuaient imperceptiblement. On a parlé du suicide de Kurt Cobain et de son journal intime. Kosmas l'avait reçu pour son anniversaire, à quinze ans. Il avait ouvert la première page et lu la première ligne : « Please don't read my diary when I'm gone ». Il avait respecté la volonté de Kurt et n'avait jamais lu une ligne supplémentaire. Je n'en aurais pas été capable. J'aurais lu jusqu'à la fin ou jusqu'à ce que ça m'ennuie. On a écouté Nirvana, Purple Mountains, Mischief Brew, trois bands qu'on aimait et dont les chanteurs s'étaient enlevé la vie.

À FIVE FINGER RAPIDS – il devait être treize heures, il nous restait à peu près trois heures de route –, on s'est arrêtés pour laisser courir les chiennes. Elles ont culbuté dans la neige, qui voletait autour d'elles en petites éclaboussures poudreuses. À l'horizon, le soleil était visible, notre peau n'avait pas vu ses rayons depuis plusieurs semaines. On était soudainement au Mexique, d'autant plus qu'il faisait seulement moins vingt. Whitehorse étant plus au sud que Dawson, le soleil y dépasse la ligne d'horizon chaque jour de l'année, au moins quelques minutes.

Cette sensation de chaleur m'a ravivée. J'ai fermé les yeux de contentement en tirant sur ma cigarette.

Kosmas a conduit jusqu'à Whitehorse, où on est arrivés vers seize heures, fatigués et désorientés par le nombre de voitures et par les feux de circulation, dont on avait perdu l'habitude. On se sentait sous tension, comme si on nous avait parachutés dans une mégapole, bien que Whitehorse compte à peine trente mille habitants. Quelqu'un nous a klaxonnés rageusement quand Kosmas a omis de signaler en changeant de voie. Oh, for fuck's sake ! il a sacré, lui qui ne s'énervait jamais. Heureusement, on a vu le Canadian Tire. J'ai repris le volant, laissant là Kosmas, et je me suis rendue chez Mark's, une boutique de vêtements de travail, pour la salopette de Tom. Il m'a ensuite fallu parcourir les allées bondées de trois épiceries pour réunir tous les items figurant sur la liste de Joy. J'ai acheté une dinde, deux livres de canneberges surgelées, des kiwis, des asperges, de l'anis étoilé, du chocolat noir, un gros camembert, du gouda fumé, un tube de chèvre, du salami hongrois, du prosciutto, du capicollo, deux bouteilles de vodka, un litre de jus d'orange, une caisse de Pabst – il n'y en avait pas à Dawson – et un carton de Philip Morris régulier. Je n'ai pas trouvé de soutien-gorge, je n'ai pas eu le temps. Je suis retournée chercher Kosmas. Je frissonnais, j'ai proposé qu'on aille se détendre au centre sportif. L'idée n'emballait pas Kosmas, et il n'avait pas de maillot. Moi non plus, j'ai dit, ce n'était pas grave, on se baignerait dans nos sous-vêtements noirs.

On s'est réchauffés dans le bain à remous puis on a bu de la vodka dans ma gourde, étendus sur des chaises longues. Je ne buvais pas aussi vite que Kosmas ; il descendait la bouteille comme quelqu'un qui a toujours plus soif. Il a refusé d'aller dans la glissade d'eau. Please, Sacha, il a dit, on est des adultes, goddamn it. Il n'a pas voulu jouer au jeu du téléphone non plus, j'ai fini par l'embrasser jusqu'à ce que son érection le rende mal à l'aise. On a argumenté à savoir qui conduirait jusqu'au motel. Dans ma tête, ça aurait dû être moi, c'était mon auto et il avait bu comme un trou. Il prétendait qu'il était meilleur que moi pour conduire soûl. Je n'étais pas d'accord ; même à jeun, je conduisais mieux que lui ; dès qu'il sortait de Dawson, les phares des autres voitures l'aveuglaient, il ne remarquait plus les stops, le trafic le stressait. On a décidé de tirer à pile ou face. J'ai gagné, mais Kosmas n'a pas lâché le morceau. J'ai abdiqué – une chicane était la dernière chose dont j'avais besoin et puis Luna et Scarlett nous attendaient dans l'auto.

Une fois au motel – Kosmas avait roulé comme s'il passait son examen de conduite à l'heure de pointe –, j'ai ouvert la valise pour prendre nos bagages.

— Ostie de crisse, j'ai dit.

— Qu'est-ce qu'il y a ?

— Toute l'épicerie de Joy a gelé – les asperges, les kiwis...

— Attends un peu, m'a arrêtée Kosmas. T'as fait son épicerie ? Pourquoi ?

— C'est-tu grave si le camembert a gelé ?

— Sacha, pourquoi t'as fait son épicerie ?

— Pour lui rendre service ! Va falloir qu'on y retourne demain, regarde les asperges.

— Hell no. Fuck les asperges. C'est pas grave, elle fera un fucking potage.

J'ai pris un sac à dos sur chaque épaule.

— On sait ben, vous autres, les Ontariens, vous vous en crissez que le camembert gèle.

— Je suis pas ontarien, je suis grec.

— Justement, qu'est-ce que tu connais du fromage ? Le feta, c'est même pas bon.

Il a ri de bon cœur. Je lui ai tiré la langue et je suis partie vers la réception pour payer la chambre. Il est resté derrière l'hôtel avec Scarlett et Luna, qui avaient grand besoin de se dégourdir. Je suis montée au deuxième en ascenseur. J'ai déverrouillé la chambre et y ai laissé nos sacs. Puis, dans le couloir, j'ai repéré le néon vert de la sortie de secours. J'ai ouvert, aucune alarme ne s'est déclenchée. Luna a grimpé les escaliers de métal ; Scarlett, derrière, hésitait, tremblante. Elle s'est assise en gémissant. Kosmas l'a soulevée et portée jusqu'en haut. Elle avait peur des trous dans le grillage, m'a dit Kosmas. Pauvre chouette. On s'est faufilés dans notre chambre. On a nourri et cajolé les chiennes jusqu'à ce qu'elles se mettent à chanter et qu'on doive les supplier de se taire. On s'est embrassés. On a mangé des carottes avec du houmous. On a bu des torrents de bière. J'aimais Kosmas, sa barbe brillait sous les néons comme la carapace d'un scarabée. Les draps étaient propres et on les a salis.

LE LENDEMAIN, on a libéré la chambre à onze heures et on est allés chercher Jade à l'aéroport. Iel a pris place en arrière avec Scarlett et Luna et nous a parlé de sa grand-mère, qui s'était occupée d'iel pendant que sa mère se débattait avec des problèmes de dépendance. On a parlé de toxicomanie, de dépression, des raisons pour lesquelles on n'aurait jamais d'enfant. Jade déplorait les nouvelles politiques anti-avortement qui venaient d'être adoptées en Alabama, la mise en tutelle de Britney Spears, la déshumanisation des femmes par l'institution médicale – j'ai fermé ma gueule et j'ai écouté. Puis on a parlé du mouvement #MeToo, du mariage gai, du harcèlement de rue. Kosmas et Jade utilisaient un slang particulier, allaient trop vite. J'en manquais des bouts. À ce que je comprenais, on partageait plus ou moins les mêmes opinions – même sur Britney, je devais bien l'admettre. Je n'ai pas mentionné qu'à douze ans, je la détestais de tout mon cœur. Je n'ai pas non plus osé leur demander si iels avaient toujours été de son côté. Le trajet jusqu'à Dawson a duré neuf heures au lieu de sept, parce qu'il neigeait, mais je ne l'ai pas vu passer. J'étais contente. J'avais beaucoup de points communs avec Jade. J'ai décidé que je voulais me rapprocher d'iel et, en me disant ça, je me suis trouvée désespérée – pas de vouloir me rapprocher d'iel, mais de réfléchir en ces termes. On est arrivés à Dawson autour de vingt heures. On a livré les denrées chez Joy, qui m'a dit à demain, et un sac de nourriture pour chien chez Flo, puis on a déposé Jade à sa cabane.

LE MATIN DU RÉVEILLON, je suis allée préparer des biscuits aux pépites de chocolat chez Tom, c'était plus facile, il avait un four électrique. Un mois s'était écoulé depuis qu'on s'était expliqués. Ce matin-là, on riait, on se lançait des inside jokes, on se donnait des bines sur l'épaule, comme les vieux amis qu'on était. Je lui ai offert la salopette. Il l'a enfilée sur-le-champ par-dessus ses combines et son hoodie noir. Il la porterait tous les jours et il la portait encore la dernière fois que je l'ai vu.

On est arrivés chez Phil et Joy un peu après dix-neuf heures. Phil m'a serrée dans ses bras en me donnant une tape dans le dos. Il m'a tendu un verre de moonshine coupé au jus de canneberge. Les gars étaient beaux, comme d'habitude : sous sa chemise rouge et noir, Francis portait un t-shirt de Children of Bodom qui disait ARE YOU DEAD YET ? Il m'a envoyé la main, occupé à découper la dinde. Rob était en salopette de neige noire et combinaison thermique blanche style grand-père, avec autour du cou un lacet en cuir d'où pendait une patte de poule véritable, conservée dans l'époxy. Tom a empoigné une guitare et est allé le rejoindre sur le divan, où il jouait du violon. Assis en tailleur au pied du divan, Drake, en flanelle vintage couverte de patchs, roulait un joint dans sa paume. Il avait tressé ses dreads sur le côté de sa tête. J'ai salué Rae et Leah, debout dans le coin du salon. Leah, en corset, shorts de jeans et bas résille, tenait un miroir pour sa sœur, qui mettait la touche finale à son smokey eye. Je les ai complimentées, particulièrement Rae pour son chemisier en velours violet. J'ai enlevé mon manteau et l'ai lancé sur le fauteuil où tous les invités avaient empilé les leurs. Voyant ma robe de chambre en satin noir, les filles ont voulu me mettre des brillants sur le visage. Elles m'ont aussi fait, de chaque côté du crâne, deux tresses françaises bien serrées, comme je les aimais.

Je les ai remerciées, énervée comme une enfant, j'ai parsemé de becs le visage de Leah et j'ai demandé à Flo, en train d'enfiler ses bottes, si elle voulait des brillants. Elle a refusé, je suis sortie avec elle et les chiens se sont rués dehors à ma suite. On s'est allumé des cigarettes. Elle a voulu savoir où étaient mes colocs. Sawyer et Marine sont arrivés en traîneau à chien, par la rivière. Je les ai accueillis avec de grands gestes avant de répondre à Flo que Kosmas travaillait, et que Buddy n'aimait pas Noël, cette fête capitaliste dégénérée que tout humain doté d'une conscience aurait dû boycotter. Joy a ouvert la porte et lancé à bout de bras le cou de la dinde en direction des chiens, qui se le sont arraché en bondissant et en couinant. C'était le temps de rentrer, le repas était prêt. Phil nous a servi des assiettes de dinde, de patates pilées et de chutney aux canneberges. On s'est souhaité joyeux Noël puis on a crié fuck la Sainte Vierge. J'ai pris une bouchée de viande trempée dans le chutney ; les gens à table ont ri. Rob, encore assis sur le divan avec son violon, jouait une de ses compositions, ça parlait de son amour impossible pour le crystal meth. Tom m'a donné un coup de pied sous la table et a murmuré à mon oreille : Mange pas de chutney, ils ont mis de la MDMA dedans. Je n'ai pas retouché à mon assiette. Je n'avais pas pris de MDMA depuis trois ans. Tout le monde le savait. C'est la meilleure dinde ever, affirmait Tom pendant que les autres voix se confondaient en une rumeur sourde où je ne captais que des bribes de conversation. J'ai calé mon verre de vin, m'en suis tout de suite reversé un. Rae et Flo parlaient de matériaux de construction recyclés, Phil et Drake de la mécanique des motoneiges. J'entendais des rires, des ustensiles qui tintaient, des bruits de succion et de mastication. Je me sentais comme si j'avais avalé une boule d'amiante, nauséeuse, inquiète. Je suis entrée en mode survie, sans le réaliser. Ma petite voix intérieure m'ordonnait de continuer de feindre le sentiment d'appartenance, de me tenir droite, d'agir comme si j'étais encore moi-même, de rire, de m'amuser, de boire. Je me suis levée pour danser. Joy a lancé, sur un ton enjoué :

— Bon, Sacha peut pas passer deux minutes sans faire son agace. Les gars sont tous en couple, ici à soir, décroche !

— C'est de même qu'elle les préfère, mom, a dit Rae tout bas.

Arrêtant de danser, j'ai tapé des mains en suivant le rythme de la chanson de Rob, le sourire douloureusement cousu aux joues. J'ai repoussé l'angoisse qui voulait s'installer.

— Ben non, a dit Joy, arrête pas, ma chouette, c'était une joke.

J'ai continué à danser pour ne pas la décevoir puis, quand elle a eu le dos tourné, je me suis rassise. J'ai rempli mon verre de moonshine. Luna était rentrée, elle est venue se coucher à mes pieds sous la table et m'a léché les chevilles. On a joué au black jack avec des cigarettes de contrebande à la place des jetons. C'était le fun. C'était le fun. C'était le fun.

Plus tard, Tom, qui avait plusieurs verres dans le corps, m'a dit, la bouche pâteuse, en anglais pour que les autres comprennent :

— Je t'aime, Sacha, mais ça veut pas dire que je te respecte.

C'était très drôle, comme déclaration, et tout le monde a ri, moi comprise, et j'ai continué de boire sans prendre au sérieux les insultes qu'on m'envoyait. Je débattais avec moi-même. Peut-être que l'hostilité était dans ma tête ; ils ne m'auraient pas invitée à leur réveillon s'ils ne m'avaient pas aimée, ça n'aurait eu aucun sens. Je les connaissais et les fréquentais depuis plus de sept ans. C'était un jeu, ici, entre nous, de se taquiner, pour provoquer, pour rire. Je l'avais tellement fait aux autres, et ce soir, c'était mon tour. De toute façon, je n'imaginais pas ma vie ailleurs. Ces gens-là étaient ma famille, je n'en avais pas d'autre. Je m'accrochais à ce constat, même si je savais d'expérience qu'une famille, ça ne protège en rien, en tout cas pas d'elle-même.

Pendant qu'on était tous dehors à fumer des cigarettes et des joints en chialant contre les voisins, qui avaient encore fait sauter des feux d'artifice sans égard pour les oreilles sensibles de nos chiens, Joy m'a invitée à rester dormir, précisant que Phil avait recouvert le plancher du grenier de matelas gonflables et de sacs de couchage. Tom, Rob, Leah et Rae restaient aussi. Sawyer et Marine étaient repartis en traîneau. J'ai hésité. Leah, qui m'observait avec une expression que je ne parvenais pas à déchiffrer, m'a dit, avec légèreté mais sans chaleur, comme si elle donnait un avertissement à une inconnue :

— Tu dors loin de Tom. Il a une blonde, maintenant.

— T'as une blonde ? j'ai demandé à Tom. C'est donc ben cool, c'est qui ?

— C'est Ashley. Elle est pas venue parce qu'elle est pas prête à te voir.

On avait passé la journée ensemble et il ne m'en avait pas parlé.

— Câlisse, j'ai dit, comment ça, elle est pas prête à me voir, qu'est-ce que tu lui as dit ?

— Trop d'affaires, a dit Tom.

— Man, tu gosses.

Ce n'était pas si bizarre qu'il ne m'en ait pas parlé. Il parlait rarement de ses blondes.

— Pis Kosmas, a demandé Leah, c'est-tu ton chum ?

— Ouais, je pense.

— Il est venu ici la dernière fois qu'on a fait un party, pis quand je me suis réveillée, il était tout nu sur le divan avec Sally pis Clara.

— Je... ça me dérange pas.

— Oh my God, a soupiré Rae, elle a aucune dignité.

— Ça me dérange pas, ce qu'il fait quand on est pas ensemble.

Rob a éclaté de rire puis il a lancé :

— C'est sûr qu'il a genre vingt-six souches de MTS différentes, plus qu'il y a d'habitants à Keno.

— Il a un petit pénis, Kosmas, a chuchoté Leah. Clara me l'a dit.

— Sérieux, a enchaîné Rae, tu dois être tellement fucking désespérée pour rester avec lui.

Je me suis forcée à rire. Je me doutais bien que quelque chose clochait, mais ça m'avait manqué, ces dernières semaines, de voir mes amis, de rire avec eux.

— Yo, s'est excité Tom, tu te souviens-tu de la fois que

j'ai accepté de te fourrer au Loft juste parce que je voulais vraiment fourrer Alexandra?

J'avançais sur un très mince sentier qui se déroulait comme un ruban entre deux gouffres. Il m'était impossible de ressentir ni de montrer ce que je ressentais, alors je leur présentais mon masque hilare et j'encaissais.

— Elle y repense chaque fois qu'elle se crosse, a dit Leah.

Tom a renchéri :

— Genre la seule fois de sa vie qu'elle a eu du bon sexe.

Il s'est mis à imiter des cris de jouissance. J'ai ri avec lui, j'en ai rajouté, parce que je savais rire de moi-même.

— Je me souviens que le matelas était dégueulasse.

— Pas aussi dégueu que de fourrer avec Kosmas, a dit Tom.

— Ou avec Sacha, a conclu Rob.

J'AI POLIMENT décliné l'invitation de Joy. Elle m'a remerciée pour les biscuits. La prochaine fois, tu mettras un peu plus de sucre, m'a dit Rae tout bas. Elle m'a fait un clin d'œil. Phil m'a demandé si j'étais trop soûle pour conduire, je l'étais, aucun doute là-dessus, mais je lui ai assuré que j'étais correcte. Luna m'attendait, couchée en boule sous la voiture. Je détestais quand elle faisait ça, c'était dangereux. Je lui ai ouvert la porte pour qu'elle monte et j'ai conduit jusqu'au Hobo Mansion, la vue brouillée, sans dépasser les vingt kilomètres-heure. Je me suis endormie dans les draps de satin noir, en pleurant dans la fourrure de Luna. Elle a léché mes larmes. Puis Kosmas est arrivé avec Scarlett, ils se sont serrés contre nous et Kosmas m'a inondée de baisers. J'ai souhaité que le monde entier se réduise à l'espace de cette chambre, où tout était si doux et noir, et à l'odeur de sa barbe. Kosmas sentait bon le sapin et la bière. Il avait bu et n'arrêtait pas de me répéter qu'il m'aimait. Il a dû me le dire vingt fois. Il m'aimait et tout le monde se trompait à mon sujet. Je ne causais de problèmes à personne, j'étais juste trop vraie, les gens étaient envieux, mon âme était trop vaste pour ce village. Il s'emportait, il parlait à toute vitesse, il monologuait encore, sa voix tremblait. J'étais trop vraie, il a répété, j'étais au-dessus de tout ça. Pourquoi me serais-je limitée alors que mon destin était de m'envoler? Je n'étais pas sûre de comprendre où il voulait en venir et je ne le croyais pas, mais sa voix me faisait du bien. Envole-toi, Sacha, il me disait. Envole-toi! Je me suis esclaffée et lui ai dit d'arrêter de m'encourager, que je risquais de le faire et ce serait sa faute. Il m'a dit que je n'avais pas d'allure et que c'est pour ça qu'il m'aimait. Il l'a dit encore une douzaine de fois. On a fait l'amour, c'était si bon qu'après, pendant le reste de la nuit, même en rêvant, j'ai oublié que j'étais malheureuse.

JE ME SUIS RÉVEILLÉE la première et je suis demeurée allongée avec Kosmas, soutenant le regard bleu vif, luisant et impassible, de l'amulette de sa grand-mère, deux minutes ou deux heures, jusqu'à ce que Kosmas passe son bras autour de moi, m'embrasse la nuque et me souhaite joyeux Noël. Je me suis excusée d'avoir pleuré autant la veille, à la réflexion, j'avais eu une belle soirée, j'étais trop sensible, je ne savais plus prendre les blagues. Je me suis retournée pour l'embrasser. Il m'a caressé les cheveux et, en parlant le moins fort possible pour ne pas me briser en deux, il m'a avoué qu'au Pit, les gens jasaient de mon cas, et que ce serait peut-être mieux si je restais à la maison quand il partirait faire son shift, il était désolé d'avoir à me dire ça, ça le peinait. Les gens étaient méchants. On disait que j'étais hystériquement amoureuse de Tom, que je lui pétais des crises de jalousie, et qu'il avait fini par me mettre dehors. Il savait bien que c'était faux. Les autres aussi le savaient. La vérité était évidente pour quiconque. Tom et moi, on avait passé sept ans à répéter qu'on était juste amis. C'est le discours qu'on martelait chaque fois qu'on était dans la même pièce et que quelqu'un nous posait la question. Et ces derniers temps, au bar, Kosmas s'assoyait à côté de moi quand il avait un moment de libre, il me parlait dans le creux de l'oreille, me tenait la main et m'embrassait. Je lui rendais la pareille. On sortait ensemble, on s'aimait ouvertement. Pourquoi ne pas y croire ? Pourquoi ne pas croire ce qui est simple et sensé ?

Kosmas n'en était qu'au début de ses confidences. La semaine d'avant, juste avant qu'on parte pour Whitehorse, il s'était passé quelque chose d'un peu plus grave. Il avait dû mettre Tom dehors. Il était surpris que je n'en aie rien su – qui aurait pu m'en parler, à part lui ? C'est Val qui lui avait demandé de le sortir, parce qu'il criait trop fort. Il criait à quel point il me haïssait, et tout ce qu'il rêvait de me faire. Val n'avait pas envie d'entendre parler de féminicide pendant son shift, c'était sa limite.

— Qu'est-ce qu'il disait ? Pourquoi tu m'en as pas parlé ? Qui était là ?

— Je sais pas, je m'en souviens pas, je parle pas français. Le mot bitch revenait souvent. C'est Val qui m'a fait un résumé.

Il a soupiré. J'ai senti la chaleur rassurante de son souffle sur mon visage, que j'ai caché dans son cou.

— Je sais que c'est dur mais, au point où t'en es, tu serais mieux de juste te foutre de ce que les gens disent.

Luna a sauté dans notre lit avec un tibia de caribou gelé entre ses mâchoires. Pourquoi Buddy lui avait-il permis de rentrer avec ça ? Kosmas l'a grondée en lui rappelant la règle : pas d'animaux morts dans le lit. Elle s'est repliée dans un coin pour gruger le tibia en paix. Nous, on a traîné douillettement au lit, à jouir et à se foutre de ce que le monde pouvait bien penser de moi, jusqu'à ce que Kosmas doive partir travailler.

Le mercure indiquait moins quarante-cinq, les liquides de son pick-up avaient gelé, son moteur ne démarrait pas ; le mien, oui. J'avais mis de l'antigel pour carburant dans mon réservoir. Au lieu de simplement lui prêter ma Echo, comme l'aurait fait toute personne intelligente, j'ai décidé d'aller passer la soirée en ville. Je refusais de me morfondre la nuit de Noël. Je suis remontée m'habiller et me maquiller, j'avais envie d'être bien dans ma peau. J'ai laissé tourner le moteur une dizaine de minutes pendant qu'on finissait nos cafés – sous moins trente, c'est important d'attendre que les liquides soient réchauffés avant de rouler, sans quoi on endommage le moteur. Kosmas a ajouté des bûches dans le foyer, j'ai vérifié que les chiennes avaient reçu leur ration quotidienne de croquettes et de câlins. On a enfilé manteau, bottes, gants et tuques. On a dit au revoir à Buddy, qui ne nous a pas répondu, trop absorbé par ce qu'il était en train d'écrire dans son cahier. On est montés dans la voiture ; l'habitacle était encore froid, mais c'était tolérable. Assises devant la maison, Luna et Scarlett nous regardaient de leurs gros yeux tristes et brillants, tapotant la neige de leurs pattes, l'air de dire : « Emmenez-nous. » Nos cœurs ont fondu. Chaque fois qu'on voulait qu'elles restent à la maison, elles nous prenaient par les sentiments et on cédait.

— Elles vont pas être bien au bar, a dit Kosmas.

— Elles sont bien quand elles sont avec nous.

— Bon, OK.

On a appelé les chiennes. Elles ont accouru.

KOSMAS était en retard, il a commencé à travailler aussitôt arrivé. J'ai branché la Echo à l'une des prises électriques du Pit et je suis entrée par la porte arrière avec Scarlett et Luna, le tibia de caribou à la main. Elles se sont avancées, droites et fières, dans le corridor croche de l'hôtel, leurs queues remuant, la langue sortie, la bouche ouverte en un sourire orgueilleux. Elles étaient conscientes qu'elles avaient failli être laissées derrière. Je les ai installées dans la salle de lavage du deuxième étage avec un bol d'eau et le tibia, qu'elles ont grugé dans le partage et l'harmonie. Il y avait beaucoup de visages connus au bar, dont Tom. Je me suis assise au comptoir et j'ai commandé un verre de vin. C'était une soirée karaoké, et Ashley chantait une chanson de Shania Twain avec assurance, ce n'était pas son premier karaoké. Je traduisais mentalement les paroles : « Le plus gros avantage d'être une femme / c'est le droit (*prerogative*?) de s'amuser un peu. // Et oh, oh, oh, de devenir complètement folle. » J'ai payé mon verre à Val, qui m'a à peine regardée. J'ai sorti mon calepin et je me suis mise à décrire les gens que je voyais. Ashley, frange turquoise et sourcil percé, émergeant des toilettes des filles en se frottant le nez, qui envoie au passage un sourire à Drake, paupières mi-closes, à l'aise à l'os, qui donne une tape amicale à Kosmas, voûté, désenchanté, qui tète sa pinte en surveillant deux old-timers de cinquante ans, vieilles casquettes et bedaines de bière, qui se sont mis dans la tête de payer un verre à Sally, tuque noire et col roulé noir sous une doudoune noire, qui sort par la porte d'en arrière avec sa gang d'amies. Tom, salopette noire neuve, bas de laine, qui lance un Crocs dans les airs. Un old-timer, moustache poivre et sel et t-shirt délavé de *Gold Rush,* qui commande une tournée de shooters. Le Crocs qui retombe sur le tapis rouge. Un autre old-timer, casquette et chemise à carreaux marron, qui gueule Joyeux Noël, y'all en direction de Francis, même chandail death métal que la veille, qui s'éclabousse de bière à cause d'un coup d'épaule de Flo, qui rit à en perdre pied. Le mot curling, répété plusieurs fois, Jade replaçant sa jarretelle, moue moqueuse, se tournant vers Clara, cheveux courts châtains, lèvres minces articulant les syllabes « so awkward ». D'autres old-timers, qui sortent fumer par la porte d'en avant. Juliette, cheveux mauves, dentition parfaite, t-shirt sérigraphié NOLA Til Ya Die, qui –

J'ai relevé la tête. Je me sentais décalée. Je me suis dit que je pourrais aller fumer en arrière du bar, Sally y serait peut-être encore. Je suis passée devant la table où Tom, Rob, Marine, Drake et des old-timers que je connaissais de loin étaient réunis autour de plusieurs pichets. Ashley embrassait Tom à pleine bouche. Je les ai salués. Tom m'a répondu : C'est vraiment pas le bon moment, man. Ashley m'a dit quelque chose que je n'ai pas compris, ça finissait par *whore.* Un homme de cinquante ans à qui j'avais parlé deux fois dans ma vie pour lui quêter des cigarettes m'a jeté un coup d'œil en disant à Tom que j'étais jolie même si j'étais folle. Il mangeait ses mots, soûl raide. Il a tiré une mèche de mes cheveux, il a dit qu'ils étaient beaux, puis m'a attrapé une cuisse. Tu devrais arrêter de manger de la junk, il a grogné. Il a ajouté que j'étais *full of it.* Il avait appuyé sur ces trois mots-là en renversant sa bière. Mon manteau était ouvert, et j'en ai reçu sur les jambes, j'avais l'air de m'être pissé dessus. J'avais mis mes shorts en jeans à motif léopard, des bottes mi-cuisse en cuir noir, des collants résille et un corset en dentelle. Mes cheveux étaient teints en rose, courts devant, longs derrière. J'avais un piercing dans le nez et un autre dans la langue, et de gros anneaux imitation or pendaient à mes oreilles. Je te le dis au cas où tu me demanderais ce que je portais ; des habits glorieux.

— Bon, elle est toute mouillée, astheure !

Un autre homme, moustachu, a dit en me toisant :

— Je les vois venir de loin, les filles dans ton genre, mon ex était pareille.

Il n'y avait personne derrière moi. C'est vraiment à moi qu'il s'adressait.

— Je les connais même pas, ce monde-là ! je me suis

exclamée en français. Qu'est-ce que tu leur as raconté pour qu'ils me traitent de même? Je les connais pas!

Ma voix avait vibré de colère. Je savais que j'aurais dû m'éloigner de la table et en reparler à Tom une autre fois, que je le regretterais, mais j'étais confuse, fâchée, blessée; je ne parvenais plus à feindre. Tom a pris une longue gorgée de sa bière, puis s'est adressé à ses amis en riant – il se comportait comme s'il était le roi de la place:

— Elle est en crisse parce qu'elle aurait tellement aimé ça que je la fourre hier, au réveillon! Mais je suis un gars propre, moi. Je suis pas un crosseur.

J'ai scruté son visage, mais Tom n'était pas là, le Tom que je connaissais n'était pas là, son âme était absente.

— T'es à moi, maintenant, a dit Ashley d'un air triomphant.

J'ai crié:

— On est juste amis!

Était, me suis-je corrigée intérieurement. On était juste amis. Kosmas s'est approché, il m'a demandé si tout allait bien. Ashley a dit:

— Ta blonde est en manque d'attention, comme d'habitude, mais ça a jamais eu l'air de te déranger.

Kosmas m'a parlé dans l'oreille.

— On va-tu fumer?

Dehors, il m'a donné un câlin et il m'a redemandé si ça allait. J'ai pleuré dans ses bras.

— Tu devrais rentrer, je vais demander un lift à Val.

— Non, je reste. C'est Noël, tabarnac.

En rentrant, j'ai commandé des shooters pour Kosmas et moi. Il a passé son tour, son shift n'était pas fini, il préférait s'en tenir à la bière. J'ai calé ses shooters et les miens, accoudée au bar, seule, et je suis restée là en souriant bêtement. La tête me tournait. Kosmas est réapparu à côté de moi, m'a demandé si j'étais OK. Je pense que je vais monter voir les chiennes, je lui ai dit. Il m'a fait signe d'attendre une seconde et il a disparu dans le backstore. Il est revenu avec un six-pack de Yukon Gold, tablette; j'ai serré les canettes contre ma poitrine et je suis montée à la buanderie. J'ai continué à me soûler en compagnie de Luna et Scarlett. Vous êtes les best bitches ever, je leur disais. Elles m'ont apaisée. Les bâillements aigus de Luna, le poids de Scarlett sur mes cuisses. Bientôt je me suis mise à bâiller moi aussi. On était bien entre chiennes.

JE SUIS REDESCENDUE à deux heures et demie du matin. Kosmas avait allumé les lumières au maximum et coupé la musique. Les fêtards le huaient. Rob embrassait une fille qui n'était pas Leah. Drake était caché dans une poubelle. Tom a flashé son pénis à Val, qui a crié à Kosmas de le crisser dehors. Ashley, furieuse et soûle à en être incompréhensible, a gueulé je ne sais quelle insulte à Tom; elle est allée s'enfermer dans les toilettes des filles avec un old-timer, la main déjà dans ses culottes. Je me suis allumé une cigarette en sirotant le verre d'eau que venait de m'offrir Kosmas. Marine m'a pointée du doigt :

— Pourquoi est-ce qu'*elle*, elle s'en va pas?

— Parce que je l'aime beaucoup, a répondu Kosmas en me confisquant ma cigarette.

Il avait dit « I love her very much », pas « I like her very much ». Moi aussi I love him beaucoup, j'ai pensé.

Les gens ont fini par tituber jusqu'à leurs voitures, certains sont partis à pied. Je suis allée chercher les chiennes. Dans le bar, elles ont reniflé le vieux divan, les flaques de bières et chaque racoin. J'ai vu Luna gober un demi-hot-dog qui traînait sous une table. Kosmas a verrouillé la porte d'en avant. Val avait eu le temps de compter la caisse. Elle est sortie par la porte d'en arrière en gueulant : Merry Christmas, Jesus Christ ! Reposez-vous un peu !

Kosmas a baissé, presque éteint les lumières. Maintenant que tout le monde était parti, un silence irréel régnait dans le Pit – et les petites ampoules roses, jaunes, rouges et bleues qui décoraient les murs et le plafond donnaient au lounge l'air d'un temple western. Kosmas s'est servi un Johnnie Walker Black Label, son premier verre de fort de la soirée, et j'ai calé un second verre d'eau ; je me sentais étourdie, je n'avais plus envie d'alcool. Je suis allée m'asseoir sur la table de billard et j'ai enlevé mes hautes bottes en cuir. L'absence d'éclats de voix, de rires, de cris et de bousculades, et la sensation douce du feutre vert contre mes pieds me donnaient l'impression d'être immergée dans un grand bain chaud. La pression retombait, je redescendais peu à peu sur terre, mes oreilles silaient à peine. Je dessoûlais, au point de me rendre compte que j'étais déprimée. Je ne voulais pas être déprimée. J'ai massé mon pied gauche à deux mains, la plante, les tendons, les articulations. Kosmas s'est allumé une cigarette et il a soupiré longuement.

— What a shit show it was tonight, il a dit.

Quelle soirée de fous à soir, j'étais bien d'accord. Sur le mur du fond, juste en face de moi, était accrochée une peinture qui représentait une dame vêtue d'une longue robe violette à jupon et d'un corsage bordé de dentelle blanche, qui semblait assise sur un homme qui lui-même aurait été accroupi par terre. L'homme lui empoignait le sein à travers son corsage, il portait une barbe foncée, et son nez disparaissait dans les cheveux de la dame, qui lui serrait tendrement la main.

— Elle ressemble à Elizabeth II, j'ai dit en observant la peinture.

— C'est elle ! a confirmé Kosmas d'un ton espiègle.

Il a attrapé son verre de whisky et a contourné le bar pour venir me rejoindre. Il avait l'air exténué, mais de bonne humeur, se déplaçait lentement, encore plus mollo que d'habitude. Je ne voyais pas ses yeux noirs dans la pénombre ponctuée de taches multicolores, mais je savais qu'ils riaient, ses yeux, le whisky le rendait joyeux pendant les deux ou trois premiers verres. C'est quand il était là, à ce niveau encore superficiel d'ébriété, qu'il devenait irrésistible et se mettait à avoir juste assez d'humour. On rencontrait alors son petit sourire en coin baveux, ses airs de crooner punk hirsute, son shit-eating grin.

— Dans sa jeunesse, il a repris, la reine a séjourné un été à Dawson, et elle est tombée amoureuse d'un musher. Le temps que ça a duré, ils ont été heureux ensemble, en vacances avec la meute de huskys, dont ils s'occupaient tous les deux – la reine avait le tour avec les chiens, pas juste avec les chevaux pis les chars, là. Mais l'hiver venu, la reine a dû repartir, son royaume l'attendait. Elle n'a plus jamais reparlé à son beau musher. Une reine doit savoir tenir son rang, et s'oublier pour la couronne.

— Ostie que tu dis de la marde.

Il a vidé son whisky et posé son verre sur le tapis de feutre élimé, couvert de taches et de cernes d'origines inconnues. Il a saisi mon pied droit et l'a massé.

— C'est moi qui devrais être en train de me faire masser les pieds, il a ronchonné. J'ai couru à gauche à droite pendant neuf heures.

— Bah, enlève tes bottes pis masse-toi les pieds, darling.

— Ça sert à rien, ils sont fossilisés dans mes bottes, mes pieds. Je m'en occuperai au printemps.

Il était trois heures du matin passées. Toutes les portes étaient verrouillées, mon téléphone était mort, perdu, oublié quelque part dans la buanderie. Je savais qu'on n'était pas seuls au monde, mais j'arrivais à me le faire croire. J'ai dégagé mon pied des mains de Kosmas et me suis pressée contre sa poitrine. Il m'a serrée dans ses bras. Son cœur battait contre le mien et tout ce qu'il y avait de noueux dans mon corps s'est évaporé. J'ai levé les yeux vers lui, on s'est embrassés de toutes nos forces.

— On va voir à quel point t'es fossilisé, j'ai rigolé en lui ôtant son chandail.

C'était un t-shirt noir manches longues, sur lequel était sérigraphié LANGUAGE IS A VIRUS FROM OUTER SPACE.

— Oh God, il a dit avant de mordre dans mes seins à travers ma camisole.

J'ai tout à coup pensé à Tom, dans un flash, comme une image mélangée de lui, où il y avait à la fois son visage et sa voix, son humour et l'espèce d'ombre grandissante de son ressentiment, de tout ce qu'il me reprochait sans oser me le reprocher. Puis je me suis demandé si c'était ça, le problème originel entre nous deux, si c'étaient les lèvres de Kosmas sur mon corps. Et si c'était ça, le problème, est-ce que ces moments-là en valaient la peine? C'était beaucoup de pression à mettre sur des sensations. Mes shorts sont tombés dans un tintement de clés et de ceinture, en même temps que mes collants et ma culotte. Kosmas a enfoui sa tête entre mes cuisses et soudain il n'y a plus eu personne dans le monde sauf nous, tout s'est éloigné, atténué ou défait, les phrases, l'espèce de crispation de ma pensée, le sentiment diffus que j'étais surveillée en permanence. Le plaisir m'a enveloppée, j'étais chérie, aimée, justifiée même, comme si la jouissance suffisait à nous rendre heureux, à nous faire durer. Le monde a disparu, mon nom, mon passé, ma pitoyable personne, puis les murs, la musique, le Yukon, les Dawsonites, le mépris, la haine, tout a été oublié, même Kosmas. Il ne restait plus que ma jouissance, qui prenait toute la place, et les cris de bête que je poussais. Je n'avais plus à les retenir, je pouvais crier, j'en avais le droit. Personne ne pouvait nous entendre, personne ne pouvait nous voir, personne ne pouvait me juger. Quand j'ai rouvert les yeux, le visage de Kosmas se tenait au-dessus de moi; sa paume était pressée contre ma vulve, et de l'autre main il me caressait la joue. Il a essuyé mes larmes et m'a dit que j'étais belle. J'ai enroulé mes jambes autour de son bassin, et on a continué de faire l'amour. On s'est arrêtés après quelques minutes pour lui ôter ses pantalons, ses bottes, ses bas, et exhumer ses pieds, blancs, osseux, toujours vivants. On a essayé le comptoir et les tabourets, puis finalement la scène, et j'étais sur lui, et lui allongé sur le dos, empoignant mes hanches, et il s'est mis à répéter de plus en plus intensément « oh shit, oh God, oh fuck ». Il s'est retiré juste avant d'éjaculer, et j'ai réussi à prendre son gland entre mes lèvres pendant qu'il jouissait encore. Oh shit, il a dit une dernière fois. Je lui ai demandé, sans m'essuyer le visage, qu'est-ce que la merde avait à voir là-dedans. Il m'a embrassée pour me faire taire. On est restés nus et collés jusqu'à ce que son corps s'agite d'un grelottement imperceptible. Le Pit était mal isolé, il ne devait pas faire plus de quinze degrés Celsius à l'intérieur. Moi, j'avais encore chaud, mais Kosmas a renfilé ses jeans, son t-shirt et ses bottes de travail, et il est monté chercher une couverture en laine à la buanderie. Il en a probablement profité pour sniffer une ou deux lignes ; il ne m'offrait jamais de coke, mais je savais qu'il en consommait parfois. Je ne lui posais pas de questions, ça ne me regardait pas. Je me disais qu'il ne voulait sans doute pas m'inciter à prendre de la drogue, ou bien qu'il était trop pauvre pour partager. Quand il est revenu, il m'a abriée et s'est glissé auprès de moi sous la couverture. Au plafond, les lumières de Noël scintillaient ; à nos pieds, sur le tapis rouge, les chiennes enroulées sur elles-mêmes dormaient paisiblement. Kosmas s'est ouvert une canette de bière en me regardant avec un sourire d'enfant émerveillé.

— You're the cookie I'm waiting for at the end of each day, il m'a dit en laissant glisser ses doigts dans mes cheveux. Ses mots me sont restés coincés dans la gorge.

— Moi, je suis la récompense que t'attends chaque jour, et toi, t'es la seule personne qui va venir à mes funérailles.

— Don't be silly, Sacha, il a répondu. C'est sûr que je meurs avant toi.

— Bon, estie, personne va venir, d'abord.

J'ai eu un petit rire forcé. On s'est regardés en silence. On aurait peut-être pu se dire «je t'aime», mais on ne s'est rien dit. Je savais que ma situation sociale, ma précarité exacerbaient mes sentiments pour lui. Je préférais attendre d'aller mieux avant de croire en l'amour. Quant à Kosmas, il était vieux de mille deuils et trahisons, il ne pouvait que se méfier de ce qui lui faisait du bien.

On s'est réveillés les yeux croûtés, la bouche sèche. Les chiennes ont sauté sur leurs pieds et trotté vers la porte – à l'enthousiasme de Luna, j'ai su qu'il avait neigé durant la nuit, elle avait un sixième sens, elle devinait chaque fois. On a rassemblé mes vêtements disséminés un peu partout, je me suis rhabillée. À l'évier derrière le bar, j'ai bu trois verres d'eau coup sur coup. Kosmas s'est débouché une bière.

On a décidé d'aller se recoucher au Hobo Mansion. Je suis sortie démarrer la voiture. Luna et Scarlett se pourchassaient dans la neige neuve et poudreuse qui continuait de tomber. Il faisait noir. J'ai débranché la rallonge qui tenait la batterie en vie et l'ai rangée sous le capot. J'ai récupéré le balai à neige sur la banquette arrière et déblayé le toit, le pare-brise, puis la carrosserie. J'ai enfin vu. Quelqu'un avait gravé le mot CUNT en grosses lettres sur mon capot, et mes phares étaient éclatés.

JE DÉRIVAIS dans un état de veille abruti et halluciné. Des pensées de plus en plus obscures tournaient en boucle dans ma tête. Pendant huit ans, je m'étais obstinée à croire que Dawson était le paradis, en dépit de preuves du contraire de plus en plus nombreuses. Ici comme n'importe où ailleurs, il y avait du conformisme, de la misogynie, de la haine. J'avais été incapable de le reconnaître. La violence dont j'avais été témoin, je l'avais excusée. Pendant huit ans, je m'étais crue autorisée à être pleinement moi-même, à être libre. Peut-être que ça n'avait jamais été vrai. Je n'ai presque pas redormi. Je me sentais fiévreuse, comme si je couvais un rhume. Je me suis rappelé les gestes du old-timer qui me tirait les cheveux, et la douleur, Tom et Ashley qui s'embrassaient, l'image des lettres C, U, N, T, sur mon capot, CUNT, VAGIN, j'étais haïe – je devais me lever. J'ai ramassé les jeans de Kosmas par terre et les ai enfilées avec mon hoodie. En bas, Buddy, à la même place que la veille, m'a demandé comment j'allais, m'a offert du café. Il avait l'air en pleine forme, de bonne humeur. J'ai accepté le café, me suis assise en face de lui. J'ai dit que je ne me sentais pas très bavarde mais que, s'il en avait envie, on pourrait aller promener les chiens ensemble plus tard. Vers deux heures, mon café bu – Kosmas dormait encore –, je suis allée à la station-service pour acheter de quoi patienter jusqu'à la réouverture de l'épicerie. J'ai croisé Juliette, je l'ai saluée, elle m'a toisée sans un mot.

— Qu'est-ce qu'elle a ? j'ai demandé à Sally quand elle a été partie. Il est-tu arrivé de quoi ?

— Elle prend le bord d'Ashley.

— Et pourquoi elle m'haït, Ashley?

— Elle est convaincue que t'essayes de fourrer son chum.

— Crisse, non. Voyons donc. Tom délire.

— Pis y a aussi Clara –

— Quoi, Clara?

— Elle voyait Kosmas cet été.

— En même temps que moi?

— ... tu le savais pas?

Je croyais sincèrement qu'ils étaient colocs. J'étais tellement écœurée des malentendus, des potins, de la malhonnêteté.

— En passant, a hésité Sally, j'ai couché avec lui l'autre fois, j'espère que t'es pas fâchée.

— Ben non! Toi, t'es-tu fâchée?

Sally a sorti une bouteille de Jim Beam d'en dessous du comptoir et m'en a versé dans un verre à café.

— C'était le fun en crisse. T'es chanceuse.

— Lui, y est chanceux, j'ai répliqué.

Elle a mis du Cardi B, baissé les stores et verrouillé la porte même s'il était juste cinq heures et que la station-service fermait à sept. J'ai payé l'essence, les cigarettes, les jujubes et les gâteries pour chien. Sally a essayé de me remonter le moral. Je l'écoutais à moitié, j'avais de la misère à me concentrer. Je me suis retenue de lui demander si on pouvait se voir parfois, quand elle ne travaillait pas. J'étais persuadée qu'elle aurait dit non. Elle avait déjà plein d'amis. Elle m'a tendu une cigarette. La musique continuait derrière, tellement loin de ma réalité. Cardi B était riche, célèbre, puissante et, sur un fond de claviers vaporeux, de basse sourde et de sirènes fantomatiques, elle crachait sur ceux et celles qui l'avaient méprisée quand sa vie était le bordel et qui, maintenant qu'elle était couverte de gloire, se vantaient d'avoir été ses amis. Ce jour-là, à mesure que dans la chansons montait la rage de Cardi B, peut-être à cause de son ton offensif et grave, de sa voix de guerrière, de reine, montait en moi un grondement, une sorte de haine lucide, de dégoût, une certitude ; je ne méritais pas d'être rejetée. Il y avait une chose que j'avais refusé de faire cette année, et qui m'aurait sans doute prémunie contre cette exclusion, c'était de sortir avec Tom. Dans la chanson, un chœur de voix éthérées s'était élevé derrière la voix de la rappeuse, qui disait qu'elle n'avait peur de rien, qu'elle était inatteignable. Qu'on la frappe neuf fois, elle se relèverait dix fois – elle était invulnérable. Sa colère m'a paru si juste que j'ai pu laisser libre cours à la mienne. Je me sentais étrangement sereine. J'ai essayé de préserver ce sentiment le plus longtemps possible tandis que les chansons s'enchaînaient. La pression sociale ne me dicterait pas qui aimer, qui fréquenter. Qu'ils soient cinq, dix ou mille trois cent soixante-quinze à me mépriser, ils n'auraient pas raison pour autant. J'ai eu envie de donner à tout le monde le contraire de ce qu'ils attendaient de moi, j'ai eu envie de ne pas disparaître, de ne pas m'écraser, et de continuer à les faire chier. Ça me faisait du bien de croire en ces paroles-là, de me sentir forte, le temps d'une playlist. Sally et moi, on a dansé comme deux grosses sluts, qui se comprenaient. J'aurais aimé la remercier, mais je n'ai pas osé. J'avais trop peur de tout gâcher.

J'ai titubé vers chez Tom. Les rues étaient toutes blanches, on se serait cru dans le village du père Noël. Luna courait droit devant et revenait périodiquement vers moi, comme pour me dire d'accélérer. On a croisé Rob. Elle est allée le voir en remuant la queue et a léché ses mitaines. Elle n'avait ce comportement qu'envers les rares humains qu'elle considérait comme des membres de sa meute. J'aurais voulu lui expliquer que, parfois, on s'imagine avoir des liens solides avec les gens, qu'ils sont notre famille, mais en fait on est juste une petite conne en train de succomber à un mirage et on doit se réveiller avant de crever de soif. Rob a flatté Luna. Je l'ai salué. Il m'a demandé si la station-service était fermée, il venait d'y aller, la porte était barrée. Je lui ai dit qu'elle était ouverte, maintenant. Il m'a dit : OK, take care. Puis on a poursuivi notre chemin chacun de notre côté. Je me suis demandé s'il était encore mon ami – bien sûr que oui, je n'avais jamais eu de conflit avec Rob –, je me suis demandé si quelqu'un lui avait raconté ce qui s'était passé la veille, si Tom le lui avait raconté.

JE SUIS entrée chez Tom. Il écoutait encore *Le seigneur des anneaux.* C'était le couronnement d'Aragorn, à la toute fin du *Retour du roi,* il embrassait Arwen, qui avait renoncé à la vie éternelle pour lui. Luna s'est approchée de lui pour le renifler. Il lui a flatté la tête.

— Je vais pas bien, j'ai dit. Je m'excuse de t'avoir blessé. Mais là, le monde m'haït. J'ai peur que quelqu'un finisse par me faire mal. Faut que t'arrêtes de parler dans mon dos.

— Sorry, ma blonde est jalouse. T'as laissé tellement

de messages bizarres sur mon Facebook l'an passé, pis elle est allée fouiller là-dedans...

J'essayais de me rappeler les mèmes que je lui envoyais dans ce temps-là. Des mèmes quétaines, des mèmes caves, Paris Hilton, les bras dans les airs, vêtue d'une camisole qui disait STOP BEING POOR, un mème où Winnie the Pooh dit à Porcinet : « Si tu vis jusqu'à cent ans, je veux vivre cent ans moins un jour, comme ça, je n'aurai jamais à vivre sans toi. »

— T'as toujours aimé ça, que je t'envoie des mèmes !

Il a gloussé.

— Je sais, man, ç'a pas rapport. Y a quelque chose que t'as dit, tu disais que tu m'aimes encore plus gros que ton cul, pis tsé, t'as quand même un ostie de gros cul...

Le son de mon rire m'a paru distant, étranger.

— En tout cas, il a poursuivi, elle trouve ça louche pour une relation d'amitié. Genre, t'arrêtes pas de dire que tu m'aimes, c'est vrai que c'est weird. Mais j'y ai pas dit que t'avais essayé de coucher avec moi, inquiète-toi pas.

— Ben oui, t'as dit ça, j'étais là ! Pis un soir, Kosmas t'a mis dehors du Pit parce que tu racontais à tout le monde que tu voulais me noyer dans la Klondike.

— Je m'en souviens pas, j'étais soûl.

Le sentiment qu'on ne vivait plus dans la même dimension a été trop intense, le sentiment qu'il se lavait les mains de moi, de ce qui m'arriverait. Je me suis mise à pleurer tellement fort que j'ai perdu l'équilibre et dû m'asseoir sur le tapis. La dissonance allait bientôt me fissurer le cerveau.

— Tu devrais pas croire tout ce que ce gars-là te raconte. Moi, j'ai vu Clara lui péter une coche, le mois passé. Elle lui a demandé d'où c'est que tu sortais, pis il a répondu que t'étais juste une fille random qu'il fourrait une fois de temps en temps, pis que t'étais needy, c'est pour ça que t'étais toujours rendue chez eux. Si elle t'haït, celle-là, pis toutes ses amies anglos, c'est quand même pas à cause de moi.

— Je sais pas ce que Kosmas a dit, mais toi, il faut que t'arrêtes, pus personne me parle. Luke a tué quelqu'un, pis il a plus d'amis que moi, crisse. Il faut que t'arrêtes, je t'en supplie. On se connaît depuis qu'on est au monde, je sais que tu veux pas vraiment me faire ça.

Tom s'est écrasé une pilule de speed sur la table.

— Tu peux pus te pointer chez nous de même n'importe quand, il a répondu.

— On est pus amis, c'est ça ? C'est ça qui se passe ?

— Ben non, on est amis pareil, là, c'est juste que moi, j'ai move on, je suis pus là-dedans.

Il a sniffé sa ligne et on est allés fumer une cigarette sur le balcon. Rob est passé devant la maison.

— Qu'est-ce qu'elle crisse encore chez vous, elle ? Dis-y de sacrer son camp !

— Inquiète-toi pas, man, lui a lancé Tom. I got this !

— OK ! On se voit chez Leah tantôt !

— Viens, m'a dit Tom en éteignant sa cigarette sur la semelle de son Crocs, on rentre.

LE LENDEMAIN, j'ai croisé Tom et Ashley au bureau de poste. On était vendredi, la poste avait été fermée pendant plusieurs jours et ne rouvrirait qu'une semaine plus tard, après le congé du Nouvel An. Une longue file s'étirait presque jusqu'à la porte : tout le village passerait par là aujourd'hui, chercher des colis de Noël en retard et les cartes de leur famille. J'ai salué Tom. Ashley m'a apostrophée :

— Arrête de le stalker, estie de folle !

Tom a ajouté, moins fort :

— Laisse-moi tranquille, sérieux, tu fais pitié.

Et Ashley m'a craché dessus. Leurs pupilles à tous deux étaient dilatées, leurs iris avaient disparu dans la mer rouge de leurs globes oculaires, de profonds cernes mauves dévoraient leurs pommettes. Ils semblaient n'avoir pas dormi depuis des jours. J'essayais de retrouver Tom derrière son masque embrouillé, mais je ne le reconnaissais plus et je me demandais ce qu'il voyait quand il me regardait. Le commis nous a montré l'affiche qui disait que la violence physique ou verbale ne serait pas tolérée dans ces lieux. Ashley est sortie, alors que Tom, lui, est resté dans la file. J'ai suivi Ashley dehors.

— Heille, je lui ai dit, j'ai jamais eu de crush sur Tom. C'est mon ami. Pour vrai, on est incompatibles sexuellement. Fait que toi pis moi, on a pas besoin d'être des ennemies.

— Ta gueule, ferme ta fucking gueule de chienne sale.

— OK, mais on est-tu chill ?

— Tiens-toi loin de mon chum, c'est-tu clair ?

Jade, qui s'apprêtait à entrer dans le bureau de poste, nous a fait un signe de tête. Ashley lui a dit qu'elle s'était fait mettre dehors à cause de moi.

— C'est pas vrai, j'ai protesté, j'étais relaxe, je faisais rien !

Jade a eu un rictus sarcastique.

— Sacha Drama sévit encore, iel a soupiré. My God, c'est tellement pathétique.

— Attends, Jade, c'est pas ce que tu penses. Écoute-moi, s'il te plaît.

J'avais la conviction que, si on avait pu s'asseoir dans un endroit tranquille et discuter, j'aurais réussi à lui faire comprendre ce que je vivais – même si, en réalité, je ne comprenais pas ce que je vivais.

— Non, regarde, fuck off. Personne veut de toi, ici. Décâlisse. T'es tellement fucking lourde.

— Mais Jade, je te jure que j'ai rien fait !

— Tais-toi, iel m'a ordonné.

Je me suis tue. Je suis retournée à l'intérieur me remettre en file. Mon tour est arrivé. J'ai pris possession de mon colis. C'était une brassière pigeonnante Savage X Fenty, un cadeau de Noël de moi à moi. Je suis rentrée, Luna comme copilote, qui grognait après les corbeaux. Kosmas a paru content de me voir. Son pick-up ne démarrait toujours pas. Je lui ai lancé les clés de la Echo.

— Si ça te fait pas trop honte de te montrer avec un char de cunt.

— Ça devrait pas être une insulte, il a dit. On vient tous de là.

On a fumé une cigarette ensemble devant la cabane. Je lui ai dit que cette fois-ci je passerais mon tour pour le Pit. Il a soutenu mon regard.

— T'es-tu sûre que ça va ?

J'ai acquiescé et l'ai embrassé du bout des lèvres. À moins trente-deux, la moindre gouttelette de salive qui entre en contact avec la peau gèle et pince.

— Là, ton pick-up, c'est-tu la batterie ou ben c'est l'huile ?

— J'ai oublié de rentrer la batterie hier. Je vais la brancher au bar.

On s'est serrés dans nos bras et il est parti.

27

PUIS ÇA A ÉTÉ LA NUIT, la nuit du 27 décembre 2019, la nuit à laquelle je préférerais ne jamais repenser, où ma vie a changé. Je dormais dans la chambre de Kosmas, qui travaillait. Luna était au rez-de-chaussée, sans doute couchée sur le dos contre la porte, profitant du courant d'air froid. Buddy avait reçu ses cadeaux de Noël par la poste le matin même : un nouveau bong et du pot *légal*, emballé dans un sac de plastique rangé dans un contenant de plastique rigide lui-même emballé dans un second sac de plastique – quel ostie de gaspillage, on s'était dit, Buddy et moi, notre dealer était bien plus écologique. Buddy m'avait offert un joint, j'avais refusé, des plans pour me taper une crise d'angoisse. Je n'avais qu'une envie, me rouler en boule dans le lit et dormir. Buddy avait joué de l'harmonica dans sa chambre, face à la mienne, puis s'était couché vers minuit. Le silence avait enveloppé la maison. Il ne ventait pas, le poêle était rempli de braises et ne crépitait plus. Je m'étais endormie dans mes combines. Je ne m'étais pas encore relevée pour remettre des bûches dans le poêle – habituellement, le feu ne s'éteignait que vers quatre heures. Soudain un choc sourd m'a tirée de mon sommeil, la porte d'entrée venait de s'ouvrir. Luna a couiné, la porte devait avoir heurté son dos. Au même instant, j'ai entendu des bottes marteler le plancher, au moins deux personnes. J'ai sauté du lit et me suis précipitée dans le corridor. Buddy avait eu le même réflexe. On s'est retrouvés face à face dans l'obscurité. Dehors, le moteur d'une voiture tournait. C'était peut-être Sawyer, qui avait un problème avec son traîneau et besoin d'un endroit où dormir. Ou alors c'était Jade, qui manquait de bois de chauffage ou qui avait enfumé sa cabane.

— C'est qui ? a crié Buddy.

— On vient chercher Luna, c'est le chien à Tom ! a répondu une voix en bas.

J'ai reconnu Leah.

— Fuck, vraiment ? a dit Buddy. C'est ben intense, man.

Je me suis jetée dans l'escalier. En dévalant les marches étroites et abruptes, j'ai entendu un tintement de métal et les griffes de Luna rayer le plancher de bois, elle s'accrochait. Puis la porte a claqué. J'ai débouché dans le salon. Il n'y avait personne. Je suis sortie, Rob, Leah et Rae se dirigeaient, sans se presser, vers la Tercel de Rob. Ils se sont retournés vers moi. J'ai couru pieds nus dans la neige. Rob avait pris soin de faire demi-tour devant la maison, de sorte que le nez de la voiture pointe vers la route. Leah tenait une laisse. Au bout de la laisse, il y avait Luna, encore sonnée, qui cherchait mon regard. Je me suis élancée vers Leah et je lui ai donné un coup de poing dans le ventre. Elle est tombée par terre, le souffle coupé, se tenant les côtes. Une voix rauque et impérieuse, qui semblait appartenir à quelqu'un d'autre, a jailli de moi :

— Je vais te tuer, ma tabarnac.

— T'es folle, c'est pas ton chien !

Leah avait les yeux pleins de larmes et les dents serrées. Rae s'est penchée sur elle et, d'une voix outrée, lui a demandé si ça allait. J'ai détaché Luna et je lui ai donné une tape sur le flanc pour qu'elle fuie. Elle a disparu dans l'obscurité. Rob a surgi derrière moi et m'a prise par les épaules.

— Là, je veux pas te faire mal, il a commencé, mais faut que t'arrêtes d'être folle.

— Qu'est-ce que vous avez à me traiter de folle ? C'est vous autres, les psychopathes ! Y est fucking une heure du matin !

Rob n'a pas répondu ; il a passé les bras sous mes aisselles, mes pieds touchaient à peine le sol. J'ai hurlé de terreur et je me suis débattue tandis qu'il me forçait à avancer vers le Hobo Mansion. Luna est revenue, courant à toute vitesse. Elle s'est dressée, a appuyé une patte sur mon épaule et une autre sur la poitrine de Rob, et elle a essayé de glisser son museau entre nos corps en grondant. Rae l'a attrapée par le collier et l'a tirée vers elle pendant que Rob me traînait vers le Hobo Mansion. J'ai vu Leah se relever et ramasser la laisse avant que Rob me jette à l'intérieur par la porte restée ouverte. J'ai tenté de ressortir, mais il la bloquait. J'ai poussé de toutes mes forces. J'ai crié à Buddy de venir m'aider. Il restait figé dans le salon. What's going on ? il a dit. Si Kosmas avait été là, j'ai pensé, il m'aurait aidée, lui. J'ai sauté dans mes bottes Sorel, mais quelque chose s'est passé. La nuit s'est fracturée. Un son a disloqué la nuit et l'a fait craquer jusqu'à mon sternum, l'os censé protéger le cœur – et s'est immiscé dans ma gorge et mes poumons pour ne plus en ressortir, et j'ai su que je ne dormirais plus jamais que d'un œil. C'était un hurlement strident, fissuré de douleur, Luna qui hurlait. J'aurais voulu être avec elle et la protéger. Je me serais battue à mort pour elle, mais j'étais bloquée derrière la porte, le front soudé au bois, à crier par-dessus ses cris, à cogner, puis à ne plus cogner, puis à ne plus crier. J'aurais voulu qu'on me détruise, j'aurais voulu mourir de n'avoir pas pu la protéger, mais j'étais là, muette, à bout de souffle et intacte, et honteuse d'être intacte.

JE NE SAIS PAS si, cette nuit-là, derrière la porte que bloquait Rob – je ne sais pas si Luna se débattait, si Leah lui avait donné un coup de pied, si elle lui avait enfilé une muselière tandis que Rae maintenait son cou dans la neige. Cette nuit-là, j'ai entendu, mais je n'ai rien vu. Je ne sais pas comment ces choses peuvent arriver. Luna retrouvait des amis de longue date, des membres de sa meute. Ils n'étaient pas des étrangers. Elle ne les aurait pas attaqués. Elle n'en avait pas le droit. Qu'est-ce qu'un animal peut comprendre d'une telle situation ? Dans la confusion, il est possible que Luna ait crié et grogné, sans mordre. Luna aurait pu les déchiqueter, mais elle connaissait les règles qui régissent la vie en captivité. C'est moi qui les lui avais apprises, qui lui avais appris à obéir, à faire confiance aux humains. Je l'avais apprivoisée, mais elle avait eu raison de se méfier de nous.

Le moteur de la voiture a vrombi. J'ai fait le tour de la maison en courant pour entrevoir dans l'obscurité la silhouette de la Tercel blanche qui s'éloignait. J'ai même cru apercevoir la truffe de Luna contre la lunette arrière. J'ai eu peur. J'ai eu peur qu'elle ait encore confiance en moi, qu'elle espère que je viendrais la chercher. J'ai eu peur qu'elle pense que je l'abandonnais.

Je suis rentrée, j'ai enfilé des bas de laine sur mes pieds bleuis par le froid, striés d'égratignures. Bientôt, ils me démangeraient. J'ai allumé mon cellulaire, ouvert Messenger. Tom m'avait écrit à 23 h 55.

« Je pars voir ma mère à Montréal pour un mois. C'est Leah qui va garder Luna maintenant. »

Je l'ai appelé plusieurs fois. Je lui ai laissé des messages. Il devait absolument me rappeler, Rob m'avait poussée ; Rob, Leah, Rae, ils avaient fait mal à Luna, j'étais horrifiée et je m'inquiétais. J'ai écrit à sa mère, à son père, à ses cousins, à ses ex ; ils me répondraient au fil de la journée, poliment, tour à tour, qu'ils transmettraient mon message à Tom. Ils me souhaitaient bonne chance et bonne année. La mère de Tom m'a réécrit tout de suite, expliquant que son fils était censé atterrir à Montréal douze heures plus tard, mais qu'elle n'aurait aucune façon de confirmer que c'était bien lui. Elle croyait que Tom avait été enlevé par les intraterrestres l'année d'avant. Les intraterrestres étaient parmi nous, il ne fallait pas en parler aux médecins, ni aux policiers, ni aux intervenants, ils nous traiteraient de démentes. On s'était moqués d'elle à ce sujet, Tom et moi, me suis-je rappelé. Je lui ai demandé si elle pouvait m'aider à récupérer Luna. Elle m'a envoyé un lien vers un vidéo YouTube qui expliquait ce qu'étaient les intraterrestres. La terre était un gros ballon vide. Il y avait un soleil au centre et des humanoïdes vivaient autour, exactement pareils à nous, sauf pour leur peau grise. Surtout, n'en parle à personne, m'a avertie la mère de Tom, tout le monde est contre moi. Merde, j'ai pensé. Moi aussi, tout le monde est contre moi. Je me suis imaginée internée dans l'aile psychiatrique de l'hôpital de Whitehorse, errant dans les corridors vêtue d'une jaquette bleue, appelant ma chienne dont personne ne se souvenait qu'elle ait été ma chienne, l'appelant jusqu'à m'érailler la voix, jusqu'à me blesser la gorge, jusqu'à ce qu'on m'injecte de force des anxiolytiques. J'aurais tant aimé qu'on m'injecte sur-le-champ des anxiolytiques. J'ai attendu. J'ai attendu sans boire. Sans fumer. Sans bouger. Les yeux fixés sur l'absence.

Lorsque Kosmas est rentré, vers six heures, je l'ai ignoré. Il m'a parlé, je n'ai pas enregistré ce qu'il a dit. Je me suis rendu compte plus tard qu'il était allé se coucher. Je suis restée assise sur le divan. Je regardais compulsivement ma conversation avec Tom, les couleurs personnalisées, les bulles dégradées d'orange à magenta, notre émoticône, le bonhomme bleu qui se gelait le cul, nos surnoms. On avait pris les noms de deux enfants qui avaient été au cœur de controverses causées par des blagues de Mike Ward. Tom portait le nom d'une fillette disparue, et moi, j'étais un enfant atteint d'une maladie congénitale et qui avait chanté pour le pape. Je regardais leurs noms et je repensais à ça : Mike Ward s'était battu en cour à deux reprises pour le droit de rire d'eux. Ses blagues avaient peut-être gâché la vie de l'enfant handicapé. L'enfant disparue n'avait pas eu de peine, parce qu'elle était morte, mais ses parents, oui. Je me sentais vide et confuse. Si Tom redevenait gentil, si à partir d'aujourd'hui il arrêtait de me salir, que feraient ses amis ? Ils le traiteraient de gros cave et de faible et ils continueraient à me haïr. Je scrollais sur mon téléphone dans les mèmes que, Tom et moi, on s'était envoyés depuis 2012, découragée de voir qu'ils étaient encore capables de me faire rire. La vie était affreuse, on était tous pitoyables et traumatisés, j'avais besoin de rire et je riais, seule dans le noir avec mes mèmes datés.

Un an et demi plus tôt, à la fin du printemps 2018, j'avais écrit « T'es où ? » à Tom. Il avait mis plus de cinq minutes à me répondre parce qu'il était aux toilettes. Je lui avais écrit dix autres messages et, dans le dernier, je lui annonçais que je l'avais fait porter disparu, mais que les policiers n'avaient pas voulu lancer d'avis de recherche ; ils le trouvaient trop laid. Ils n'entameraient les démarches que si je leur fournissais une photo récente de son cul, son cul étant sans aucun doute moins hideux que sa face. En guise de réponse, Tom m'avait envoyé une photo de ses fesses écartées. C'est Rob qui l'avait prise. Quelques mois plus tard, à une soirée karaoké, on avait essayé de chanter *Self Esteem* d'Offspring. J'avais faussé tout le long. Je chante vraiment mal. Tom avait alors eu l'éclair de génie de nos surnoms ; il était devenu l'enfant disparue, moi le petit chanteur handicapé.

C'est à cette blague-là que faisait référence l'horrible t-shirt que je lui avais offert pour Noël, le soir où Sawyer avait essayé de m'embrasser sur les glaces du fleuve Yukon. J'avais imprimé la photo des fesses écartées de Tom, en couleur, sur un t-shirt blanc, en utilisant un fer à repasser du Pit et des feuilles thermocollantes commandées par la poste. En noir, au-dessus de la photo, j'avais inscrit au Sharpie le mot MISSING. Et, en dessous : THAT ASSHOLE. On discernait sur la photo la veine gonflée de son hémorroïde. C'était le bon vieux temps.

À midi, Tom a vu mes messages. Je l'ai appelé. Il n'a pas répondu. Je l'ai rappelé. Il n'a pas répondu. Puis j'ai vu les points de suspension bondir en petites vagues saccadées. Il était en train de m'écrire quelque chose. J'avais espoir qu'une fois à Montréal, en revoyant les ruelles où on avait fumé nos premiers joints et frenché nos premiers chums et blondes, il se souviendrait qu'on était des amis éternels. Il se souviendrait de qui il était ; quelqu'un qui ne ferait jamais de mal à une mouche ni à une chienne. Le message est apparu.

« Sorry pour ça. C'est juste que Rob finit tard au Pan of Gold et Leah a pas de char. »

J'ai relu sa réponse plusieurs fois, avec un sentiment d'impuissance grandissant. Comme si j'étais captive d'une partie de téléphone aquatique et que, depuis des mois, je parlais à travers des tonnes d'eau chlorée ; comme si Tom, entendant enfin mes mots, avait choisi de me laisser m'époumoner au fond de la piscine.

J'ai essayé autre chose. Je lui ai écrit que ce n'était pas grave, que j'aurais juste aimé ravoir Luna. S'il voulait recommencer à s'en occuper quand il reviendrait, on s'arrangerait entre nous. J'ai tenté de le raisonner. Les chiens anxieux comme Luna avaient besoin de stabilité. J'avais travaillé avec elle pendant des années pour que ses comportements agressifs diminuent. Elle n'était pas un meuble qu'il pouvait reprendre simplement parce qu'il était fâché. Elle n'avait pas à payer pour nos conflits. J'ai envoyé des paragraphes et des paragraphes dans le vide.

Tom a rédigé plusieurs messages qu'il effaçait avant de les envoyer. Les points de suspension bondissants apparaissaient et disparaissaient. Il écrivait quelque chose et changeait d'idée. Je me retenais pour ne pas continuer à plaider, à supplier. J'attendais.

Enfin, il a envoyé une seule bulle, trois phrases.

« Je suis tanné de ton drama. Je peux pas te backer cette fois-ci. Sorry, man. »

Sa réponse, le ton de sa réponse, son indifférence m'ont terrassée. Je respirais sans bruit comme pour me convaincre que je n'existais pas. Je ne pouvais plus bouger, je ne pouvais plus parler. Je ne pouvais même plus partager un regard avec Kosmas. Je ne lui en voulais pas, je n'avais aucune raison de lui en vouloir, à Buddy non plus. Je n'en voulais à personne. Seulement, on m'avait arraché une partie de mon être. On m'avait amputée. Où étaient ma main, mes doigts, mes ongles et la fourrure de ma chienne ?

Trois jours plus tard, la veille du jour de l'An, je me suis rendue en voiture chez Sharon en repensant à ma première rencontre avec elle l'hiver précédent, à la chambre qu'elle m'avait louée et aux mois de paix que j'y avais vécus. Sur le chemin, j'ai croisé Phil dans son pick-up, il m'a saluée de la main. Je l'ai salué en retour, touchée par son geste.

J'ai cogné à la porte et j'ai entendu à l'intérieur la voix de Sharon qui me disait d'entrer. Je suis restée sur le perron sans bouger. Sharon est venue m'ouvrir. Elle ne m'a pas demandé où était Luna. Elle m'a dit de m'asseoir à la table de cuisine et m'a servi une infusion de thé du Labrador. J'ai allongé mes mains sur la nappe de plastique bleu et tenté de lui raconter ce qui se passait. Mais tout sonnait faux. J'ai abandonné. J'ai baissé les yeux en silence.

Sharon a attendu quelques secondes, au cas où je reprendrais mon récit. Je sentais qu'elle avait de la compassion pour moi, mais peut-être aussi que je l'exaspérais un peu. Très sérieusement, elle m'a conseillé de quitter le village. Elle m'a expliqué qu'il régnait à Dawson une omerta autour de la violence contre les femmes. Des femmes agressées étaient accueillies chaque semaine au refuge, d'autres quittaient précipitamment le territoire, sans porter plainte, sans rapporter à quiconque les abus dont elles avaient été victimes. Très peu d'agresseurs étaient inquiétés.

— OK, j'ai dit, mais ç'a pas rapport. Je me suis juste chicanée avec mes amis.

— Une femme chez qui on peut entrer par effraction pendant la nuit sans subir de conséquences ne devrait pas rester là où elle est.

— Qu'est-ce que tu ferais à ma place ?

— Je pleurerais.

J'ai remarqué la manche de mon coton ouaté, couverte

de poils blancs et duveteux. En temps normal, je les aurais enlevés, par distraction, pour occuper mes mains. En ce moment, je voulais qu'ils restent, je voulais les garder. J'ai dit à Sharon que je pleurerais quand je pourrais serrer ma chienne dans mes bras. Elle n'a pas sourcillé. Elle se tenait très droite, les paumes posées sur la table, comme pour me montrer que ça ne servait à rien de m'énerver.

Ce que je vivais était difficile, elle le savait, mais je devais comprendre que personne ne me protégerait si ce qui m'était arrivé se répétait. Je lui ai dit que c'était impossible que ça se reproduise, puisque je n'avais plus de chien. Elle m'a dit que le chien n'avait jamais été l'objet du conflit. J'ai répondu que Luna était la seule chose qui comptait pour moi. Mais Sharon ne parlait pas de mon chien, elle parlait de ma vie.

Le frigo s'est mis à vrombir, j'ai sursauté. Je n'avais pas entendu ce bruit depuis des semaines. Il régnait dans cette maison une chaleur uniforme, sèche, artificielle. Peu importe la température à l'extérieur, à l'intérieur le thermostat était réglé à dix-neuf degrés, et il faisait dix-neuf degrés.

Sharon a offert de me payer un billet d'avion vers Vancouver, Toronto ou Montréal. Je ne savais pas quoi faire de ces noms de villes. Je lui ai demandé la permission de prendre un bain, vu qu'elle avait l'eau courante. Oui, a répondu Sharon. Tu sais où est la salle de bain. Je pouvais rester chez elle quelques jours si je voulais, sa fille était partie fêter le Nouvel An chez son père à Whitehorse. Elle serait heureuse d'avoir de la compagnie. Pas d'alcool, pas de drogue, je connaissais les règles.

Je me suis enfermée dans la salle de bain. C'était bizarre de ne pas avoir Luna auprès de moi. Chaque fois que je changeais de pièce, j'avais le réflexe de vérifier si elle me suivait, et chaque fois je me retournais sur son absence. J'ai ouvert le robinet, éteint mon cellulaire. J'ai laissé les néons allumés. Il y avait longtemps que je n'avais pas été dans une pièce aussi claire. Je me suis déshabillée avec des gestes las et mécaniques pendant que le miroir s'embuait, et j'ai mis un pied puis l'autre dans le bain brûlant, et je me suis accroupie, puis assise. Passé le choc de la chaleur, je me suis immergée entièrement. La tête sous l'eau, j'ai crié. C'était agréable, de ne plus respirer. L'émail du bain était d'un blanc irréel. J'ai perdu la notion du temps. J'ai oublié le langage. Je me suis abandonnée à la douleur, un fer chauffé au rouge dans mon ventre. J'ai sorti la tête de l'eau malgré moi et j'ai inspiré. Je ne réussirais pas à me noyer ainsi. Quand j'ai vidé le bain, mes doigts étaient blancs et ratatinés, et Sharon dormait. En faisant le moins de bruit possible, je suis allée me coucher dans la chambre de sa fille, mon ancienne chambre. J'y suis restée trois jours, pendant lesquels j'ai dormi la majorité du temps. Je n'avais pas besoin de rajouter du bois dans le poêle, je n'avais pas besoin d'aller dehors pour pisser. Je n'avais pas faim, pas de chien à nourrir, aucune raison de me lever, ni même de me réveiller.

PUIS J'AI ALLUMÉ mon téléphone dans la noirceur de la chambre et appris qu'on avait changé d'année. On était le 3 janvier 2020. J'avais quinze nouveaux messages, la plupart de Kosmas, quelques-uns aussi de la mère de Tom.

Elle me conseillait de me méfier de lui; il disait du mal de moi et avait une maîtresse. Elle développait son hypothèse des intraterrestres : ils avaient des poumons étroits et son fils était asthmatique. Simple coïncidence? Ça commençait à être dur à croire. J'ai rappelé Kosmas. Il s'était inquiété, il m'a dit que ça ne se faisait pas, de disparaître comme ça sans donner de nouvelles, surtout quand on avait l'habitude de faire des jokes de suicide à tout propos. Je me suis excusée sans conviction. J'ai raccroché. J'ai écrit à Tom. Il m'a répondu des heures plus tard. Il disait que j'avais vraiment fait une job de marde en élevant Luna. Elle avait renversé les poubelles, mangé des souliers, chié dans le lit de Leah. Leah n'était plus capable. Larry la garderait jusqu'à ce que Tom rentre à Dawson. Il avait plus d'autorité. La nausée s'est emparée de moi. J'ai demandé à Tom si Sharon pouvait s'en occuper, ou Joy, ou n'importe qui sauf un batteur de chiens confirmé, et sans doute aussi d'enfants. Tom m'a ordonné de ne pas parler comme ça de son ami. Je lui ai offert tout ce que j'avais. Je passerais à la banque demain, je viderais mon compte, je remplirais ma carte de crédit, je demanderais un prêt s'il le fallait, je lui donnerais tout, des milliers de dollars. Il a ri de moi. Il n'était pas à l'argent. Je lui ai demandé ce qu'il voulait. Il ne voulait rien. « Chacun ses problèmes, Sacha, garde ton cash que t'as même pas, pis apprends à te gérer. » Il a arrêté de me répondre.

J'ai trouvé le numéro du Humane Society sur Google, j'ai appelé. Joy a répondu. Elle m'a avertie de me tenir loin de ses filles. Je lui ai dit d'accord et me suis excusée, puis je lui ai expliqué pourquoi il ne fallait pas laisser

Larry s'occuper de Luna. Joy a soupiré sèchement. Je devais lâcher prise et arrêter mes crises d'hystérie. Tom voulait ravoir son chien depuis longtemps. C'est lui qui était venu l'adopter au refuge. Et le chien était entre de bonnes mains.

Est-ce que ça pouvait être si simple ? Tom était allé chercher Luna au refuge, mais c'est moi qui en avais pris soin, qui l'avais nourrie, promenée, brossée moi-même, seule, pendant sept ans. J'ai googlé « avocat Whitehorse urgent ». C'est moi qui avais retiré une à une les épines de porc-épic de sa chair, c'est moi qui l'emmenais chez le vétérinaire, c'est moi qui en étais responsable. J'ai contacté le premier avocat de la liste de résultats. Il m'a avisée que le sujet de notre entretien ne se qualifiait pas comme une urgence. Il a quand même accepté de répondre à mes questions. Légalement, les chiens avaient exactement le même statut que des meubles. La seule chose qui comptait, c'était de déterminer qui l'avait acheté.

— Avez-vous un accord écrit stipulant que vous avez adopté la chienne ?

— Non, mais on se l'était dit.

En m'entendant, en entendant la conviction dans ma voix, je me suis mise à douter – qu'est-ce qu'on s'était dit, au juste ?

— Y avait-il des témoins ?

— Peut-être, mais ils vont mentir. Sauf qu'elle me suit partout où je vais. Le gars qui a ses papiers est pas sur le territoire en ce moment. Et le gars qui s'en occupe est violent avec elle.

— Est-ce que les blessures infligées à la chienne sont assez sérieuses pour causer sa mort ?

— J'espère pas.

L'avocat s'est lassé. Il se spécialisait dans le droit de la famille : divorce, pension alimentaire, garde d'enfants. Il n'était pas en mesure de m'aider. Je pouvais toujours appeler la police et déposer une plainte pour invasion de domicile. Il m'a dit qu'il ne me facturerait rien pour cet entretien, lui aussi avait un malamute, un mâle de trois ans, Ziggy, et qui était micropucé. Il n'y avait donc aucune ambiguïté possible quant à son propriétaire. Il ne fallait rien laisser au hasard. Il compatissait avec moi, mais il avait des dossiers urgents à régler, des gens dans des situations mille fois pires que la mienne, je n'avais pas idée. Je lui ai dit de flatter Ziggy sur la bedaine pour moi.

J'ai texté Kosmas : je serais bientôt là. Je me suis extirpée des couvertures, j'ai tâtonné sur le mur à la recherche de l'interrupteur. La lumière des halogènes m'a brûlé les yeux ; j'ai vu des points noirs. J'ai récupéré mes combines, mes jeans et mon coton ouaté par terre et les ai enfilés. J'ai pris une grande respiration, j'ai ouvert la porte et je me suis traînée vers la cuisine. J'ai allumé la bouilloire, rempli l'infuseur et attendu. Sharon m'a invitée à manger avec elle, ça sentait bon, elle avait préparé des steaks d'orignal et des patates grelots rôties. Je me suis attablée, elle m'a servi une assiette. J'ai observé les patates luisantes de beurre, la viande d'un brun rouge sombre, qui sentait le sang et le fer. Je n'ai pas pu avaler une bouchée. J'ai bu un peu de thé. Je voulais rentrer à la maison. J'ai remercié

Sharon et lui ai dit que je devais partir. On s'est levées, moi d'abord, j'ai déposé mon assiette presque intouchée sur le comptoir. Je me suis excusée plusieurs fois. Sharon savait que j'adorais l'orignal. Celui-là, c'est sa fille qui l'avait tué. On s'est souhaité bonne année, mais on ne s'est pas fait la bise. J'ai mis mon manteau, mes bottes, ma tuque et mes mitaines. J'ai tâté le fond de ma poche pour m'assurer que mes clés y étaient. Je suis sortie, j'ai tourné la tête par réflexe. Luna ne suivait pas.

Je n'ai pas réussi à démarrer. Ma batterie était à plat parce qu'il avait fait moins quarante-sept durant la nuit et que Sharon avait dû débrancher la Echo pour brancher la voiture d'un autre visiteur, puis elle avait oublié de la rebrancher. Elle a offert d'essayer de me booster. Si on était chanceuses, ça suffirait. Je l'ai aidée à installer les câbles. J'ai inséré la clé dans le contact et démarré. Le moteur a toussé un peu puis s'est mis à ronronner. Sharon m'a saluée. Je l'ai remerciée encore. Elle est rentrée. Pendant que la voiture se réchauffait, j'ai balayé le pare-brise et gratté la glace. Après, je me suis assise dans la neige et j'ai allumé une cigarette. J'ai à peine pu en fumer la moitié que j'ai été prise de haut-le-cœur et j'ai vomi du thé et de la bile.

J'ai roulé sans phares dans l'obscurité jusqu'à la maison. Kosmas m'attendait. On a baisé. Il a perdu son érection. Il n'a pas joui, moi non plus.

EN FÉVRIER le Nageur, de retour à Montréal, m'a écrit pour me demander si ça m'intéresserait de prendre un contrat de travail de quarante et un jours sur une mine de nickel au Nunavut. Le préposé à l'entretien ménager s'était fait prendre avec de la drogue, et la politique du camp était stricte à ce sujet. Ils avaient besoin d'un remplaçant le plus vite possible. J'aurais une chambre privée, de la nourriture à volonté, et je serais payée huit mille dollars. Ça ne me tentait pas, je dépérissais, je dormais quatorze heures par jour. Kosmas m'a encouragée à accepter. On a remplacé ensemble les phares de ma Echo, je n'ai pas voulu qu'on s'occupe de la carrosserie, où le mot CUNT resterait gravé, j'y étais habituée maintenant. Je suis partie trois jours plus tard. J'ai conduit jusqu'à Whitehorse presque d'une traite, sauf pour pisser et faire le plein d'essence à Carmacks. J'ai laissé ma voiture au garage pour réparations, comme ça je n'aurais pas besoin de l'entreposer. Les freins et le pare-brise devaient être changés depuis au moins deux ans, et la batterie était proche de la fin. En rentrant du Nunavut, j'aurais de quoi payer la facture.

J'AI PRIS UN VOL pour Vancouver, un vol pour Montréal, une chambre d'hôtel, puis un taxi jusqu'à un aéroport privé, où un petit avion d'Air Inuit attendait sur le tarmac. J'y ai grimpé avec une vingtaine d'autres travailleurs. Surtout des gars de mon âge, en jeans bleus et en bottes à caps d'acier, plusieurs portant un manteau ou un sac aux couleurs de la compagnie. On a effectué une escale de dix minutes à Val-d'Or pour embarquer d'autres passagers, l'avion s'est presque rempli. Puis on a volé encore plus loin vers le Nord. Les arbres ont disparu, les arbustes ont disparu, tout a disparu pour céder la place à un désert blanc et glacé. On a atterri sur une piste en poussière de roche, couverte d'une fine couche de neige. Un autobus flambant neuf nous a conduits à la mine. Marvin l'aurait trouvé beau : tout blanc, décoré d'une seule rayure verte, vitres teintées, sièges de similicuir qui sentaient encore le neuf. J'ai pris une photo, mais je n'ai pas pu la lui envoyer, il n'y avait pas de signal.

JE N'AI PARLÉ À PERSONNE. Je n'étais pas là pour me faire des amis, et les autres employés non plus. On travaillait dans un bâtiment construit sur une plate-forme, on aurait aussi bien pu être sur la lune. On n'avait pas le droit d'aller dehors parce qu'ils opéraient de la machinerie lourde tout autour, et à cause des ours polaires et des blizzards. On avait seulement le droit de se rendre au fumoir, à quatre mètres de la porte. Douze heures par jour de tâches abrutissantes, frotter des toilettes, passer la moppe, plier des serviettes et des draps. De la neige à perte de vue. Pas de drame, pas de rumeurs, en tout cas aucune à mon sujet.

À part travailler et dormir, je n'avais pas grand-chose à faire ; quand j'ai reçu mon premier chèque de paye, je me suis découvert un intérêt insoupçonné pour le magasinage en ligne. J'ai acheté un iPhone 11 pour remplacer mon vieux téléphone à la vitre cassée, et j'ai pris un forfait cellulaire 4G. L'appareil me serait livré au bureau de poste de Dawson. J'ai aussi commandé une batterie au lithium – j'en voulais une depuis des années –, des cahiers Canada, des stylos et assez de livres pour tenir un an.

Un mois plus tard, deux semaines avant la fin de mon

contrat, l'Organisation mondiale de la santé déclarait l'état de pandémie mondiale. On était le 11 mars 2020. Le gouvernement a donné l'ordre aux Canadiens de retourner chez eux en prévision de la fermeture des frontières nationales et provinciales, qui aurait lieu le 21 mars. J'aurais pu décider de rester. La mine ne prévoyait pas de cesser ses activités, mais j'étais terrifiée à l'idée de me retrouver coincée là-bas. Comme les ordres venaient de Santé Canada, la mine a permis aux travailleurs qui le désiraient de rentrer. Après plusieurs réservations annulées par la compagnie aérienne, j'ai réussi à obtenir un siège sur un vol qui décollerait le 18 mars, je croisais les doigts. J'avais passé chacune de mes nuits à me ronger les lèvres en m'inquiétant pour Luna et, peut-être à cause de l'ambiance de panique généralisée qui régnait sur toutes les chaînes de radio partout dans le monde, j'avais hâte d'arriver. J'allais repartir à zéro. J'avais eu le temps d'y penser : je devais apprendre à communiquer, à poser mes limites, et à être à l'écoute des autres. Je me placerais en quarantaine préventive, parce que j'arriverais d'une autre province, puis je me réconcilierais avec Tom et je réadopterais Luna en bonne et due forme, comme il me l'avait offert trois ans plus tôt.

J'avais hâte de retrouver le Hobo Mansion. J'avais l'impression qu'à Dawson, on était mieux équipés qu'ailleurs pour survivre à l'effondrement des civilisations. On savait se chauffer au bois, pêcher des lottes sous la glace, on buvait l'eau du fleuve, même si depuis deux ans, on craignait la présence de cyanure dans les cours d'eau. Goldcorp était entrée en phase d'exploration, pas loin de la rivière Coffee Creek. Elle utilisait un processus de lixiviation au cyanure pour extraire l'or. Officiellement, Goldcorp n'avait pas encore l'autorisation d'exploiter, mais le bruit courait que, sous couvert d'exploration, elle avait déjà commencé. Ce n'était qu'une question de temps avant qu'on ait tous du cyanure dans le sang, mais qu'importe ; comme nous le rappelaient les journalistes corrompus de Whitehorse, le cyanure, il y en a dans les cigarettes et les pesticides agricoles.

Trois jours avant mon vol de retour, j'ai écrit à Kosmas pour lui dire qu'on se verrait bientôt. Il m'a répondu qu'il s'était chicané avec Buddy et qu'il avait loué une chambre au Pit avec Val pour un mois, le temps de se dénicher un autre logement. Il a ajouté que Buddy était vraiment un slimeball, un connard. Chose certaine, Kosmas ne retournerait pas au Hobo Mansion. Il voulait me le dire avant que je revienne, mais là, avec la pandémie et tout, je le prenais par surprise. Il était désolé, l'ambiance était surréelle à Dawson en ce moment. Je l'ai appelé. Je lui ai demandé s'il couchait avec Val. Il m'a répondu qu'il essayait, mais qu'il bandait mou parce qu'il sniffait trop.

— OK, mais moi, je vais où ? Faut que je m'isole pendant quatorze jours.

— Tu peux aller faire ta quarantaine dans notre chambre, j'ai déjà payé le loyer de mars. Toutes tes affaires sont encore là, ta guit, ton stock de camping, j'ai même lavé tes bobettes à la main. Elles étaient croustillantes en maudit.

Kosmas m'a assuré que Buddy m'adorait et qu'il serait content de me ravoir comme coloc. J'avais juste à lui lâcher un coup de fil pour confirmer. Je l'ai remercié et on s'est mis d'accord pour que je lui rembourse la moitié du loyer. Il m'a aussi informée que Rob avait laissé Leah – les deux semblaient plus relaxes maintenant –, et que Tom et Ashley n'étaient plus ensemble. Apparemment qu'Ashley l'avait trompé avec un gars de Whitehorse. J'ai demandé des nouvelles de Luna. Kosmas a hésité.

— Es-tu sûre que tu veux savoir ?

— Je suis sûre.

Kosmas la voyait souvent attachée derrière le Pit. Elle attendait là pendant toute la soirée. Elle pleurait, mais la musique était forte et personne ne l'entendait ou alors ils s'en foutaient. Parfois, Kosmas sortait la voir pour la flatter ou lui donner un os. Elle grognait quand on l'approchait, maintenant. Elle rabattait sa queue entre ses pattes et montrait les crocs. Elle était même devenue agressive avec Scarlett. Selon Val, elle s'était enfuie quelques fois de chez Larry. La police la ramenait à la maison. La semaine précédente, Larry marchait avec Luna en ville, et une petite fille de dix ans avait couru vers elle pour la flatter ; Luna l'avait mordue au bras. C'était une morsure d'avertissement, par-dessus son manteau. Il y avait eu plus de peur que de mal, mais Larry avait frappé Luna jusqu'à ce que la petite fille l'implore d'arrêter. Kosmas n'avait pas revu Luna depuis.

— Kosmas…

— Je suis désolé.

— Faut que je raccroche.

Je suis restée assise sur mon lit, dans le silence.

28

UN AUTOBUS nous a conduits, moi et d'autres travailleurs, à la piste de décollage, au milieu de l'immensité blanche. Un avion nous attendait. À l'intérieur, l'hôtesse portait une visière en plastique. On a atterri pas loin de Montréal, dans un autre aéroport privé minuscule, puis une navette nous a transportés jusqu'à Pierre-Elliott-Trudeau. J'ai loué une chambre d'hôtel, payée par la compagnie. J'avais peur de toucher les objets. Il y avait déjà une vingtaine de cas de covid-19 déclarés à Montréal. Je ne devais absolument pas l'attraper. Il n'était pas question que je reste enfermée durant deux semaines dans cette chambre où la seule fenêtre donnait sur une suite infinie de lampadaires, d'échangeurs, de bretelles d'autoroute et de parkings à étages. J'avais pris un billet pour Whitehorse, avec une correspondance à Vancouver. À cinq heures du matin, je me suis rendue au terminal d'où partaient les vols intérieurs. Les fontaines étaient condamnées et les restaurants fermés. Des annonces sur les mesures sanitaires résonnaient dans les haut-parleurs toutes les quinze minutes. J'avais soif.

Avant l'embarquement, au comptoir, les hôtesses te demandaient comment tu te sentais ; elles ne voulaient pas savoir si tu étais en dépression chronique depuis l'adolescence, en peine d'amour ou en détresse parce que ton ex-meilleur ami t'avait volé ta chienne. Elles voulaient uniquement savoir si tu avais des symptômes de grippe :

toux, courbatures, mal de gorge, fièvre. Elles pointaient un laser sur ton front pour prendre ta température. Elles te demandaient si tu avais été en contact avec une personne ayant reçu un résultat positif à un test de covid-19. Aux deux questions tu répondais non. Elles te demandaient aussi la raison de ton voyage. Seule réponse possible : « Je retourne chez moi. » Il fallait que tu montres une preuve de résidence. Tu abaissais ton masque devant l'hôtesse pour qu'elle vérifie ton identité. Dans l'avion, chaque passager recevait une trousse contenant du Purell, des lingettes désinfectantes, un masque de rechange et des gants de vinyle blancs. Porter un masque te faisait réaliser que ton haleine puait la cigarette et les sucs gastriques. Tu risquais une réprimande si tu laissais une narine dépasser de ton masque.

Une fois installé à ta place dans l'avion – il y avait un siège vide entre chaque place occupée –, tu désinfectais les bras de ton siège avec tes lingettes. Tu te sentais affreusement mal à l'aise si par mégarde tu toussais. Si tu t'apercevais que tu étais en train de te frotter les yeux avec les doigts, tu le regrettais aussitôt. L'hôtesse ne servait pas de nourriture ni de breuvage. Tu ne voyais pas la bouche des gens, mais ce n'était pas nécessaire pour savoir que personne ne souriait.

L'avion a atterri à Vancouver ; il y avait de l'écho quand on parlait, et le roulement des rares valises produisait un son clair et percussif qui se réverbérait autour de nous. Je me sentais comme dans la première partie d'un film postapocalyptique, pendant la phase hygiéniste et crypto-totalitaire du contrôle de l'épidémie, juste avant que le chaos n'emporte tout et que la société s'effondre. J'ai erré seule dans l'aéroport presque vide. J'ai fini par rejoindre la porte d'où partait ma correspondance.

À Whitehorse, on m'a demandé où je prévoyais d'effectuer ma quarantaine. J'ai donné l'adresse du bureau de poste ; comme tous les endroits où j'ai habité à Dawson, le Hobo Mansion n'a pas d'adresse. J'ai appelé le garage. J'ai payé la facture au téléphone, par carte de crédit. Plus tôt dans l'après-midi, ils étaient venus me porter ma voiture à l'aéroport et l'avaient laissée dans le stationnement, les portes déverrouillées et les clés dans la boîte à gants. Il fallait minimiser les contacts humains, avait déclaré le premier ministre Justin Trudeau ; pour la première fois de l'histoire, les Yukonnais de tous les groupes sociaux coopéraient avec le gouvernement. On entrait dans une ère inouïe, j'avais l'intuition qu'on en parlerait dans les manuels scolaires de la génération suivante – en tenant pour acquis qu'il y en aurait une.

Je n'ai pas éteint la radio du trajet. Sur toutes les chaînes de Whitehorse, chacun remplissait son rôle avec dévotion. Les journalistes égrenaient des statistiques terrifiantes d'une voix monotone ; huit mille sept cent vingt-sept morts, et deux cent quatorze mille dix nouveaux cas dans le monde. Du jamais vu depuis la grippe espagnole. Les chroniqueurs et les humoristes tentaient de détendre l'atmosphère en raillant la piètre gestion de crise de Donald Trump, et on attendait avec impatience que Trudeau se décide à fermer la frontière avec les États-Unis. On retransmettait des conférences de presse où des scientifiques répondaient aux questionnements des journalistes et du public. Des citoyens au bord de la panique inondaient les lignes ouvertes. Les prédictions approximatives des spécialistes se contredisaient d'un jour à l'autre. Les chefs d'État proclamaient avec confiance que nous allions traverser la crise, tous ensemble, à deux mètres de distance l'un de l'autre. La femme de Justin Trudeau avait attrapé la covid-19, Tom Hanks avait attrapé la covid-19, des joueurs de la NBA et de la LNH, aussi, les deux ligues avaient suspendu leur saison, les fans étaient dévastés. Le premier ministre s'adressait à la population sur le même ton que moi quand j'essayais de convaincre Tom de m'accompagner dans le parc Tombstone en avril, moment où les grizzlis sortent de leur hibernation : « Inquiète-toi pas. On va faire extrêmement attention. » Les animateurs, les experts, les politiciens, tout le monde parlait d'une voix trop aiguë, grinçante, fausse. La vérité, c'est que personne ne savait ce qui arriverait. On observait une vague de racisme envers les personnes d'origine asiatique. Les restaurants chinois perdaient leurs clients. À Toronto, une infirmière vietnamienne s'était fait cracher au visage. Les réseaux sociaux s'enflammaient. Les survivalistes vivaient leur heure de gloire. Moi, mon plan n'avait pas changé. Pandémie mondiale ou pas, je sauverais Luna.

Je me suis arrêtée à Carmacks pour faire le plein. Il était huit heures du soir, le 18 mars, et le soleil se couchait sur une journée qui avait commencé à cinq mille trois cent trente-quatre kilomètres de là. Je me demandais combien de morts supplémentaires seraient annoncées quand il se lèverait à nouveau. Je ne suis pas sortie de la voiture, un commis est venu me servir. Je me suis désinfecté les mains, j'ai baissé la vitre et j'ai payé par carte.

Je suis arrivée à Dawson vers vingt et une heures. C'était une soirée typique du début du printemps : il faisait moins vingt et l'air était sec. J'adorais ce genre de froid pur et rafraîchissant. Je me suis stationnée à quelque cent mètres de l'appartement de Rob, sur la Sixième. Je préférais qu'on ne m'entende pas arriver.

Je suis entrée sans cogner. Larry était seul. Il jouait à *Vice City.* Luna était cachée derrière le divan, roulée en boule. Des cartons de pizza jonchaient le sol, le tapis puait la pisse et la fumée de cigarette saturait l'air. Quand elle m'a vue, Luna s'est précipitée derrière mes jambes. Elle n'a pas pris le temps de me lécher la face. Elle a gémi et gratté frénétiquement la porte. Je lui ai ouvert et elle a filé comme une flèche. Luna avait compris qu'ensemble, on était foutues. Je lui souhaitais une fugue réussie, définitive, et d'être adoptée par une meute de loups. Larry a lancé sa manette sur la télé en me traitant de bitch. Il s'est levé.

— Approche pas, Larry, je suis en quarantaine.

— Qu'est-ce que tu câlisses icitte, d'abord, crisse de conne ?

— Je m'en vais, là.

— Tu partiras pas avant d'avoir rappelé ton tabarnac de chien.

— Tu viens de le dire. C'est mon chien. Bye !

Il s'est rué vers moi. J'ai couru à ma voiture. Il ne m'a pas suivie, il devait savoir que, le temps qu'il mette ses bottes, je serais déjà loin. Il n'y avait pas le moindre vent, tout était immobile. En posant la main sur la poignée froide de la portière, j'ai entendu un son doux et familier, un bâillement, la note aiguë et ténue que j'aurais reconnue entre mille. J'ai retenu mon souffle. Puis j'ai osé :

— Luna ?

J'hallucinais. Le son était venu de tout près de moi. J'ai regardé autour. Il n'y avait rien. Il n'y avait personne. Elle s'était enfuie pour sauver sa peau, elle n'avait pas le choix. J'ai répété, par désespoir :

— Luna...

Une truffe noire et brillante d'humidité est sortie de derrière ma roue avant. Luna s'était couchée sous la voiture. Mon cœur a chaviré. Ça m'avait fait mal de la perdre ; ça me faisait mal de la retrouver, comme si la douleur que je m'étais empêchée de ressentir quand on me l'avait enlevée en profitait pour s'échapper.

J'ai ouvert la portière, Luna a sauté à l'intérieur et s'est enroulée sur le siège passager, un gros colimaçon de poils. J'ai couvert sa tête et ses oreilles de baisers, puis j'ai démarré et nous ai conduites jusqu'à l'orée de la forêt, jusqu'à notre sentier.

On s'est engouffrées dans les bois. Luna était survoltée, je devinais qu'elle n'était pas sortie depuis longtemps. Elle tournoyait, piquait des sprints en zigzagant entre les arbres, partait à l'assaut de la neige folle en bondissant tête première, seules ses pattes arrière et sa queue dépassaient alors qu'elle fouillait les terriers. Les arbres au-dessus de nos têtes, dépouillés de feuilles et de glaçons, laissaient entrevoir un ciel d'ardoise. Je me suis enfoncée plus loin dans le bois, en courant malgré mes lourdes bottes Sorel, assez loin dans le bois pour pouvoir hurler en paix. Luna s'est jointe à moi. Et c'est là qu'elles nous sont apparues, celles dont tout le monde parle, celles qui, chaque hiver, déçoivent par leur absence des centaines de touristes venus d'Asie et d'Europe, celles que les Dawsonites ridiculisent entre eux mais ne cessent jamais de chérir en secret ; c'est là qu'elles me sont apparues, les ostie d'aurores boréales du câlisse : des langues rouge vin qui léchaient le cosmos, des océans rose pastel et leur miroitement vert et mauve phosphorescent. Je n'ai pas pleuré. J'aurais pu. Si la beauté du monde avait suffi à compenser la connerie humaine, j'aurais pleuré de grâce. Mais la beauté ne sert à rien.

On a descendu le sentier, débouché au parc à chiens, sous les aurores dont la puissance ne se démentait pas. Luna haletait bruyamment et toussait. J'ai passé la main sur sa gorge : son collier de cuir rouge était trop serré d'au moins trois trous. Il l'étranglait. Peut-être depuis plusieurs semaines. À l'arrivée du froid, la fourrure de Luna s'épaississait de jour en jour, j'avais le réflexe de vérifier son collier chaque fois que je la caressais. Mais Rae, Leah et Rob avaient pris Luna au plus fort de l'hiver, quand sa fourrure était la plus épaisse. Ce n'était pas un oubli. Ils avaient resserré son collier volontairement, ou bien Larry l'avait fait. Qu'ils crèvent tous. J'ai détaché le collier de Luna. Elle s'est roulée dans la neige et elle est revenue danser autour de moi en chantant, heureuse de respirer. J'ai dansé avec elle. Je n'allais pas laisser mes envies meurtrières gâcher le temps que j'avais avec elle. Il était compté. Luna frétillait, couchée sur le dos. Je me suis étendue sur la table à pique-nique. Elle a sauté dessus et m'a léché le nez. J'adorais quand elle faisait ça, c'était un «je t'aime» de chien.

J'ai touché sa patte de ma mitaine, le visage tourné vers le ciel flamboyant. Elle s'est couchée à côté de ma tête, son museau me surplombait. Le silence régnait, le silence des choses gelées. Les animaux hibernaient, la surface du fleuve était figée, aucun vent ne soufflait. Je me suis mise à entendre un chuintement, comme si une radio cachée au fond de ma tête grésillait délicatement. Ce son à la fois résonnait dans ma tête et provenait du ciel. Peut-être que les aurores n'émettaient ces sons que devant celles qui étaient seules, trop seules pour prendre quelqu'un d'autre à témoin. Peut-être qu'elles ne chuchotaient que devant celles que personne ne croirait. Les aurores chuchotaient, et je ne savais pas pourquoi. J'ai blotti ma tête au creux du cou de Luna, dans la fourrure blanche et noire de son poitrail. Luna les entendait peut-être, elle aussi. Luna percevait tant de choses qui échappaient aux humains, pas seulement à cause de ses sens de chienne, mais aussi parce que c'était plus facile pour les humains de lui montrer leur vrai visage, à elle qui ne pouvait pas parler. Luna avait son propre langage, qui n'était compris que par les humains qui s'y étaient attardés assez longtemps, ceux qui acceptaient d'écouter.

Nous sommes restées longtemps sur cette table, à ne rien vouloir d'autre que d'être là, ensemble. Puis la neige s'est ramollie sous nos corps et le ciel s'est tranquillement éteint. Luna a flairé une piste de lièvre qui menait au fleuve. Je l'ai suivie. Sur la berge, une brise légère s'est levée, qui m'a fait frissonner. Luna a creusé et extirpé des glaces un poisson mort. Bravo, ma fille ! je lui ai dit, et elle a remué la queue, les yeux étincelants de fierté.

J'aurais voulu ne jamais partir. Je redoutais le moment qui ferait éclater cette nuit. Bientôt, cette nuit avec Luna ne serait plus qu'un souvenir, un morceau de verre que j'utiliserais jour après jour pour me faire saigner. Au bord de la rivière, j'ai ramassé des écorces de bouleau séchées et des branches de mélèze. J'ai creusé un large trou dans la neige. J'ai allumé un feu. Je l'ai observé qui grandissait. J'ai ressorti le collier de Luna de ma poche. Je lui en voulais, à ce collier, que j'avais moi-même acheté au Home Hardware trois ans plus tôt, parce que l'autre était trop petit. Je l'ai lancé au feu : T'es une chienne libre, Luna. Elle a tendu les oreilles vers moi, la langue ballottante, et a délaissé son poisson pour venir me voir. Je l'ai embrassée entre son œil bicolore et son œil bleu, puis elle est retournée jouer. J'ai eu envie de fuir quelque part, très loin d'ici. Mais on était déjà si loin.

Larry devait avoir alerté Tom et appelé la police. Si je partais par l'autoroute du Klondike, les policiers m'attendraient à l'entrée de Whitehorse, ou même à Carmacks. Ils m'enlèveraient Luna et me traiteraient comme une criminelle parce que je n'aurais pas respecté ma quarantaine. L'autoroute du Top of the World, qui menait en Alaska, était ensevelie sous la neige, impraticable en voiture. Rien n'empêchait de partir à pied ou en raquettes, de franchir la frontière, le poste de douane ne rouvrirait qu'en juin et il n'y avait aucune surveillance. Mais le village le plus proche, Chicken, se trouvait à cent soixante-sept kilomètres de Dawson City, et sa douzaine d'habitants devaient l'avoir déserté pour l'hiver. Le village suivant, à une centaine de kilomètres au sud-ouest, s'appelait Tok, et il était un peu plus peuplé, mille habitants et quelques, du moins c'est ce qu'on m'avait dit. J'aurais pu voler une motoneige et refaire ma vie à Tok avec Luna en travaillant au noir, mais il aurait fallu que je sache comment voler une motoneige, et que je traverse plus de deux cents kilomètres de toundra sans me perdre ni mourir d'hypothermie avant d'atteindre une ville ou une autre. Si je mourais, Luna se débrouillerait dans la nature, mais elle se sentirait seule. Non, en fait, ce qui arriverait sans doute, c'est que la police suivrait nos traces dans la neige vierge, et on nous retrouverait dès le lendemain. Je subirais un procès pour avoir traversé la frontière illégalement et volé un véhicule. Il restait une dernière possibilité : l'autoroute Dempster, en théorie ouverte l'hiver, et qui menait au parc Tombstone, à environ cent cinquante kilomètres de Dawson, puis, six cents kilomètres plus loin, à Inuvik, dans les Territoires du Nord-Ouest, mais j'avais entendu à la radio que leur premier ministre avait déjà fermé les frontières du territoire, et qu'on érigerait des barrages sur chaque route. Peut-être que les barrages n'étaient pas encore en place ; Luna et moi, on roulerait à cent cinquante kilomètres au nord d'Inuvik, jusqu'à Tuktoyaktuk, au bord de l'océan Arctique – et, de Tuktoyaktuk, on s'embarquerait ensemble sur un brise-glace et on voguerait jusqu'en Suède. Sauf que l'autoroute Dempster était traversée de plusieurs rivières – on était déjà à la fin du mois de mars ; si la glace de la rivière Peel ou du fleuve

Mackenzie devenait trop mince, je resterais bloquée ; il faudrait que j'attende que les ferrys reprennent du service. On me rattraperait. Dans tous les cas, on me rattraperait. Dans tous les cas, je risquais de mourir avant d'arriver où que ce soit. Dans tous les cas, j'abandonnais Luna. Dans tous les cas, je manquais de courage. Notre seul espoir, c'était que tous ceux qui nous voulaient du mal meurent. Jamais les chances qu'une telle chose se produise n'avaient été aussi élevées.

Quand j'ai aperçu les premières lueurs du soleil à l'horizon, j'ai su que notre temps était écoulé. Il devait être environ sept heures du matin. Ça commencerait à circuler sur la Neuvième. Il était temps d'aller se cacher.

IV

QUARANTAINE

JOUR 1

19 MARS. Je n'ai plus le choix, maintenant, de raconter les derniers jours de cette histoire. Des jours de printemps, qui s'allongeaient de plus en plus vite, mais toujours plus sombres. Des jours interminables et dont il ne me reste rien d'intact. Je vais essayer de ne rien omettre, même les moments où j'étais à peine présente, où tout en moi voulait s'échapper.

Le soleil était pleinement levé quand je me suis engagée sur la longue entrée recouverte de neige. Au détour de la courbe est apparue la façade du Hobo Mansion, ses planches de bois foncé, ses fenêtres blanches, sa corniche gris charbon. Ma nuit passée dehors avec Luna commençait à se faire sentir – l'effervescence de nos retrouvailles se dissipait. J'ai coupé le contact et je suis descendue de la voiture, laissant mon sac sur le siège arrière. Après une hésitation, je suis entrée sans cogner. Comme l'avait suggéré Kosmas, j'avais appelé Buddy. Évidemment que je pouvais revenir faire ma quarantaine ici. Il avait insisté : le Hobo Mansion, c'est chez toi. Son bong traînait en équilibre sur le divan. Je l'ai déplacé sur la table pour éviter qu'il se renverse. Dans la truie, les braises devaient être sur le point de s'éteindre, il faisait un peu froid. J'ai ajouté deux bûches. Tout était calme, Buddy dormait encore. J'ai dévissé la cafetière italienne et jeté le marc, puis l'ai remplie d'eau et de café moulu. J'ai allumé le brûleur à gaz. Les gestes familiers me revenaient, sans que j'aie à y penser. L'odeur de bois et de fumée me rassurait. Luna ne me lâchait pas d'une semelle. Elle avait faim. Dans la remise, le vieux sac bleu de NutriLife au saumon n'avait pas bougé. Je me suis demandé ce que Luna avait mangé ces dernières semaines. Entre les conserves de haricots et de soupe, je suis tombée sur un paquet de bacon. J'ai déchiré l'emballage avec ma clé de voiture. Luna trépignait d'impatience. Elle s'assoyait à mes pieds, puis se relevait, trop excitée, et se rassoyait. J'ai décollé une à une les lanières de bacon, et elle les prenait dans mes mains avec douceur, gobant la dernière en même temps que la cafetière se mettait à siffler.

Les escaliers ont craqué. Buddy se levait. Je lui ai offert un café et lui ai dit que je lui devais une livre de bacon. Tu me dois rien, il a répondu, ses yeux écarquillés fixés sur Luna. Est-ce qu'elle est de retour avec nous pour de bon ?

J'étais contente de revoir mon ami, je l'aurais serré dans mes bras mais, à l'aéroport, on m'avait bien expliqué que je devais conserver deux mètres de distance avec tous les autres humains – heureusement, cette règle ne s'appliquait pas aux chiens.

J'ai raconté à Buddy comment j'étais allée chez Larry pour voir si Luna s'y trouvait encore, comment elle s'était échappée quand j'avais ouvert la porte ; je lui ai raconté la colère de Larry, les insultes, les menaces. Je lui ai dit comment Luna s'était cachée sous ma voiture, et pour son collier trop serré que j'avais brûlé au bord du fleuve dans la nuit. Buddy a semblé inquiet, et a demandé si ça irait, et ce qu'il pouvait faire pour nous aider. J'ai répondu que tout ce que je voulais, c'était aller me coucher avec ma chienne, mais, s'il pouvait passer au bureau de poste et me rapporter mes colis, ce serait vraiment gentil de sa part. OK, parfait, il a dit, je m'en occupe tantôt. By the way, Kosmas est parti avec la génératrice. Pas de problème, j'ai dit, je viens justement de m'acheter une batterie au lithium. Tant mieux, il a répondu, on en aura deux.

J'ai dormi longuement, j'ai fait plusieurs mauvais rêves, je me suis réveillée dans la noirceur. Je suis allée chercher mon sac dans la voiture, j'ai pris ma lampe frontale dans la boîte à gants. J'ai monté mes affaires à l'étage, lancé mon sac sur le lit – je n'avais pas le cœur à le vider, alors je suis redescendue à la cuisine pour me préparer un autre café. Buddy est arrivé, les bras chargés de boîtes, il m'a dit que je m'étais gâtée, et il a aligné les paquets sur la table. Merci tellement ! j'ai dit, je vais pouvoir bien m'installer maintenant. Il a essayé de s'approcher de moi. Je lui ai rappelé la règle des deux mètres de distance. Il a reculé, hésité. Il m'a avoué qu'il m'avait écrit un poème et qu'il souhaitait me le lire, si ça ne me dérangeait pas. Il voulait mon avis. La dernière fois qu'il avait fait ça, j'étais restée coincée avec lui pendant une heure et j'avais eu besoin d'une demi-bouteille de Jim Beam pour endurer la discussion. Son poème était en anglais et rimé. Je ne comprenais pas tous les mots, comme *henceforth, herein.* Ça décrivait une maison vide, une femme absente, le plus somptueux des palais, qui n'avait aucune valeur si elle n'y était pas, et ses yeux brillaient comme le soleil de minuit et ses cheveux avaient la couleur des aurores boréales. J'étais un omble arctique (c'est un poisson) qui lui glissait entre les doigts. Où les autres ne voyaient qu'une fleur de macadam sous peu fanée, il voyait une princesse, une chasseresse, une divinité, et désormais, jusqu'à la fin de ses jours, il rêverait de mon retour et d'un poupon pur accroché à ma blanche poitrine, son enfant.

Alors que je l'écoutais déclamer et commenter ses vers, une nostalgie terrible m'a saisie. Comme j'aurais aimé raconter la scène à Tom, on en aurait ri chaque jour pour les dix années à venir. C'était cent fois plus drôle que Shakira qui n'était pas dans la même pièce que les chevaux. Mais j'étais seule et je devais expliquer à Buddy, avec tact, et d'une voix douce et ferme, que les sentiments qu'il nourrissait, bien que nobles, n'étaient pas réciproques. Je préférais qu'on reste amis, ça n'avait rien à voir avec sa personne. C'est tombé dans l'oreille d'un sourd. Il s'est entêté comme si on débattait de concepts abstraits.

— Comment tu peux être sûre que tu veux pas être avec moi si t'essayes pas?

— Ça me tente pas, désolée.

— C'est pas obligé d'être aujourd'hui, on peut prendre notre temps.

— OK. Tout ça, ça sort de nulle part. Je suis fatiguée, je monte dans ma chambre.

— Est-ce qu'on pourra en reparler plus tard?

— Non, ça sera pas nécessaire.

Je n'avais pas assez de mains pour emporter tous mes paquets et mon thé dans ma chambre. J'en ai pris une grande gorgée et j'ai laissé ma tasse à moitié pleine sur la table. Le sourire déçu de Buddy s'est effacé peu à peu de son visage. Il a marché, à petits pas robotiques, jusqu'au divan. Il s'est assis devant son bong. Luna m'a suivie dans l'escalier et elle a bondi sur le lit. J'ai fermé la porte.

J'AURAIS dû partir tout de suite. Tu me juges, avoue-le. Tu me trouves conne. Qu'est-ce que tu aurais fait à ma place ? Je sais, tu ne te serais jamais retrouvée à ma place. J'ai cherché un plan B. La plupart des hôtels étaient fermés à cause de la covid et les rares qui étaient ouverts demandaient mille cinq cents dollars par mois, à moins que, comme Kosmas, on partage le lit de la barmaid.

Il était dix heures du soir. Des lumières rouges et bleues ont balayé le mur blanc de ma chambre. On a cogné à la porte en bas. Je suis descendue rejoindre Buddy. On a décidé de ne pas répondre. La police n'avait pas le droit d'entrer si on ne leur ouvrait pas. Buddy a sorti son téléphone de sa poche de jeans et m'a montré une publication de Leah, affichée sur Buy and Crier et sur Shenanigans ; c'était une photo de moi qui datait de l'été précédent, je portais une camisole rayée et je tirais la langue, accoudée sur le pick-up F-250 de Marvin. Luna était assise sur le capot, un brochet à demi dévoré dans la gueule. Sous la photo, il était écrit : « Sacha Garnier a volé Luna, la chienne de Tom, la nuit passée. Si vous la voyez, contactez immédiatement la police. » Buddy avait l'air sincèrement peiné pour moi. Pis ça se dit anarchiste, j'ai laissé échapper. Mais ça coopère avec les cops à la première occasion, tabarnac. Je me suis demandé qui avalerait une menterie pareille. Tout le monde au village me voyait m'occuper de Luna à temps plein depuis sept ans. En lisant les commentaires sous la publication, je me suis rendu compte qu'une photo accompagnée d'une légende est plus convaincante que la réalité, surtout pour une communauté déjà en colère et terrifiée. Dawson avait le mors aux dents. Et j'étais là, offerte, la bouche grande ouverte, les yeux mi-clos, les hanches cambrées sur un pick-up, si facile à haïr. On ne courait aucun risque, on ne s'exposait à aucune conséquence à faire de cette petite conne sur la photo le bouc émissaire. Leah avait au moins choisi une bonne photo de nous deux. J'étais belle dans ce temps-là. J'étais bien. Je n'avais pas peur.

Je suis remontée dans ma chambre avec Luna, et on s'est étendues sur le lit. Elle était contente. Elle s'est étirée, remontant la croupe, allongeant les pattes avant le plus loin possible, puis s'est redressée, gueule ouverte, langue sortie, souriante. Elle m'a léché les mains. Je l'ai flattée. Elle s'est retournée sur le dos pour que je lui gratte le ventre. Je n'arrivais pas à m'oublier, à être dans le moment présent avec elle, mais je me suis exécutée, avec l'impression de lui mentir.

VERS MINUIT, des gens sont entrés sans cogner en gueulant qu'ils voulaient le chien. L'étau qui me comprimait les poumons depuis que j'avais récupéré Luna s'est resserré plus encore, jusqu'à me couper le souffle. Je suis restée figée sur le lit, une main sur la poitrine, l'autre sur la nuque de Luna. Je reconnaissais les voix de Rae, Leah et Rob. Buddy leur a expliqué que j'étais en quarantaine et qu'il ne pouvait laisser entrer personne. Il y a eu de l'agitation. J'ai entendu quelqu'un monter les marches, suivi d'une seconde personne. Je n'ai pas bougé. Les oreilles dressées, Luna s'est mise à grogner, un grognement presque imperceptible, rond et sourd, tremblant. J'ai posé une main qui se voulait apaisante sur son dos. Les pas se sont arrêtés. Buddy négociait, je le devinais à son ton même si je ne distinguais pas les mots. Quelqu'un a ouvert la porte de ma chambre.

— Il va falloir que tu leur donnes Luna, a dit Buddy. Je suis désolé.

Je n'ai pas répondu, je n'ai pas respiré, j'ai évité le regard de Luna. Buddy a pris la laisse, il a inséré le mousqueton à travers la poignée de façon à former une sorte de nœud coulant qu'il a ajusté autour du cou de Luna, puis il lui a enfilé une muselière mauve, que je n'avais jamais vue. Ses gestes étaient doux. Luna s'est aplatie par terre en grognant plus fort. Buddy l'a tirée hors de la chambre. I'm sorry, baby girl, je l'ai entendu dire. Et moi, je ne bougeais pas parce que j'étais une merde. Je n'ai pas regardé Luna, ni Buddy, ni rien. Je suis une merde, me suis-je dit. Luna résistait passivement, j'entendais son corps tomber de chaque marche avec un choc mat.

Par la fenêtre, je les ai vus qui la tiraient dans la neige. La laisse l'étouffait. Elle n'a pas hurlé. Elle avait compris qu'elle ne serait pas entendue. Les hanches rivées au sol, elle avait planté ses griffes dans la neige. Et je les ai détestés. Je les détestais alors qu'ils traînaient vers la

Tercel une chienne qui refusait de se lever, qui ne s'est pas levée mais qu'ils ont malgré tout hissée dans la voiture, comme une chose, je les détestais alors qu'ils disparaissaient dans le noir. Je les détestais, prise d'une nausée qui ne disparaîtrait plus.

Et c'est à ce moment que j'ai commencé à penser à toi, amie lectrice. J'étais si seule que je me suis imaginé un public, qui donnerait une raison d'être à toutes ces conneries, à ces erreurs, à cette absurdité. Je t'en prie, reste avec moi jusqu'à la fin. Tu es la raison pour laquelle je suis encore ici. Je t'ai inventée ; maintenant que tu existes, reste.

JOUR 2

20 MARS. Buddy, assis dans les escaliers, recevait des nouvelles des pays d'en bas sur une radio à batteries équipée d'une longue antenne qui ne l'empêchait pas de gricher. J'écoutais moi aussi en buvant une infusion de thé du Labrador, depuis la chambre de Kosmas – devenue ma chambre –, adossée au cadre de porte. On gardait nos distances, Buddy et moi.

Vu de Dawson, l'Occident semblait entré dans un état de délire collectif. On parlait de pénuries de masques, de Purell et de papier de toilette causées non pas par le manque de ressources, mais par la peur du manque. Des bagarres éclataient dans les supermarchés. Costco avait imposé une limite de quatre kilos de céréales par personne. Buddy et moi, on s'est esclaffés. Tout allait mal.

— Sérieusement, j'ai dit, pourquoi ils capotent autant avec le Purell ? Pourquoi ils se lavent pas avec de l'eau pis du savon ? Ils en ont.

Si j'arrivais à m'accoter contre le mur et à rire des Occidentaux qui se battaient dans les supermarchés comme si c'était tous les jours le vendredi noir, et de leurs comportements plus irrationnels, plus avares et peureux que jamais, ce n'est pas parce que je nous croyais au-dessus des masses imbéciles, ou de la pandémie. Ce n'est pas parce que j'étais bien. Je riais parce que je n'avais pas accès aux autres parties de moi, je riais parce que cette question hantait chaque moment d'éveil : Où étaient les gens que j'aimais ? Je l'ignorais. Ils ne m'aimaient plus. Et ces autres questions aussi : Où était Luna ? Pourquoi me l'avait-on enlevée ? Je me souciais d'elle plus que de moi. Je ne l'avais pas aidée. Pourquoi ?

— Nous autres, a renchéri Buddy, quand on se lave, faut qu'on fasse fondre seize litres de neige pour avoir quatre litres d'eau, pis après on doit se frotter avec une guenille en se collant contre la truie pour pas geler. S'il y a un endroit en Amérique du Nord qui devrait se battre pour du Purell, c'est bien le Yukon, mais on est pas des petites natures dépendantes du système.

— Pourquoi te laver les mains quand tu peux juste les essuyer sur ta salopette ?

— Maudit que je t'aime, s'est exclamé Buddy. T'es drôle, même quand t'essayes pas. Le monde peut s'écrouler, tant que je suis avec toi, ça me dérange pas. On est bien, juste tous les deux, non ?

Buddy ne riait plus. Il ne me quittait pas des yeux, on

aurait dit qu'il essayait de m'envoûter avec son regard. Ça n'a pas fonctionné. Je me suis levée et je suis retournée dans ma chambre, triste sans Kosmas, sans Luna, sans Scarlett.

Kosmas avait emporté toutes ses affaires, même les rideaux. C'était blanc, blafard, vide. Il n'avait laissé qu'une chemise, celle que j'aimais, en flanelle de coton à carreaux noirs. Elle sentait encore l'huile à moteur, la rouille et le sapin. Je ne m'étais pas changée, je ne m'étais pas lavée, je ne m'étais pas brossé les dents non plus. Mon sac à dos traînait au milieu de la chambre, toujours zippé. Le vider m'apparaissait comme une corvée insurmontable, je l'ai enjambé pour m'asseoir sur le lit, d'où je pouvais voir les livres et les cahiers que j'avais commandés parmi les emballages déchirés de ma batterie au lithium et de mon nouveau cellulaire, que j'ai allumé. Jade m'avait écrit : « Y avait les lumières des cops qui rodaient autour de chez nous, hier. WTF ? » Juliette m'avait écrit : « Pourquoi t'es revenue ? Tu mets la communauté en danger. » Je n'ai pas répondu.

J'ai parcouru les nouvelles annonces sur Buy and Crier par automatisme, jusqu'à tomber sur la publication selon laquelle j'étais une voleuse de chien. Le dernier commentaire datait de quelques heures, ce serait bientôt de l'histoire ancienne. La pandémie recevait plus d'attention. On discutait des commerces qui fermaient et des mesures sanitaires. Une femme à Whitehorse se cherchait un lift vers Dawson. À en juger par son nom et sa photo, elle était autochtone. Sous sa publication, vingt-deux commentaires : des Dawsonites qui la traitaient d'écervelée et d'égoïste, d'autres qui s'en prenaient à ceux qui faisaient du pouce alors qu'on était censés être en confinement. Plus bas sur la page, on publiait des photos de personnes autochtones au bord de l'autoroute, certaines manifestement prises à l'automne. On essayait de deviner leur identité, on allait les insulter sur leur profil, puis on revenait fièrement partager les captures d'écran. Enfin on s'attaquait à toutes les Premières Nations du Canada, parce qu'ils ne payaient pas de taxes, avaient un mauvais système immunitaire et aucune hygiène, et donc finiraient par nous contaminer. S'ensuivait une escalade de commentaires racistes et violents. J'ai éteint mon téléphone. Il était à peine dix heures du matin. J'ai décidé d'aller pelleter le chemin de la bécosse. J'ai hésité à mettre mon pantalon de neige, au pire j'aurais froid. Dehors, le soleil m'a éblouie. Mon cerveau avait oublié les deux derniers jours : j'ai appelé Luna, et le charme s'est brisé.

JOUR 3

21 MARS. J'avais passé une grosse partie de la nuit les yeux ouverts, j'imagine que je dormais par intermittence. À un moment, il faisait clair, et les rideaux de Kosmas me manquaient ; à un moment, il faisait froid, et je ne me suis pas levée pour entretenir le feu. À un moment, j'ai eu faim, ça a passé. Je me suis assise dans le lit. J'ai songé à ramasser les déchets par terre. J'ai fixé le vide.

Buddy a ouvert ma porte sans cogner. J'étais confuse de le voir là.

— Est-ce que je peux avoir un câlin ? il a demandé. Je file pas, ça me ferait vraiment du bien.

Il se tenait debout au centre du cadre de porte, avec sur le visage une espèce d'expression piteuse, et ses yeux humides grand ouverts qui plaidaient l'innocence de sa requête.

— Moi non plus, je file pas. Tu peux-tu cogner avant d'entrer la prochaine fois ?

— C'est normal, il a dit, c'est parce que tu te sens seule. Moi aussi, je me sens seul. Ça nous ferait du bien, un câlin.

Il a avancé le pied, pour franchir le seuil.

— La règle, c'est deux mètres de distance, j'ai dit précipitamment. Rentre pas dans ma chambre.

J'avais levé le bras par réflexe. Il s'est arrêté comme s'il avait reçu un coup.

— Les contacts physiques, c'est essentiel à la santé mentale des humains.

J'aurais pris un câlin de Kosmas, de Luna ou même de Tom, mais, dans les circonstances, je préférais la sensation de mes propres bras autour de mon corps.

— Moi, ce qui est essentiel à ma santé mentale, c'est le respect de ma bulle.

— Je suis sûr que t'as pas le virus, il a dit en bombant la poitrine, t'as aucun symptôme, pis de toute façon j'ai pas peur de l'attraper.

— Non, je veux pas. Ni maintenant ni après ma quarantaine. Tu me mets mal à l'aise.

— OK, il a dit, l'air blessé, c'est dommage, mais je comprends.

J'avais peine à y croire, c'était ridicule. Est-ce que c'était une blague ? Est-ce que j'aurais dû rire ? J'ai appuyé mon visage sur ma main, fermé les yeux une seconde.

— Pis la prochaine fois, pour vrai, cogne. Si t'entends pas de réponse, rentre pas.

Il a soupiré.

— Je m'en vais au magasin général. On a besoin de pâtes et de sauce. Je vais aussi racheter du bacon.

Je sentais son regard sur moi ; je ne détachais pas mes yeux du mur, le rond plus clair qu'avait laissé l'amulette de Kosmas.

— Tu veux-tu que je te rapporte de la bière, du vin, des cigarettes ?

Non merci. Je préférais rationner mes cigarettes que de lui devoir quoi que ce soit de plus qu'un paquet de bacon. Lui ne buvait aucun alcool.

PROFITANT de son absence, je suis descendue manger. J'ai voulu ouvrir une conserve de raviolis, mais, dans la pénombre, je n'arrivais pas à mettre la main sur l'ouvre-boîte. J'ai pris le couteau de chasse de Buddy dans le placard et j'ai défoncé le couvercle. J'ai estimé que j'avais le temps de réchauffer mon repas. J'ai remonté la casserole à ma chambre, emportant aussi des boîtes de thon, de maïs, de soupe Chunky, m'étant assurée qu'elles s'ouvraient à la main. Par terre, dans la remise, le sac de nourriture de Luna avait attiré mon regard. Je n'avais pas eu le temps de lui en donner une seule fois. Je me suis demandé si elle avait faim. Ça m'a coupé l'appétit. Assise sur mon lit, je regardais mes raviolis refroidir sur la table de chevet. Le temps a passé. J'ai entendu Buddy qui rentrait. Il n'est pas venu me voir.

Je n'arrivais pas à lire, ni à jouer de la guitare, ni à écouter de la musique. Je suis retournée sur mon téléphone pour lire les nouvelles. Il y avait trente-deux mille quatre cent trente-trois nouveaux cas de covid-19 dans le monde, cinq cent trois au Canada, rien encore au Yukon. Une fillette de six ans était morte en Australie. Des Américains, pas tous, regrettaient amèrement d'avoir élu Donald Trump en 2017. Quelqu'un avait créé un faux compte Facebook et publié sur Buy and Crier un message informant la communauté que la pandémie était un complot ourdi par l'Organisation mondiale de la santé dans le but de nous enlever nos libertés individuelles, et que personne n'était mort de la covid. Il mettait au défi les gens qui le lisaient de le lui dire s'ils en connaissaient personnellement. Le compte était au nom de Marcel Villeneuve. Sa photo de profil, c'était Luna, attachée sur le balcon de Rob. J'ai zoomé, elle avait un nouveau collier, un *choker*, et les yeux chassieux. Le texte était rédigé dans un anglais horrible, on entendait l'accent québécois à travers chaque tournure de phrase. Ça me semblait évident que Larry se cachait là-dessous, mais il n'y avait aucune façon d'en être certaine. La publication avait suscité une centaine de commentaires. Les gens étaient furieux contre Marcel Villeneuve, l'insultaient, le traitaient d'ignorant et de complotiste. Ils avaient peur de mourir à cause de ce genre d'idée, qui incitait à des comportements imprudents. Ils avaient des grands-parents à Toronto et à Vancouver.

Ils avaient des mères, des tantes et des sœurs infirmières. Ils auraient trucidé la personne qui avait rédigé ce message criminellement stupide. À partir du milieu du fil, on attaquait le gouvernement chinois, qui avait menti sur ses statistiques, puis on condamnait tous les Asiatiques, ces sales mangeurs de chauve-souris. On n'en serait pas là s'ils avaient mangé de la tourtière pis du spaghetti comme tout le monde. Quelqu'un a proposé que le gouvernement envoie les Canadiens d'origine asiatique dans des camps de confinement obligatoires. « Bonne idée, a répondu un autre usager – Dylan –, exactement comme en 1942. » « Tu viens-tu de me traiter de nazi ? » a demandé le premier usager. « T'es-tu con ? » a dit Dylan. « Perds pas ton temps avec lui, est intervenue Jade, c'est juste un idiot de Whitehorse qui est perdu. » Elle a rajouté un commentaire : « Retourne sur Whitehorse Buy and Sell, monsieur. En passant, c'est le Canada qui a enfermé ses propres citoyens en 1942, vingt et un mille Canadiens d'origine japonaise, pas les nazis. »

JOUR 4

22 MARS. Je ne dormais pas, je ne me levais pas, la nourriture m'écœurait, je n'avais pas encore mangé aujourd'hui et l'après-midi était bien engagée. Je me demandais si Luna avait été nourrie, si elle était sortie se promener, si elle avait pu courir, si quelqu'un lui donnait de l'affection. Je ne m'habituais pas à son absence, ou plutôt si, pendant dix ou quinze minutes, puis ça me revenait et

je m'assombrissais davantage, la gorge serrée. Je n'avais envie de rien.

Kosmas m'a appelée vers seize heures. Il venait de se réveiller.

— Tu penses-tu que le Pit va fermer ?

— J'espère pas. Si ça ferme, les fonctionnaires accepteront jamais que ça réouvre.

— Appelle pas le malheur, j'ai répondu.

— Parlant de malheur, j'ai entendu dire que tu sortais avec mon ex-coloc –

— Quoi ? j'ai presque crié. Non, trop pas ! Je suis pognée ici, tu le sais. Pis l'ambiance est fucking lourde.

— De toute façon, tu peux pas avoir de chum, ton âme sœur, c'est moi.

— Pourquoi t'es parti, d'abord ? Qu'est-ce qui s'est passé avec...

J'ai baissé le ton :

— Je dirai pas son nom parce que, des fois, il écoute à ma porte, mais c'est quoi qui s'est passé avec lui ?

— Il est pas ben dans sa tête, ce gars-là. Est-ce que je t'ai dit qu'il m'a poussé dans les marches pendant que t'étais au Nunavut ?

— Non.

J'ai marqué une pause.

— T'aurais dû.

— Inquiète-toi pas, il te poussera jamais dans les marches, je suis sûr. T'es une fille, pis il t'adore.

— Parle-moi pas de ça, il est tellement gossant. Je m'ennuie de toi.

— Guéris pis viens me voir.

— J'ai pas la covid, man !

— Ça a l'air que tu fais cent quatre de fièvre pis que tu refuses d'admettre que t'es malade.

— Mais voyons donc, câlisse, j'ai aucun symptôme. T'as-tu vraiment entendu ça ou tu me niaises ?

— C'est une rumeur qui court.

— Tabarnac, qui raconte ces affaires-là ?

— Je suis content que t'ailles bien.

— Kosmas, qui dit ça ? C'est qui, les rumeurs ?

— Je t'aime.

Il n'a pas voulu m'en dire plus. Il a fini par raccrocher. Il me manquait. J'étais découragée. J'avais froid, d'un froid étrange, qui venait de l'intérieur de mon corps et se répandait lentement sous la surface de ma peau, comme si un mal était en train d'incuber. À l'idée d'attraper un rhume, j'ai été prise d'une vague d'angoisse : ce n'était vraiment pas le moment. Il ne fallait pas que je me laisse ni faiblir ni avoir froid ou faim, il ne fallait absolument pas que je tombe malade, sinon on m'accuserait d'avoir introduit la covid-19 au Yukon, et tout le monde m'en voudrait à mort. J'entendais Buddy s'affairer en bas, un arôme de sauce tomate embaumait le Hobo Mansion. Je me suis demandé si c'était lui qui avait lancé la rumeur selon laquelle on sortait ensemble, et puis je me suis sentie, d'un coup, immensément blasée, presque apathique. Au fond, ce n'était pas grave. Je pouvais m'en foutre, si je voulais ; m'en foutre, d'avoir ou non des amis, m'en foutre, de ce que les gens disaient et pensaient de moi, ne pas en tenir compte, ne pas y réagir, ne pas chercher à savoir qui avait menti, ne pas chercher à rétablir la vérité : arrêter de me torturer. Je pouvais m'en foutre et descendre au salon, et saluer Buddy, et déposer des bûches dans le feu. Je m'ennuyais de Luna, je pensais à elle tout le temps. Mais ça pouvait encore s'arranger, et en attendant je me forcerais à manger, à dormir, à boire du café ; en attendant j'attendrais que les minutes, les jours, l'année passent. Je suis descendue. Buddy, le visage rayonnant, égouttait des pâtes au-dessus d'une marmite.

— Comment tu te sens aujourd'hui ? il m'a demandé.

— J'ai aucun symptôme.

— Bonne nouvelle, ça ! Je sais que tu tripes pas fort sur manger ces temps-ci, mais j'ai fait du spaghetti pour une armée. Si l'appétit te revient, hésite pas à t'en prendre un bol.

— Merci, c'est fin, j'ai répondu. Heille, je me demandais, ça te tenterait-tu de jouer au scrabble ?

— Wow, sans Kosmas qui sort fumer des cigarettes à tout bout de champ ! C'est qui qu'on va troller, d'abord ?

Entendre Buddy prononcer le nom de Kosmas m'a fait l'effet d'une minuscule aiguille qu'on m'enfonçait dans le ventre. J'ai souri sans joie en me remémorant nos parties de scrabble de cet hiver, quand les choses allaient bien – quand les choses n'allaient pas encore si mal.

— Je tricherai quand tu iras remettre des bûches dans le feu, j'ai dit à la blague en bourrant le poêle.

Buddy a rempli deux bols de pâtes à ras bord en déclarant que je devais absolument manger. J'ai sorti le jeu de scrabble du placard de l'entrée, où il était rangé avec le coffre à outils, la scie à chaîne et les couteaux de Buddy. On s'est assis l'un en face de l'autre et on a tiré chacun une lettre pour déterminer qui commencerait. J'ai pigé un K, Buddy un R. La partie a duré une heure. Je ne me suis pas relevée pour nourrir le feu, il brûlait à plein régime. Buddy m'a quand même battue, facilement. J'ai mangé, j'ai fini mon bol, j'ai cessé d'avoir froid, et puis j'ai été frappée d'une lourde léthargie, une fatigue qui attendait là, tapie en moi depuis des jours. Je suis montée me coucher, j'ai dormi longtemps, dur, d'un sommeil sans rêve aucun.

JOUR 5

23 MARS. Je mangeais des pâtes de la veille sur le divan. Ça passait difficilement, j'ai arrêté après quatre bouchées, je me sentais devenir nauséeuse. Buddy, sur l'autre divan, avait fini son assiette et monologuait depuis dix minutes. Il se plaignait des filles, les filles aimaient juste les bad boys : les gars qui leur mentaient, les gars qui ne les rappelaient pas, les gars qui fréquentaient plusieurs filles en même temps, les gars alcooliques, les gars cassés qui leur quêtaient de l'argent, les gars qui ne travaillaient jamais, les gars qui s'étaient fait battre par leur père et qui avaient des problèmes de colère maintenant. Alors que lui était un super bon gars, il était féministe, il avait lu *Le deuxième sexe,* il respectait les femmes, il était à l'écoute et attentionné. Ce devait être pour ça qu'aucune fille ne voulait coucher avec lui. Il est allé à la cuisine, il a lavé et essuyé son assiette, l'a remise sur la pile en s'assurant que je l'entende claquer. Puis il est revenu s'asseoir

à côté de moi, trop proche. Il a essayé de passer son bras autour de mes épaules, je l'ai repoussé, je détestais qu'on me touche ainsi. Il s'est excusé. Ce n'était qu'un geste amical inoffensif. Je lui ai dit que ce n'était pas grave et lui ai demandé s'il voulait regarder un épisode de *Mike Tyson Mysteries*. C'est Tom qui m'a fait connaître ça, lui ai-je expliqué, c'est vraiment drôle, ça dure juste dix minutes. J'ai sorti mon cell. Sans ouvrir Messenger, je suis allée sur Netflix, j'avais une saison de téléchargée. J'ai lancé un épisode où Tyson aidait deux couples de Blancs pris dans une spirale infernale où, depuis un souper, ils s'envoyaient sans cesse des cadeaux de plus en plus chers en guise de remerciement. Ni l'un ni l'autre des deux couples ne voulait être celui qui briserait le cycle. À la fin, ils mouraient tous brûlés vifs. Quand l'épisode suivant a commencé, Buddy a prétendu qu'il était fatigué, il s'est allongé et a posé la tête sur mes genoux. S'il te plaît, j'ai dit, ça me rend mal à l'aise. Je suis allée m'asseoir sur le bras du divan et lui ai laissé mon téléphone. Il l'a repoussé sur le coussin à côté de lui et s'est redressé. Mike Tyson parlait dans le vide. Buddy s'est lamenté de ne pas pouvoir inviter d'autres filles à la maison à cause de ma quarantaine. J'ai pas hésité une seule seconde à t'accueillir, il a dit d'une voix lente et mesurée, tendant la main pour prendre la mienne. Je me suis crispée, reculant plus loin sur mon bras de divan. J'avais pas d'attentes, il a poursuivi sur le ton de quelqu'un qui tente de régler avec maturité un différend auprès d'un très bon ami. Mais je dois admettre que ça me déçoit que tu nous donnes même pas une petite chance.

Mon esprit était vide de toute pensée, le malaise en moi grandissait. Je n'arrivais pas à croire que c'était moi, le problème, mais je n'avais pas non plus la force de me défendre, d'argumenter, de débattre pour lui faire entendre raison. Plus personne ne semblait comprendre ce que je disais, de toute manière.

Moi, a enchaîné Buddy, je me prive d'inviter des gens ici. Je suis heureux de faire ce sacrifice pour toi, mais je trouve qu'il y a un manque d'équité dans le fait que, toi, tu fais aucun compromis pour moi. L'autre jour, t'as même pas voulu me faire un câlin, Sacha.

Je ne savais plus du tout ce que j'aurais été censée lui dire. Je lui ai répondu d'inviter toutes les filles qu'il voulait, que je m'en crissais, il pouvait organiser un party s'il voulait. Je resterais à l'étage, il ne me verrait pas la face de la soirée. Je suis remontée m'enfermer dans ma chambre. Personne n'est venu au Hobo Mansion ce soir-là – ni les jours qui ont suivi, bien sûr.

JOUR 6

24 MARS. Je broyais du noir depuis six jours. J'ai décidé de me secouer un peu, de me lever pas trop tard. Il faisait clair depuis deux heures. J'ai vidé mon bagage sur mon lit, plié mes vêtements et les ai rangés dans la commode, sur laquelle j'ai déposé le sac de plastique où je conservais brosse à dents et dentifrice, ainsi que mon mascara, un tube de baume à lèvres et une mini bouteille de shampoing prise dans une chambre d'hôtel. J'ai réuni

toutes mes vieilles factures et mes vieux billets d'avion, je les ai chiffonnés et j'en ai rempli mes poches pour les mettre au feu plus tard. Au fond de mon sac à dos, j'ai retrouvé deux cigarettes dans un paquet tout aplati, un briquet jaune et une boîte d'allumettes cirées à l'épreuve de l'eau. J'ai appliqué du baume sur mes lèvres gercées, et du mascara sur mes cils. J'ai remplacé la chemise de Kosmas, qui ne sentait plus Kosmas, par un gros polar marron. Je suis descendue me brosser les dents à l'évier de la cuisine. Il y avait un jerrican bleu de cinq gallons sur le comptoir. Muni d'un petit robinet, le jerrican était placé de façon à ce que l'eau coule dans l'évier. J'allais le remplir à la station-service quand Sally travaillait, tandis que Buddy, qui n'avait pas de voiture, allait au camping Bonanza – plus proche, on pouvait s'y rendre à pied et rapporter l'eau sur un traîneau, mais payant, un dollar par contenant de cinq gallons. L'eau usée s'accumulait en dessous, dans une chaudière qu'on vidait au bout de quelques jours. Quand le jerrican était vide, en général la chaudière était pleine. Pendant que je brossais mes dents, Buddy est entré avec une brassée de bûches fraîchement fendues, qu'il s'est mis à corder avec minutie le long du mur près du poêle. J'étais parfaitement capable de m'occuper du bois, mais il insistait pour s'en charger, ça le détendait, disait-il. Je l'ai remercié quand il est venu s'asseoir dans la cuisine. Il m'a dit de rien. Le ciel était dégagé, j'ai regardé par la fenêtre, la neige brillait fort, comme si elle était sur le point de fondre. Je me suis demandé s'il y aurait un pool cette année pour le break-up. Ce serait la première année qu'on ne participerait pas ensemble, Tom et moi. Buddy a interrompu ma rêverie en me disant que j'avais l'air en forme. Son compliment ne m'a pas fait de bien. Je me suis tournée vers lui, qui me souriait d'un air affable. Je ne souhaitais pas engager de conversation, je suis remontée dans ma chambre après avoir marmonné un merci à peine audible.

En début de soirée, il est venu cogner à ma porte. Je suis sortie dans le corridor, refermant derrière moi. Il voulait parler de ce qui s'était passé la veille, m'aider à comprendre pourquoi il avait agi comme ça. Récemment, il avait trouvé au Free Store un livre sur l'autisme qui avait changé sa vie. Il s'était autodiagnostiqué un syndrome d'Asperger et une douance. C'est pour ça qu'il était aussi persévérant : la ténacité, c'était la revanche des autistes. Son animal totem, c'était le buffle ; il n'abandonnait pas une fois qu'il s'était fixé un objectif ; les buffles ont la tête dure. J'ai écouté son discours en me retenant de prendre ma tête entre mes mains. Lorsqu'il a eu fini, je l'ai remercié et lui ai dit que j'avais besoin d'être seule. Je suis retournée dans mon lit. Vingt minutes plus tard, à peu près, il a glissé une feuille sous ma porte. C'était un dessin : un buffle au gros pénis en érection. J'ai soupiré.

Je suis ressortie et j'ai cogné à la porte de sa chambre. Il m'a ouvert, le visage plein d'espoir.

— Ton livre, tu l'as-tu encore ? j'ai demandé sèchement.

— Oui, pourquoi ?

— J'aimerais ça, le lire.

— Penses-tu que t'es autiste, toi aussi ?

Cette possibilité semblait le réjouir.

— Non, c'est pas ça. Je suis juste curieuse.

Je ne voulais surtout pas qu'il croie qu'on avait quoi que ce soit en commun. Je me foutais de savoir si j'étais autiste, mais le livre m'aiderait peut-être à comprendre comment convaincre Buddy d'abandonner, de passer à autre chose, de me laisser tranquille.

JOUR 7

25 MARS. Je m'ennuyais à mort de Luna, mon adorable chienne-louve fauve, noire et blanche et soyeuse. Je me sentais vulnérable sans elle et je savais que je lui manquais aussi. Je pensais sans cesse à la nuit où ils étaient venus la chercher, à mon immobilité, ma passivité, ma lâcheté. L'image de Buddy lui enfilant la muselière mauve me hantait, le son mat de son corps contre les marches. J'élaborais mille scénarios où j'aurais agi autrement et réussi à la garder auprès de moi, des scénarios où nous aurions encore été ensemble à prendre soin l'une de l'autre. Je suis descendue à la cuisine pour me préparer du café. Je portais les mêmes combines de chasse à motif camouflage depuis que j'étais arrivée, avec mon polar et des bas de laine. J'étais restée au lit longtemps, à fermer les yeux sans dormir, à dormir sans rêver. Mon téléphone était mort et gisait au pied du lit. Peu importe, les nouvelles du monde ne m'auraient rien apporté de bon. Buddy a dû m'entendre, il est sorti de sa chambre et, dix secondes plus tard, il se plantait à trente centimètres de moi, devant la table de cuisson. Il m'a dit, l'air de vouloir me rendre un service innocent, que mon mascara avait coulé et il a tenté

d'essuyer ma joue avec son pouce. Je me suis détournée, le café montait en glougloutant dans la cafetière italienne. Il a demandé s'il pouvait en avoir. Je lui en ai versé une petite tasse. En la prenant, il a frôlé mes doigts sans raison. Thanks, Sacha. Je n'ai pas répondu. J'ai abandonné la cafetière presque pleine sur le comptoir pour aller mettre mes bottes et ma tuque et je suis sortie chier à la bécosse. L'éclat dur et blanc de la lumière m'a aveuglée ; la neige scintillait sous le soleil comme un tapis d'aiguilles, et le ciel était du bleu clair intense de l'œil droit de Luna. Il faisait un froid coupant.

Quand je suis rentrée, Buddy m'attendait devant la porte, il me présentait une tasse fumante, il a dit que j'avais oublié de me servir du café – il n'y avait aucune hostilité dans sa voix, dans ses gestes. Je me suis dirigée vers l'escalier.

— J'ai mal au ventre, j'en prendrai pas, finalement.

Il m'a suivie.

— Oh, non ! Qu'est-ce qui t'a donné mal au ventre, tu penses ? Je connais des techniques de massage abdominal super efficaces –

Il s'était arrêté au milieu de l'escalier. J'ai ouvert la porte de ma chambre.

— Non, j'ai dit, je veux pas.

— Pourquoi ?

J'ai cherché Luna du regard au pied du lit.

— Je suis pas à l'aise –

— Je vais te les enseigner, il a dit d'une voix enjouée, tu pourras même les tester sur moi. C'est de la médecine chinoise.

— Non.

Je suis entrée dans ma chambre et j'ai fermé la porte, vaincue. J'ai respiré, je me suis raisonnée. Je n'avais pas besoin d'un ennemi de plus à Dawson. Je devais à tout prix éviter l'affrontement. Je regrettais de lui avoir offert de mon café et je regrettais de lui avoir donné la tasse plutôt que de l'avoir posée sur le comptoir. Ça l'avait excité. Je ferais plus attention la prochaine fois.

CE SOIR-LÀ, je n'ai pas soupé. À minuit et demi, j'ai eu besoin de sortir pour aller à la bécosse et je me suis levée en faisant le moins de bruit possible. Je l'ai entendu se lever dans sa chambre en même temps que moi. Je n'avais même pas commencé à m'habiller, n'avais pas fait deux pas encore, n'avais pas ouvert ma porte. Il ne pouvait tout de même pas rester à l'affût vingt-quatre heures sur vingt-quatre. Je me suis dit que c'était peut-être un hasard. À mon retour, il était là, debout à deux mètres de la porte d'entrée, immobile dans le noir. J'ai réussi à taire le petit cri de peur et de surprise qui s'est formé dans ma poitrine et j'ai filé en haut sans rien dire. Je me sentais prise au piège, mes parties intimes comme de petits fardeaux que je trimbalais honteusement d'une pièce à l'autre. J'ai ouvert le garde-robe et apporté ma batterie au lithium sur ma table de chevet, puis j'ai récupéré mon téléphone sur le plancher, et mon câble d'alimentation dans le sac de plastique, avec ma brosse à dents. J'ai branché mon téléphone, qui s'est rallumé après quelques minutes pendant lesquelles j'ai pu retrouver mes écouteurs dans les poches de mon pantalon de travail. J'ai ouvert Spotify et me suis mise à la recherche de quelque chose à écouter, quelque chose de long, idéalement d'éternel.

Je me suis souvenue que le Nageur m'avait vanté le podcast de Mike Ward, et qu'à l'époque ça m'avait laissée sceptique – l'idée même de podcast; aujourd'hui, l'idée d'entendre des gens que je connaissais à peine discuter pendant des heures et des heures ne m'avait jamais paru aussi séduisante.

Il existait deux cent soixante-dix épisodes, ce qui voulait dire que, si je les écoutais à la suite sans m'arrêter, j'en aurais pour seize ou dix-sept jours, plus qu'il n'en fallait pour passer à travers ma quarantaine. J'ai commencé à l'écouter en continu, même la nuit. Les yeux dans le vague, des heures durant, je m'imaginais parmi le public, au Bordel Comédie Club, où les épisodes avaient été enregistrés, entourée d'une foule de gens pour qui je n'étais personne, qui n'avaient rien à foutre de moi et qui ne me demanderaient pas mon nom, je m'imaginais assise à une petite table ronde à boire de la bière et à rire avec eux, dans l'anonymat le plus complet.

JOUR 8

26 MARS. Dans le livre que m'avait prêté Buddy, on recommandait de dresser des listes de règles précises pour aider la personne autiste à comprendre les limites. Alors j'en ai rédigé une pour lui, je l'ai pliée en quatre, l'ai mise dans ma poche et suis descendue préparer du café. Sans surprise aucune, j'ai entendu craquer les marches puis il

a été à côté de moi, considérant le pot de café moulu où je venais de plonger la cuillère.

— Es-tu sûre que c'est une bonne idée ? Ton ventre va mieux ?

Je lui ai tendu la liste en lui expliquant qu'il devait la lire chaque jour et la relire chaque fois qu'il sentirait que c'est nécessaire.

1. *Don't touch Sacha.* Ne touche pas Sacha.

2. *Don't ask Sacha for cuddles or physical contact.* Ne demande pas de câlins ou de contacts physiques à Sacha.

3. *Take no for an answer, don't ask several times.* Accepte le non. Ne redemande pas la même chose plusieurs fois.

4. *Never enter Sacha's room.* N'entre pas dans la chambre de Sacha, sous aucun prétexte.

5. *Sacha will never want to be your girlfriend, don't feed this fantasy.* Sacha ne voudra jamais être ta blonde. Arrête de te faire des idées.

Buddy a lu la liste et a fondu en larmes. Il a levé ses yeux mouillés vers moi, tenant la feuille à deux mains comme quelqu'un qui s'apprête à lire un discours, et m'a dit que j'étais méchante, que j'étais « nasty and cruel ». Il a chiffonné la feuille et l'a jetée au feu. J'ai réécrit la liste sur une page de mon cahier et l'ai punaisée à la porte de ma chambre. J'ai passé le reste de la soirée avec des humoristes : les Denis Drolet, Arnaud Soly, Virginie Fortin et Rosalie Vaillancourt.

JOUR 9

27 MARS. Je vivais dans une boîte imaginaire dans ma tête, dans l'idée que je me faisais du Bordel Comédie Club. Parfois je riais avec la foule, parfois je décrochais, les mots cessaient d'être des mots pour devenir du bruit blanc, la mer, une radio entre deux stations, le bourdonnement d'une rue passante. Je limitais au maximum mes contacts avec Buddy : je pissais dans une bouteille de jus Tropicana que je gardais au pied du lit et vidais par la fenêtre. Dans le couloir, Buddy attendait que je sorte. De temps à autre, une blague spontanée me tirait de ma torpeur et je gloussais. « Heille, je l'aime, ce vin-là », disait une humoriste. « Ben, sors avec », répondait Mike Ward. Je ne bougeais pas de mon lit. J'enchaînais les épisodes. Je riais, les yeux rivés au mur blanc ou à la fenêtre, j'observais la tache jaune tout en bas, dans la neige. J'économisais mes dernières cigarettes, un demi-paquet, plus celles que j'avais découvertes dans mon sac. « J'aime vraiment pas le terme ghostwriter », disait un gars. « Ben, casse avec », répondait Mike Ward.

AVANT MON DÉPART pour le Nunavut, quand on vivait à trois avec Kosmas dans le Hobo Mansion, tout allait bien. Il n'y avait pas cette tension perpétuelle, Buddy n'avait jamais de comportement déplacé. J'ai décidé que j'essaierais de nous trouver un troisième coloc. J'ai ouvert

Messenger pour la première fois en quatre jours. Ma boîte de réception était inondée de messages.

« Je sais que c'est toi. »

« Si je te croise dans la rue, je te décâlisse la mâchoire. »

« Tu manques de respect à tous les aînés et à toutes les personnes immunodéficientes ! Shame on you. »

Ils venaient d'inconnus ou de connaissances éloignées. J'avais aussi reçu deux demandes d'amitié. Des habitants de Dawson qui m'avaient ajoutée sur Facebook pour s'assurer que je lise leurs messages haineux. Je recevais aussi les encouragements d'un complotiste. C'est là que j'ai compris que les gens pensaient que c'est moi qui me cachais derrière le pseudonyme de Marcel Villeneuve. J'ai cliqué sur son profil.

Marcel Villeneuve avait publié d'autres textes, où il racontait que la pandémie était une mise en scène de la famille Guggenheim destinée à contrôler les masses et empêcher les vrais révolutionnaires de se réunir. Les gens étaient furieux. Leah avait commenté : « Je sais que c'est toi, Sacha Garnier. Tu devrais avoir honte. Il y a des gens qui meurent ! » Dix-sept likes. Larry me soutenait dans un autre commentaire, il disait qu'il ne savait pas si ce qu'avançait Sacha Garnier, alias Marcel Villeneuve, était vrai, mais qu'il admirait son autonomie intellectuelle. Être défendue par Larry était plus désastreux pour ma crédibilité que de me faire démolir par Leah.

J'ai publié un statut Facebook : « Je n'ai pas de fausse identité et je prends la pandémie au sérieux. » Une minute plus tard, les insultes déboulaient. On m'a traitée de bullshiteuse, on m'a dit de retourner à Montréal et de tuer les vieux de là-bas, on m'appelait Marcel Villeneuve en le taguant. Le dernier commentaire que j'ai vu disait : « Je te crois pas. » J'ai reconnu, sur la photo de profil, le old-timer qui m'avait renversé sa bière dessus à Noël. Ça m'a glacé le sang. Ils pensaient que j'étais complotiste, le mal incarné. Si la vie avait été une partie de poker, c'est là que j'aurais jeté mes cartes sur la table avant d'envoyer chier tout le monde et de lancer une chaise sur le croupier, comme l'avait fait Larry l'année où il avait participé au tournoi du casino. J'ai supprimé mon statut d'une main tremblante et, tant qu'à faire, j'ai supprimé l'application Messenger de mon téléphone.

Je suis allée jeter un œil sur Buy and Crier. Un peintre dawsonite avait partagé une illustration qui représentait le village et les réseaux sociaux en feu. Il n'aurait pas pu trouver de meilleure image pour décrire Dawson à ce moment-là. Il avait intitulé son œuvre : *It's Time.* C'est le temps. Cent quatorze likes. Cent quinze avec le mien.

J'ai surmonté mon dégoût et demandé à Buddy d'écrire sur Shenanigans que je n'étais ni malade ni complotiste. Ni en couple avec lui, tant qu'à y être. Buddy m'a répondu d'une voix mielleuse qu'il n'était pas certain que ce soit une bonne idée de les déranger avec ça, sans doute que ça jetterait de l'huile sur le feu, que ça les provoquerait davantage. Il m'a demandé si ça me tentait qu'on écoute *Mike Tyson Mysteries* ensemble. Non. J'ignore pourquoi je m'acharnais autant à rétablir les faits. La vérité n'intéressait personne. J'étais vraiment une idiote. J'ai regagné ma chambre et mis mes écouteurs. Mike Ward avait commencé à diffuser des épisodes Spécial Lockdown de son podcast, enregistrés dans son sous-sol, en vidéoconférence avec ses invités. J'en ai démarré un au hasard.

Dans la soirée, j'ai vu passer une annonce sur Buy and Crier. Dylan se cherchait une chambre à louer à partir d'avril. Je l'ai texté pour lui demander s'il voulait emménager au Hobo Mansion. Il me détestait sûrement, mais je n'avais rien à perdre et j'avais besoin d'aide. Je ne pouvais pas rester seule avec Buddy ; une troisième personne changerait tout. Dans mes écouteurs, Mike Ward racontait qu'il avait peur d'attraper le coronavirus parce que, la veille, un vieillard avait touché son abri Tempo.

JOUR 10

28 MARS. Dylan ne m'a pas répondu. Je m'en doutais. Il devait avoir cru les publications et les rumeurs qui me dépeignaient comme une voleuse de chien ou une complotiste, et me fuir comme tout le monde. Dans mes oreilles, les voix continuaient de grésiller. Un gars racontait comment il s'était perdu dans le métro de New York en chemin vers le « musée des dinosaures ». Il était fâché de voir des trains plutôt que des T-Rex. Je dormais par intermittence. Ouvrant les yeux au milieu de la nuit, j'ai vu que Buddy se tenait dans l'embrasure de ma porte et me regardait. J'étais persuadée d'avoir fermé la porte avant de me coucher, c'était impossible que je ne l'aie pas fait. J'ai essayé de me convaincre que ce n'était pas bizarre, que ce n'était pas grave, pas inquiétant ; j'aurais voulu être capable de me cloîtrer dans le déni et y rester.

Ne plus rien ressentir, ne plus formuler aucune pensée négative, me balader dans le métro de New York avec, pour seul problème, l'absence fâcheuse de stégosaures, de tricératops et de ptérodactyles. Je gardais les yeux fermés, je feignais le sommeil, sans même remarquer l'intensité de ma terreur.

JOUR 11

29 MARS. Il faisait moins dix dans ma chambre quand je me suis réveillée vêtue de mon manteau de fourrure, de ma tuque et de mes mitaines, et bercée par les épisodes de *Sous écoute* qui se succédaient. Il ne restait plus de bûches à l'intérieur. J'étais à peu près certaine que Buddy dormait encore. Je me suis risquée à sortir pour fendre du bois. Je n'avais même pas eu le temps de me rendre à la corde de bois que j'avais Buddy sur les talons. Il s'est emparé de la hache. Pour la première fois depuis que je le connaissais, je le sentais en colère – non pas triste mais réprimant une colère dont il avait honte et jouissait en même temps. Il m'a interdit de toucher à ses outils. Je me suis retenue de lui dire que c'étaient les outils que Kosmas nous avait laissés pour qu'on ne meure pas de froid. J'ai voulu partir. Buddy a exigé que je lui tienne compagnie, sous prétexte que c'est lui qui se tapait toutes les corvées, que je n'avais rien fait depuis que j'étais arrivée. La moindre des choses, c'était que je l'accompagne pendant qu'il bûchait. Je suis revenue sur mes pas. Il s'est assis sur le billot, la hache sur ses genoux. Je me suis assise sur une bûche, à

bonne distance. J'avais froid, j'avais gelé toute la nuit. Je me suis allumé une cigarette. Le soleil se reflétait sur la neige, je voyais des taches rouges même en plissant les yeux. Les Denis Drolet imitaient en hurlant des personnages qui avaient marqué leur enfance. Buddy, accoudé sur ses genoux, les doigts de sa main droite enroulés autour du manche de la hache, m'a expliqué que, d'un point de vue scientifique, il était beaucoup plus attirant que Kosmas. Je me suis allumé une deuxième cigarette sur le mégot de la première. J'aurais donné n'importe quoi pour voir Luna lui sauter à la gorge. Je me rappelais la façon dont, chaque fois qu'elle sentait qu'une personne représentait une menace contre moi – des hommes soûls au Pit, l'ex de Leah, quand il était venu tambouriner chez nous dans une crise de jalousie, Larry, la fois où il m'avait dit de crisser mon camp de Keno avec mon ostie de chienne –, Luna s'était interposée, retroussant les babines, hérissant sa crête, mordant si elle le pouvait. Pendant des années, je m'étais efforcée de désamorcer ces comportements, mais je devais admettre qu'ils me sécurisaient – soudain, dans le podcast, les Denis chantaient à tue-tête : « Elle a gagné ses épaulettes ! » Ça m'a fait sourire. À travers les voix du podcast filtrait le monologue de Buddy. Il ne comprenait pas pourquoi Kosmas fourrait autant de filles alors qu'il ne mesurait même pas six pieds, qu'il était maigre, pauvre, paresseux, et devait de l'argent à toutes ses ex. Il avait fourré Val une heure après que j'avais quitté Dawson. J'écoutais le moins possible, je ne disais pas un mot, je m'en foutais, si Kosmas avait couché avec Val ou non. Je fumais des cigarettes à la chaîne, accumulant les mégots dans mes poches. Buddy, toujours assis avec sa hache, a continué : il la fourrait même quand on habitait ensemble. Il n'arrêtait pas de parler, soutenait que, s'il avait eu le choix entre Val et moi, j'aurais gagné haut la main. Val ressemblait à une planche à repasser. Elle était beaucoup trop maigre. Les os, c'était pour les chiens. Des répliques me venaient, je les taisais : Buddy n'aurait jamais le choix entre Val et moi. Il avait le choix entre se crosser et se crosser. J'espérais qu'il se crosserait bientôt, seul dans sa chambre, la porte fermée.

Buddy a énuméré des gars avec qui j'avais été. Il m'a dit qu'il était plus grand, plus musclé, plus éduqué qu'eux tous. Dave, Hayden. Kosmas. Tom. Il m'a demandé si j'aimais le sexe anal, les deep throats, les trips à trois. Paraissait que oui, il avait entendu ça.

Et moi, je riais parce que j'écoutais Mike Ward et les Denis en secret dans mes écouteurs. Je pensais à toutes les relations sexuelles consentantes que j'avais eues dans ma vie, et je riais, je riais, je riais, parce que ça avait été le fun, ça avait été merveilleux. Je riais, je riais comme si Buddy avait été drôle. Je riais parce que, quand on a peur, il faut s'imaginer qu'on gère la situation, qu'on est au-dessus de ses affaires. Je riais parce que j'étais prisonnière de cette conversation, et qu'aucun bois n'avait encore été fendu, et que Buddy, encore bien calé sur le billot, n'avait pas bougé d'un pouce.

JOUR 12

30 MARS. Il avait remarqué la tache jaune sous ma fenêtre. Il a surgi dans ma chambre.

— Tu jettes ta pisse par la fenêtre ?

— Je t'ai demandé d'arrêter de me harceler pis tu continues.

— C'est pas juste, je t'ai rien fait, je t'aime.

Il voulait qu'on en parle. Il insistait, il refusait de sortir.

J'ai replacé mes écouteurs. J'ai écouté Mike Ward faire des jokes de suicide et c'était cent fois moins lourd que les sollicitations répétées de Buddy, qui s'est obstiné une minute ou deux. Je n'entendais presque pas, j'ai seulement capté des bribes : il m'aimait, je ne trouverais jamais mieux que lui, il était le seul à voir qui j'étais vraiment.

REMONTÉE dans ma chambre avec une énorme tasse de café brûlant, j'ai rappelé les hôtels de Dawson, le Pit, le Triple J, le Downtown. Ils n'étaient pas autorisés à accueillir de nouveaux clients, c'était contre les recommandations sanitaires. J'ai appelé à l'hôpital, je leur ai expliqué que j'avais peur de mon coloc. Mais je n'arrivais pas à m'exprimer correctement, mes souvenirs étaient confus, je m'attardais sur les mauvais détails, la bouteille de jus, le poème, le dessin. J'avais perdu la notion du temps, je n'avais plus d'amis, aucun témoin, je bégayais. Ils m'ont mise en contact avec une intervenante. Buddy était aussi son patient, quel hasard. Comme le monde est petit. Dans un autre contexte, ça m'aurait paru cocasse. L'intervenante ne croyait pas que Buddy était dangereux. Elle m'a offert une consultation spontanée. À tout ce que je lui racontais, elle répondait : « Ça a dû être dur, han ? » Après quarante-cinq minutes, j'ai compris. C'est tough, tough luck. J'ai relancé le podcast. Adib Alkhalidey racontait à Mike Ward qu'il avait été en dépression pendant toute sa première tournée.

JOUR 13

31 MARS. Mon esprit errait au gré des voix dans mes écouteurs. Dylan m'avait répondu, alors que j'avais abandonné tout espoir. Il était d'accord pour venir voir la chambre. J'étais émue. Est-ce que ça signifiait qu'il ne croyait pas les rumeurs ? J'ai essayé de ne pas trop m'emporter. Ma quarantaine préventive se terminait le lendemain mais, puisque je n'avais aucun symptôme de grippe, Dylan a accepté de venir le jour même. On garderait nos distances.

Je ne m'étais pas lavée depuis treize jours. Je ne voulais pas être nue, même dans ma chambre. Pour Dylan, j'ai fait un effort. J'ai rempli un chaudron de neige, que j'ai déposé sur le poêle. Buddy, assis sur le divan, m'a regardée faire, en fumant du weed dans son bong. Il m'a demandé si je comptais monter le chaudron dans ma chambre, si j'avais besoin d'aide pour le soulever ou pour me laver. Dans mes oreilles, un humoriste racontait à Mike Ward que, plus jeune, il gagnait sa vie en déchirant des billets dans un cinéma, ajoutant qu'il avait un bac en cinéma – le public a hurlé de rire. « J'ai un bac à recyclage aussi », il a précisé du ton de quelqu'un devant se justifier d'une chose honteuse. « Je suis sûr que ton bac à recyclage t'est plus utile dans la vie », a dit Mike Ward. J'ignorais la plupart des remarques ou questions que m'adressait Buddy. Je l'ai avisé quand même pour Dylan, qui était en route. La chambre l'intéressait. Je la lui avais offerte. Je nous cherchais un coloc.

— Tant mieux, a dit Buddy. Dylan est cool.

J'ai monté le chaudron et m'en suis servi pour bloquer la porte. J'ai exhumé un bout de savon d'une poche intérieure de mon sac à dos et débranché mes écouteurs le temps de me déshabiller ; le podcast s'est poursuivi sur le haut-parleur de mon téléphone. Retenant la poignée de porte de la main, je me suis lavée avec un bandana, parce que je n'avais pas de débarbouillette, puis me suis séchée avec un t-shirt. Quand j'ai eu terminé, j'ai scruté mes vêtements pêle-mêle sur le plancher. J'en ai cherché qui ne soient ni trop sales, ni trop neutres, ni trop sexy, ni trop amples, des vêtements qui ne me donneraient pas l'allure d'une voleuse de chien manipulatrice et complotiste. C'était inutile. Le problème, c'était mon visage, les photos de moi et les épithètes publiées sur Facebook, maintenant gravées dans la mémoire des Dawsonites et dans la mienne. J'ai entendu la porte s'ouvrir en bas, Dylan et Buddy se saluer. J'ai enfilé des morceaux au hasard, j'ai arrêté le podcast. Il était midi. Je suis descendue.

Dylan était beau. Il avait teint ses cheveux en vert. Il avait apporté sa guitare. Je suis allée prendre la mienne dans ma chambre. J'ai tenté de le suivre alors qu'il jouait un cover de Mama's Broke – « je vais revenir un jour pour t'épouser si tu promets de jamais me demander de lâcher la bouteille ». Il a invité Buddy à improviser avec nous, à l'harmonica. Buddy a répondu qu'il était trop tôt pour la musique. Dylan était gentil avec moi, comme si j'étais un être humain. J'ai eu envie de le serrer dans mes bras, mais j'étais encore en quarantaine. Il m'avait manqué. Je lui ai proposé ma chambre pour la moitié du prix que je payais. Moi, je mettrais mon stock dans la dépense et je dormirais dans le salon.

Si on vivait à trois au Hobo Mansion, ça redeviendrait presque aussi facile que quand Kosmas était là. Dylan aimait la maison et le terrain, tellement sauvage, pure wilderness, il s'exclamait, tellement vaste. Il avait hâte qu'on jamme ensemble. Je lui ai dit que, s'il voulait emménager dès le lendemain, il était le bienvenu. Il a répondu que c'était parfait, il m'a ouvert les bras avant de se raviser et de les refermer pour mimer un câlin à distance. Je l'ai imité. Je respirais, soulagée. Dylan est reparti avec sa légèreté, sa joie de vivre et ses rêves. J'ai refermé la porte derrière lui.

Buddy me fixait, assis dans les marches, l'air contrarié, le front appuyé dans sa paume, le coude sur le genou, les épaules voûtées. Il m'a dit qu'il serait très fâché si je couchais avec Dylan. Il était persuadé que ça arriverait, je l'ai senti à sa voix tremblante, et il voulait que je sache combien il en souffrait. Je lui ai répondu que ce n'était pas de ses affaires, de relire la liste, que je ne serais jamais sa blonde.

J'ai remis mes écouteurs et redémarré le podcast. Mike Ward a demandé à l'humoriste au bac en cinéma quel âge il avait – trente-six. « T'as l'air de cinquante et un. »

Buddy s'est levé et s'est approché. J'ai reculé. Il avait une bonne tête de plus que moi. Fuck right off, j'ai dit. Décolle, Buddy, câlisse. Il m'a serrée contre lui, il a répété que Kosmas couchait avec la barmaid, comme si c'était une formule magique.

— Je m'en fous, je veux pas coucher avec toi.

J'ai gigoté pour qu'il me lâche. Il m'a laissé un peu d'air, j'ai pu me dégager de son étreinte et battre en retraite dans le salon, tandis que lui retournait se mettre en travers de l'escalier.

— Pourquoi ?

L'humoriste était certain que ce n'était pas son alcoolisme qui le tuerait – « on ne sait pas ce que la vie nous réserve ». Son grand-père était mort à quatre-vingt-dix-neuf ans.

— Je te l'ai déjà dit cent fois ! Tu m'écœures pis tu me gosses.

— Mais au début, je te laissais ton espace, pis tu voulais pas plus. Pourquoi ?

— J'ai pas de raisons à te donner. J'ai pas besoin de t'en donner. Je veux pas. C'est non.

— Qu'est-ce qu'il faut que je fasse pour que ça change ?

Buddy semblait sur le point d'éclater en sanglots, comme un enfant, il avait rougi, la frustration déformait ses traits, sa lèvre supérieure retroussée frémissait.

Le gars du podcast avait l'impression qu'il allait mourir d'une façon accidentelle et absurde, « random ».

— Ça changera jamais, j'ai articulé lentement. Je veux plus que tu me parles de ça.

Je ne pouvais pas remonter, il me bloquait le passage, je ne voulais pas rester là sans rien faire, alors j'ai ajouté une bûche dans le poêle. Buddy est revenu à la charge.

— Si on peut pas en discuter, comment je vais faire pour savoir si t'as changé d'idée ? C'est violent, que tu m'obliges à me censurer. Pourquoi t'es revenue vivre ici, si t'étais pas intéressée ? Le monde ont raison, en ville, t'es rien qu'une maudite pute folle.

Il a fermé les poings, son regard s'est durci, et il est allé fouiner dans la cuisine, comme s'il cherchait de quoi s'occuper les mains. Je l'entendais expirer avec force. Il est arrivé dans le salon, et je me suis mise à avoir peur de manière incontrôlable. Il avait perdu cet air aimable, conciliant, ce ton exagérément affectueux dont j'avais appris à me méfier, remplacé par quelque chose de bien pire, de glacial et de calculateur, comme si, soudain, il savait exactement ce qu'il avait à faire. Je suis restée debout près du poêle. Qu'est-ce qu'il préparait ? Il n'argumentait plus, ce n'était pas normal. Je ne savais plus comment éviter ce que je pressentais.

Il a ouvert le placard de l'entrée, en a sorti une égoïne, une hache et un couteau de chasse qu'il a alignés sur la table. Je n'avais pas considéré la possibilité qu'il se fâche et utilise une scie contre moi. J'avais tenu pour acquis mon droit de ne pas me faire tuer. J'avais été naïve.

Je me suis concentrée sur les voix. Elles me rassuraient. Elles venaient d'une autre dimension, d'une autre civilisation, d'un endroit où les gens riaient ensemble, à l'abri. C'était censé être ici, mon abri, sauf que la maison était en feu. J'aurais pu m'enfuir, mais où ? Tout le monde était confiné.

Buddy a aiguisé le couteau de chasse, puis la hache. Il a ensuite ciré l'égoïne avec une application méticuleuse. Il a suspendu la scie et la hache à des crochets vissés au plafond, il était assez grand pour les atteindre sans avoir à monter sur une chaise. Il se taisait. D'habitude, il ne se taisait jamais. L'épisode s'est terminé, j'en ai lancé un autre. « Une chance que les magasins sont fermés en ce moment, disait Mike Ward, sinon j'irais m'acheter une corde. »

Buddy s'est rué vers moi, le couteau de chasse dans sa main droite. De sa main gauche, il m'a agrippée et forcée à lui faire un câlin. Il puait la sueur. Il palpait mes épaules, mon dos, ma nuque. Puis il a parlé. Je l'entendais à peine sous les rires qui bourdonnaient dans mes écouteurs. Buddy a dit qu'il s'était acheté sur Amazon un livre qui expliquait la psychologie féminine, et que j'aurais dû vouloir du sexe avec lui, c'était biologique : il avait de l'argent, du capital social et un gros pénis. S'il te plaît, j'ai réussi à articuler, c'est absurde, ça te ressemble pas. Et il m'a lâchée, brusquement, comme électrocuté, sans me quitter des yeux. J'ai vu le couteau de chasse dans sa main ; je ne voulais pas y penser. Il ne fallait pas que je m'énerve, que j'énerve Buddy, il ne devait pas perdre ses moyens ; s'il perdait ses moyens, je n'aurais plus le choix de penser au couteau. J'ai monté le son du podcast et remis mon téléphone dans ma poche.

Je ne me souviens que de quelques images, de quelques paroles échangées. C'est tellement cliché. Je ne sais pas comment raconter ça. Dans le Hobo Mansion, tout se déforme. Les murs fondent vers le plancher qui fuit. Le plafond m'écrase. On me secoue et je n'ai vraiment pas envie qu'on me secoue.

Je me suis déplacée vers la cuisine, j'avais l'intuition que ce n'était pas une bonne idée d'aller me cacher dans ma chambre, j'avais peur que Buddy m'y suive. Heureusement que Luna n'était pas là. Elle aurait voulu me défendre. Deux jours plus tôt, l'idée que Luna me défende contre Buddy m'était encore pleinement vraisemblable, réelle, mais je comprenais maintenant que ce n'était qu'une chimère puérile – qu'est-ce qui aurait empêché Buddy de poignarder ma chienne, si elle avait été là ? Des règles implicites étaient entrées en vigueur ici depuis deux semaines, et je ne m'étais rendu compte de rien.

J'ai épousseté les miettes de pain, j'ai frotté le comptoir avec une guenille noircie. Les jerricans étaient vides. J'avais toujours mes écouteurs. Je maintenais Buddy hors de mon champ de vision. Il a surgi derrière moi et m'a prise par la taille. Un nouvel épisode du podcast a commencé sans que je touche à mon téléphone. Il devait s'être allumé dans ma poche. Mike Ward interviewait des abonnés de son Patreon : un camionneur qui, chaque semaine, devait s'aventurer au-delà de la frontière américaine, une plombière qui entrait chaque jour dans des foyers aux éviers bouchés : les héros de la pandémie. J'ai dit, sans hausser le ton, comme si j'adressais une prière à un grizzli : Stay away from me. Décolle, va-t'en. J'étais prise entre le comptoir et lui. Je me suis tortillée, j'ai réussi à me retourner, j'ai poussé sur son torse, mais autant pousser sur une montagne. Il n'a pas bougé. Son visage était à un pouce du mien. J'ai senti l'odeur de sa salive qui coulait dans ma bouche, une odeur de fromage. Ses bras m'encerclaient, broyaient mes épaules. J'ai répété : Stay away from me, sans perdre mon calme. Par ses gestes, Buddy m'a signifié qu'il n'avait plus d'ordre à recevoir de moi. Not anymore. C'était fini, le placotage. J'étais piégée. J'ai ressenti comme une décharge de terreur, puis tous les affects sont retombés à zéro. Un grand silence, une grande clarté m'ont envahie.

Bonsoir, Sacha, c'est moi, ton instinct de survie. Respire. Nous devons rester dans les limites de la civilité. Nous ne sommes pas des bêtes. Nous ne voulons pas savoir de quoi Buddy est capable quand il sent qu'on lui résiste, quand il se sent provoqué physiquement. Nous devons conserver notre sang-froid. Traite les données en ordre de priorité, élève-toi au-dessus des sensations corporelles. L'important, c'est que l'air continue d'entrer et de sortir de notre corps. L'air, et l'accès à l'air, est l'objet de la négociation en cours. Demain, si nous sommes encore là demain, il y en aura à profusion. Pour l'instant, nous en manquons. Buddy, maintenant derrière nous, serre trop fort. Buddy se frotte contre nos fesses, presque comme un chien qui zigne sur une jambe. Nous appuyons fort sur nos écouteurs, Buddy pétrit nos seins. Nous sentons ses dents sur notre cou. Il serre notre cou. Nous ne savons plus où se trouve le couteau. Nous ne sentons plus la douleur. Nous ne nous défendons pas physiquement, nous ne sommes pas stupide, nous guidons ses mains vers nos hanches pour les éloigner de notre cou, où elles reviennent souvent, avec violence. Les doigts de Buddy s'activent dans notre vulve, dans notre cul. Concentrons-nous sur la voix dans nos écouteurs. Concentrons-nous sur notre prière, « stay away from me », répétons-la pour nous-même mais taisons-la. Buddy tient un objet tranchant dans sa main droite, un objet dont on se sert pour éviscérer un chevreuil, et qu'il tient comme si c'était un fait à part, sans lien avec ce qui a lieu, avec ce qu'il accomplit. Nous devons nous échapper sans qu'il se sente rejeté. Nous sommes consciente des règles qui s'appliquent en l'absence de témoins. Sacha, je t'interdis d'avoir peur, ordonne la voix, tiens-toi bien droite, ne pense pas au sang, concentre-toi sur l'essentiel, qui est de l'empêcher de nous étouffer.

Nous nous assurons de pouvoir continuer à respirer, nous ne bougeons pas. Nous n'avons pas peur de mourir, mais nous préférons ne pas être tuée par quelqu'un que nous haïssons. Nous répétons muettement notre prière, « stay away from me ». Nous n'entendons plus les voix dans nos oreilles. Buddy nous enveloppe dans ses bras, sa main droite agrippant notre sein gauche, sa main gauche notre hanche droite, nous sommes immobile, immobilisée par la menace de ses mains. Où est passé le couteau ? Buddy parle dans le lointain, en anglais. Il veut que justice lui soit rendue.

— T'as fourré Kosmas tout l'hiver, tu fourres des drogués pis un paquet d'autres loosers pis tout le monde dit que t'es une pute. T'aimes ça, les queues, fait que pourquoi pas ma queue ?

Stay away from me, stay away from me. Buddy nous serre, son érection pousse entre nos fesses, à travers ses jeans. Il est tout habillé ; à aucun moment nous ne l'avons entendu détacher sa ceinture. Ça ne nous concerne plus. Nous avons misé sur la libération des voies respiratoires. Tant que nous respirons, nous avons réussi. Nous répétons notre prière en silence. Stay away from me. Nous tenons nos écouteurs sur nos oreilles, Mike Ward rit des antimasques. Le sous-texte de la moitié de ses blagues est que, mourir, c'est pas si grave parce que la vie, c'est de la marde. Si nous nous faisons tuer, fera-t-il des blagues sur nous ? Les blagues sur notre mort attendront, nous ne sommes pas prête à renoncer. Nous disons à Buddy : Je t'aime, finalement. Il desserre son étreinte, nous nous tournons vers lui, l'embrassons à pleine bouche. Il est content, il veut y croire. Il dit : Je t'aime aussi. Nous l'embrassons de plus belle, sur le front, dans le cou, sur les lèvres. Il se détend. Nous nous dégageons avec une extrême lenteur.

— J'avais oublié, j'ai un rendez-vous à l'hôpital dans cinq minutes. Ma quarantaine finit demain, pis il faut que je fasse des tests. Je suis désolée, c'est obligatoire. Pis en plus, je me sens un peu fiévreuse.

Nous caressons doucement la main de Buddy. Nous l'embrassons encore. Nous tentons un contact visuel affectueux.

— Tu vas revenir ?

— Ben oui, c'est sûr, où est-ce que tu veux que j'aille ? Faut juste que je me présente à mon rendez-vous. Pis on va reprendre ça après. Je suis désolée si j'ai été froide.

J'étais stressée à cause de la quarantaine, mais c'est derrière nous, maintenant.

Buddy accepte de nous laisser aller au rendez-vous à condition que nous reprenions notre conversation quand nous serons revenues. Nous regardons notre guitare accotée sur le mur, nous devons l'abandonner. Nous tremblons. Il ne faut pas trembler, il ne faut pas montrer notre peur. Buddy nous suit dehors, il nous regarde partir en souriant. Il a cru notre mensonge. Nous ne sentons pas le froid. L'entrée enneigée s'étend sur plus de deux cents longs mètres aveuglants. Les voix s'esclaffent, se coupent l'une l'autre, s'enterrent. Nous ne courons pas, malgré l'envie de courir, nous ne devons pas avoir l'air de fuir. Nous percevons chaque détail de ce qui nous entoure avec une précision cristalline : le mouvement infime des branches remuant dans le vent léger, le losange rouge à l'arrière de la tête d'un pic accroché à son tronc d'arbre, l'éclat de chacun des flocons de neige fraîche sur le sol, les nervures dans le caoutchouc de nos bottes Sorel noires.

Nous arrivons à notre voiture. Nous ne l'avons pas démarrée depuis treize jours, nous prions pour qu'elle démarre, chacune des fibres de notre corps prie pour cette étincelle. Le moteur tousse, tousse et par miracle gronde ; la combustion a lieu.

Bravo, Sacha, dit mon instinct de survie, tu as survécu.

Conduire est une action simple, qui nous aide, kilomètre par kilomètre, à revenir à moi.

J'ai conduit jusqu'à l'intersection de la rue Queen et de la Deuxième Avenue, qui en temps normal grouille de vie. C'était mort, personne, pas même un chien. Je n'avais nulle part où aller. Où était Luna ? Encore chez Larry ? Mon cœur s'est serré, mais son image dans ma tête m'a aussi fait du bien, un peu. Je me suis parquée devant le Downtown.

What the fuck ? j'ai pensé, qu'est-ce que je venais de vivre là ?

« Je lave pas mon épicerie », disait Jean-Thomas Jobin.

« Ben, tu vas mourir », répondait Mike Ward.

J'ai arrêté le podcast. Le silence a rempli l'habitacle. J'avais mon téléphone, mais personne à appeler. C'était doux dehors, moins quinze. J'avais du temps. J'avais de l'air. Ma tinque était à moitié pleine. Ça allait.

J'ai repris mon souffle. Je respirais, je respirais. J'ai inspecté la voiture avec mes paumes. J'ai ouvert le coffre à gants et fouillé à l'intérieur, sans savoir ce que je cherchais. Il y avait un paquet de cigarettes, les gâteries de Luna, un billet de vingt dollars américains, trois tampons et le manuel de la Echo. Le paquet de cigarettes était vide. À l'arrière, sur la banquette, une couverture de laine grise, des gants de travail doublés, un imperméable vert kaki, un gros pot de mélange de noix qu'on appelait du GORP (Good Old Raisins and Peanuts), et des emballages de barres tendres, des lambeaux de sacs de chips, des pelures d'orange séchées, un os à gruger, des allumettes, un briquet et un exacto ; par terre, derrière ou sous les sièges, pas mal de bouteilles vides, de vin, de bière, de Gatorade, des canettes de bière et de Red Bull, une laisse, un harnais, un bol en acier inoxydable, des câbles de démarrage, un balai à neige, des plaques d'adhérence et des sangles de remorquage. Je déplaçais et manipulais toutes ces choses, à genoux sur mon siège, tournée vers l'arrière, le ventre compressé par le dossier. Au fur et à mesure de cet inventaire machinal, c'est la liste de tout ce que je n'avais pas avec moi qui se dressait de plus en plus clairement dans ma tête. Je n'avais ni mon passeport, ni mon permis de conduire, ni ma carte de crédit, ni ma carte de débit, que j'avais de toute façon perdue avant Noël, sans doute à Whitehorse. Je me suis rassise dans mon siège, étourdie, incertaine de ce que je devais faire. Je n'ai pas eu à me le demander longtemps. Une silhouette, trois pâtés de maisons plus loin, s'avançait sur la rue Queen dans ma direction. J'ai tout de suite reconnu sa démarche, les pieds et les genoux vers l'intérieur, et son mackinaw carreauté. Évidemment que la première personne que je croiserais au village en pleine pandémie, en plein confinement, ce serait Tom, Tom qui ne restait jamais longtemps seul chez lui. Luna ne l'accompagnait pas. Je n'ai pas été surprise. J'allais ouvrir la portière, mais je ne me sentais pas assez solide pour aller à sa rencontre à pied – et, techniquement, ma quarantaine n'était pas finie.

J'ai démarré et roulé au pas, croisé la Troisième Avenue et me suis stationnée à nouveau, devant le casino. J'ai éteint le moteur et baissé ma vitre. Tom m'avait vue. Il s'est arrêté le temps de s'allumer une cigarette et il a traversé la rue sans se presser.

— What's up, Sacha ?

— Yo, écoute-moi, j'ai commencé. Buddy est en manque de cul, grave, il m'écœure, pis j'ai besoin d'aide. Il me fait peur. J'ai vraiment peur. Genre... il est allé trop loin, là.

Tom a remarqué les boursouflures qui étaient apparues autour de mon cou. Son visage s'est adouci.

— Shit. Tu peux aller chez nous, si tu veux. J'inviterai pas mes amis.

— OK. Peut-être que je vais faire ça.

— Je vais rentrer tard anyway.

— Les bars sont-tu encore ouverts ?

— Non, man, le Pit a fermé la semaine passée. Ça faisait cent ans que ça avait pas fermé.

— Ayoye, c'est la fin du monde, estie.

— Ben raide.

L'expression de Tom a soudainement changé. Il regardait derrière moi, en direction du Downtown. Quand je me suis retournée, j'ai vu Rob, Jade et une fille que je ne connaissais pas, qui devait être arrivée à Dawson pendant que j'étais au Nunavut, sortir de la ruelle entre le Downtown et le Midnight Sun. Rob et l'inconnue m'ont fait un doigt d'honneur. Jade a ri en se cachant le visage, j'ai imaginé qu'iel s'exclamait : « So awkward ! »

— Tes amis t'appellent, j'ai dit en remontant ma vitre.

C'ÉTAIT le même appart qu'avant, celui qu'on avait partagé. Les poils de Luna recouvraient toujours le divan, mais Luna n'était pas là. Tom ne l'avait pas reprise chez lui. J'ai eu envie de vomir.

Dans les heures qui ont suivi, j'ai reçu des rafales de messages textes de Buddy, qui me demandait à répétition quand je reviendrais. Je ne répondais pas. Vers dix heures du soir, quand il a compris que je ne reviendrais pas, il s'est mis à m'appeler, tous les quarts d'heure, puis toutes les cinq minutes, puis toutes les deux minutes. Mon téléphone retourné vibrait silencieusement sur le tapis du salon. Buddy laissait des messages. Il m'a appelée trente-huit fois, c'est ce qu'affichait mon cell, un « 38 » blanc dans un rond rouge sur l'icône verte de téléphone, trente-huit appels manqués. Il voulait savoir où j'étais. Il promettait de ne plus m'approcher si je revenais au Hobo Mansion. Il s'excusait de m'avoir menacée avec la hache. Avec la hache ? Je ne m'en souvenais pas. Ma tête tournait, je n'arrivais pas à nommer ce qui venait de se produire. Était-ce grave ? Était-ce important ? Buddy m'a écrit qu'il s'était laissé dominer par la colère, que ça n'arriverait plus. Mes acouphènes bourdonnaient et le bourdonnement occupait tout l'espace de mon crâne. J'entendais peut-être la terreur que je m'étais interdite depuis deux semaines. Je fumais des cigarettes que je me roulais en pigeant dans le gros sac de tabac desséché de Tom. Il comprendrait. J'avais peu d'images claires de ce qui s'était passé, comme si je n'avais pas encore formé de souvenirs. Il n'y avait presque pas eu de violence verbale, de ça je me souvenais à peu près. Je regardais mes poignets, mes bras, mes mains blanches et mes veines vertes. Je n'en croyais pas mes yeux d'être encore en un seul morceau. Les messages textes de Buddy continuaient de faire vibrer mon cellulaire. Je ne répondais pas. Je ne l'éteignais pas non plus. Je ne voulais pas être seule. J'avais besoin d'aller voir si de nouvelles publications étaient apparues sur Buy and Crier, et je devais me mettre à la recherche d'un appart au plus tôt. Buddy proposait dans un de ses messages que je vive au Hobo Mansion en attendant de trouver autre chose, lui irait chez Flo pour un mois. Ça voulait dire que Buddy avait écrit à Flo, et que Flo lui avait dit qu'elle l'hébergerait. Peut-être que Flo avait capté ce qui se tramait, et qu'elle avait conseillé à Buddy de me donner un peu d'air. Peut-être qu'elle était de mon bord. Je me suis rappelé que je lui avais prêté un patin dans une autre vie. Et puis elle m'avait vue souvent avec Kosmas. Je me demandais comment elle allait, je n'avais pas eu de ses nouvelles depuis des mois. Buddy s'est excusé d'avoir peut-être mal lu mes signaux, d'avoir peut-être été trop insistant – pour aussitôt m'accuser à nouveau d'être distante et me reprocher de ne pas répondre. Il passait par tous les tons, de la culpabilisation aux aveux. C'était difficile de réfléchir au travers de ce magma d'excuses auxquelles je ne croyais pas. Je n'avais pas d'autre endroit où vivre. Même si j'avais l'intuition que ce n'était pas une bonne idée, je lui ai écrit que j'acceptais son offre : il pouvait quitter le Hobo Mansion pour un mois et j'y vivrais avec Dylan, ou seule, d'ici à ce que je m'installe ailleurs. Buddy m'a envoyé un pouce en l'air et il a arrêté de m'écrire.

Vers une heure du matin, alors que je fixais en écoutant Tørsö les animaux étranges que formaient les taches au plafond, Flo m'a textée. Tout le monde est malade, rugissait la chanteuse, tout le monde est malade, tout le monde est malade, tout le monde est malade. Pendant une seconde, j'ai cru que la situation se réglerait. J'ai touché l'écran pour lire le message.

« Je dis pas que c'est correct, de demander répétitivement de l'affection... Mais je trouve que toi, t'es une personne manipulatrice, qui profite des autres. Pourquoi t'es allée vivre chez lui s'il te mettait mal à l'aise quand tu sais très bien qu'il est en amour avec toi par-dessus la tête ? C'est quoi, ton problème ? Tu sais très bien qu'il est autiste et qu'il a beaucoup de difficulté à comprendre les signaux et les codes sociaux... Pis en plus t'essaies de le crisser en dehors de chez lui ? T'as du culot. T'aurais jamais dû retourner au Hobo Mansion. C'est tes affaires, mais je pense que t'as à travailler sur toi-même pis à repenser à tes actions, toi aussi... Va falloir que t'assumes tes torts, y a personne de parfait. J'espère que tu comprends la gravité des accusations que t'as faites... laisse mon ami tranquille. »

Dix minutes plus tard, Drake m'a textée à son tour. Il a été plus poli, mais il disait la même chose ; j'aurais dû me tenir loin de Buddy si je le trouvais si creepy que ça au lieu de lui demander de quitter son chez-lui.

Je me suis étendue sur le tapis, au milieu du salon.

J'avais du mal à comprendre ce qu'ils auraient souhaité que je fasse. Auraient-ils voulu que je subisse les assauts de Buddy la tête basse, sans broncher, que je reste au Hobo Mansion, que je sorte avec lui, tant qu'à y être ? Comment avais-je pu dire non à mon dernier allié ? Est-ce que c'était ça qui les dérangeait, que j'aie vécu au-dessus de mon capital social ? Que j'aie dit non à un gars populaire alors que j'étais une rejet ? Auraient-ils voulu que je ferme ma grande gueule de chienne sale, que j'ouvre grand les jambes, que j'avale son sperme parce que j'étais une estie de charrue et que je n'avais pas d'amies ? J'ai songé à un dernier statut Facebook. « Je demande pardon aux mille trois cent soixante-quinze habitants de Dawson pour ne pas avoir laissé Buddy me violer. Désolée d'avoir troublé l'harmonie sociale. »

Je n'étais pas stupide à ce point-là.

Mes yeux se sont posés sur le trou dans le mur. Je me suis souvenue du vieux mineur d'or et de son Colt.

Je me suis relevée et, collée contre le mur, j'ai enfoncé mon bras aussi loin que je pouvais dans le trou. Le revolver serait peut-être encore là. Je me serais tiré une balle dans la tête. Je ne l'ai pas trouvé. Ça aurait été une si belle fin. J'ai sorti du trou des menottes, un dildo et un papier avec le mot de passe du wifi de la voisine. Tom avait continué de vivre ses aventures de son côté.

Pas même un an plus tôt, on était un duo autosuffisant. On buvait des sacs de vin rouge assis par terre dans le salon en écoutant les archives de MusiquePlus. On était toujours d'accord, on s'applaudissait l'un l'autre, on était les plus beaux, les plus brillants, les plus drôles de la terre.

Il est rentré à deux heures et demie, je l'ai entendu monter les marches extérieures à pas lourds.

— Ça va-tu, Sacha ? il a dit en se laissant tomber à côté de moi dans le divan. T'as le shake. T'as-tu froid ? Tu trembles donc ben.

— Je suis plus capable de respirer.

— Ben, respire.

— Je respire, j'ai dit. Je respire.

— Je suis désolé de ce qui t'arrive. Le monde jase en ville, mais moi, je te crois.

Il avait l'air sincère et triste. Il s'est endormi en me caressant les cheveux. Moi, je ne dormais pas. J'ai adressé une prière à Dieu ou à l'univers ou à quelque chose qui pouvait m'entendre, n'importe quoi : Faites qu'on se réveille il y a un an, Tom et moi, et que toute cette année n'ait été qu'un mauvais rêve. Je promets d'agir autrement. Je serai humble et réservée, je ne ferai plus de coke avec des gars en couple, je n'aurai plus d'amis gars, je ne porterai plus de push-up bra ni de mascara. Je ne coucherai plus avec Kosmas ni avec personne d'ailleurs, sauf ceux qui m'obligent. Je ne retournerai pas vivre au Hobo Mansion. Et je me tairai. Je me tairai.

V

REFUGE

LE SOLEIL S'EST LEVÉ à sept heures trente. Je ne m'étais pas réveillée un an plus tôt. J'avais dormi quelques heures. On était encore en 2020, c'était le jour du poisson d'avril. J'avais les cheveux roses, les tempes rasées, je portais un chandail bedaine avec un imprimé NO FUTURE, un cache-cou, des jeans noirs par-dessus des combines en laine. Tom dormait dans sa chambre. Mes bottes Sorel chauffaient près du calorifère. J'ai appelé le refuge pour femmes de Dawson. On n'accepte pas de nouvelles demandes d'hébergement, a dit la femme à qui j'ai parlé. À cause de la covid, elle a précisé. Elle m'a posé deux ou trois questions, auxquelles j'ai répondu par quelques mots. Elle m'a écoutée, puis a dit que, comme mon cas était urgent, elle allait faire une exception. Je pouvais emménager aujourd'hui même. Elle s'appelait Crissy, c'était la directrice du refuge. Je lui ai demandé si les chiens étaient autorisés. Ils ne l'étaient pas, est-ce que j'avais un chien? Est-ce que quelqu'un pouvait garder mon chien? Je n'ai pas répondu. Elle m'a demandé où étaient mes affaires. Mes affaires étaient au

Hobo Mansion, là où j'avais peur de retourner. Crissy m'a conseillé d'aller les chercher sous escorte policière. La perspective d'interagir avec des policiers me pétrifiait et me dégoûtait. Je ne voulais pas faire ça, je les détestais. Crissy m'a dit qu'on réglerait une chose à la fois. La première étape, c'était que je vienne la voir au refuge. Elle m'a dit où se trouvait la maison, au coin de quelles rues, à quelle porte me présenter. Il faudrait que je sonne, que je m'annonce à l'intercom, et elle viendrait m'ouvrir.

Je me suis d'abord rendue à la station-service. J'ai reconnu en me parquant le pick-up de Joy à une des pompes. Je n'ai rien ressenti. Quand elle a croisé mon regard, Sally a paru surprise, mais elle m'a saluée comme d'habitude. Joy a payé ses cigarettes et son essence, et elle est ressortie sans m'adresser un mot. Sally m'a offert un café, où elle a versé une larme de Jim Beam. Elle a monté le volume de la musique, c'était du dance, une des mélodies les plus joyeuses et festives que j'avais entendues depuis longtemps, dans le refrain, des voix d'hommes chantaient : « Et si tu connais pas, nous, c'est Magic System », c'était entraînant, mais avant le deuxième couplet, je n'écoutais plus.

— T'as-tu entendu parler de ce qui s'est passé ?

— Au Hobo Mansion, tu veux dire ? elle a répondu sur un ton hésitant.

— Laisse faire, c'est pas important.

— J'ai entendu, pis j'en crois pas un mot.

Sally m'a raconté que, la veille, Buddy était venu s'acheter un paquet de gommes. Dès qu'il avait mis le pied dans la station-service, il avait semblé agité, et pas très cohérent. Il lui avait dit qu'il stressait à mort parce que je l'avais menacé de l'accuser de viol s'il ne me laissait pas le Hobo Mansion. Sally me rapportait ses propos sans détour, elle devait avoir compris qu'au point où j'en étais, je n'avais pas besoin d'être ménagée. Moi qui avais présumé que Buddy aurait trop honte pour parler de ça à qui que ce soit.

— Ça sentait la bullshit, son affaire, a poursuivi Sally. Prends une fille populaire comme Jade – une personne, sorry –, si iel dénonce un agresseur, iel court le risque de perdre plein d'amis, de ne pas être cru·e. Mais toi ? T'avais aucune chance qu'on te croie, zéro, pis tu le savais. Et pis veux-tu ben me dire qui accuse quelqu'un de viol pour pouvoir vivre dans sa cabane off-grid super loin du village ? C'est cave.

Je l'ai remerciée, soulagée qu'au moins une personne me croie, même si ce qu'impliquait son raisonnement était dur à entendre. Sally confirmait que j'avais une réputation tellement trash que j'étais forcément consciente que ma parole n'avait aucune valeur. Et pour Sally, ça m'absolvait. Et moi, ce constat me terrifiait, mais, à ce moment-là, seules m'importaient sa gentillesse, sa franchise, et le fait qu'elle me croie et me le dise en face. J'ai pensé que Sally était une bonne personne. Je me suis sentie nostalgique du temps où je pensais ça de tout le monde. J'ai acheté des rasoirs pour la première fois depuis dix ans et j'ai dit au revoir à Sally. Je suis ensuite passée chez la dealer pour lui acheter des Xanax. Elle avait juste de la morphine. Ça marchait aussi.

Après m'avoir accueillie au refuge, Crissy m'a invitée

à m'asseoir en face d'elle sur un divan. Entre nous, sur la table basse, était disposé un assortiment de dépliants sur la violence domestique, l'alcoolisme et la grossesse, l'avortement, la maltraitance des personnes âgées. On a parlé un peu, et elle s'est montrée rassurante et pleine d'empathie. Je sentais que je pouvais lui faire confiance. C'était une femme costaude, aux iris sombres et aux cheveux courts retenus par des barrettes roses. Je lui donnais trente-deux ou trente-quatre ans. Elle avait des manières enveloppantes et une voix mélodieuse, des tatouages de lignes et de points sur les jointures. Je lui ai demandé si elle accepterait de venir avec moi chercher mes choses au Hobo Mansion. Elle m'a expliqué que, par souci d'anonymat et pour sa sécurité, elle n'accompagnait jamais les femmes sur les lieux qu'elles avaient fuis. C'était compréhensible. Elle a insisté pour que j'y aille avec des policiers. Malgré mes réticences, j'ai fini par lui donner mon accord ; elle contacterait le lendemain le poste de police de Dawson et arrangerait un rendez-vous. Elle m'a attribué un lit dans un des dortoirs et m'a remis un ensemble de draps et de serviettes propres, un savon, une brosse à dents et un tube de dentifrice. Elle m'a ensuite emmenée dans le salon, où elle m'a montré comment mettre Netflix sur la télé. Puis elle m'a laissée seule, et je me suis assise dans le divan, face à la télé. Je regardais le logo de Netflix, envahie d'un sentiment d'étrangeté, de déréalisation. Je me suis amusée à imaginer les publications sur Buy and Crier : « Sacha Drama a callé les cops sur un pauvre musicien anarcho-féministe innocent ! »

JE FIXAIS mon visage dans le miroir de la salle de bain en attachant mes cheveux. De quoi était censée avoir l'air une femme qui ne ment pas ? Je ne portais pas les vêtements dans lesquels j'avais quitté le Hobo Mansion deux jours plus tôt. La veille, Crissy m'avait montré les nombreux bacs de plastique remplis de pantalons et de chandails et elle m'avait assuré que je pouvais me servir. Ce matin, j'avais fouillé dedans et m'étais choisi des jeans noirs sans trou ni patch ACAB, ainsi qu'un t-shirt noir. J'aurais pu me présenter habillée comme ça à une entrevue pour être serveuse dans un snack-bar, ou à des funérailles.

Dans le miroir, je me suis trouvée laide, alors j'ai détaché mes cheveux. L'effet était pire : je n'avais pas l'air crédible, ça me donnait une allure sale et échevelée. J'ai lancé à Crissy que je m'en venais et rattaché mes cheveux. On est parties. Pendant qu'on marchait, je me sentais endeuillée, mais j'ignorais de quoi. Une fine neige tombait, d'un ciel étrangement bleu, le temps était doux, à peine moins cinq, et j'avais chaud dans mon manteau de loup arctique.

Au poste de police, la porte était verrouillée. Crissy a sonné ; une voix dans l'intercom nous a demandé qui on était. Crissy a dit son nom, ajoutant qu'elle était avec la femme qui venait d'arriver au refuge. On nous a ouvert, et la personne qui nous accueillait, assise derrière une vitre perforée à la hauteur du visage, a dit à Crissy qu'un agent viendrait nous voir. Était-ce une vitre pare-balles ou un plexiglas anti-covid ? Est-ce qu'on disait réceptionniste ou personne assignée à l'accueil ? Elle s'est excusée : il n'y avait pas d'agent francophone de disponible. Parfois il y en avait ; pas en ce moment. Crissy m'avait expliqué comment se déroulerait la matinée. Elle m'avait offert d'être présente pendant que je ferais ma déclaration, si c'était plus sécurisant pour moi. On a suivi dans une salle inoccupée le policier qui allait prendre ma déclaration. Je ne me souviens pas s'il y avait une fenêtre, une table, des caméras de surveillance. Je ne me souviens pas non plus où était Crissy dans la salle, un peu à l'écart, ou au fond dans un coin. Je me souviens d'elle comme d'une image flottante. Elle se trouvait quelque part dans la pièce – sans doute pas dans un coin, comme en punition –, quelque part qui ait un sens. On était dans la réalité, il n'y avait pas de fantômes, pas de sorcellerie, pas de monstre. Les choses étaient réelles. Crissy se tenait, assise ou debout, quelque part dans la pièce. Elle m'avait avertie que, si j'avais des dick pics dans mon téléphone, je devrais les effacer. J'en avais quelques-unes. Certaines de Kosmas – il était grand temps que je les supprime –, et une de Tom, où il avait posé son pénis mou à côté d'un concombre sur une planche à découper à sa job, il m'avait envoyé la photo pour me faire rire et elle m'avait fait rire. J'avais purgé mon téléphone de toutes les photos de parties génitales. Le policier était en train de me dire très vite en anglais que par ma présence ici je consentais à être enregistrée, et il a conclu par : Consentez-vous ? J'ai consenti. Puis il a dit : Je vous écoute. J'ai essayé de garder en tête tout ce que Crissy m'avait expliqué la veille, qu'il était possible que le policier pose des questions embarrassantes, et que tout ce que je dirais pourrait être retenu contre moi. J'ai répété que je ne voulais pas porter plainte, juste rapporter l'événement, au cas où Buddy récidiverait avec quelqu'un d'autre. Le policier a haussé un sourcil, l'air de dire que ça ne marchait pas comme ça. Soupçonnant que ça ne servirait à rien, j'ai commencé à parler. J'ai parlé du premier jour. J'ai parlé du deuxième jour, ou était-ce le quatrième ? Le policier n'était ni méchant ni gentil, mais j'ai lu sur son visage que ce que je disais était inintéressant d'un point de vue de policier, alors j'ai sauté au jour treize. Il m'a interrompu pour me demander si c'était ma décision d'inviter Dylan à la maison en sachant que ma quarantaine ne se terminait que le lendemain. J'ai jeté un regard à Crissy. Je me suis souvenue de ce qu'elle m'avait dit ; elle ne pourrait pas intervenir. J'ai répondu au policier que oui, c'était mon idée. Il a posé d'autres questions. Avais-je dit *axe* ou *hatchet* ? Est-ce que Buddy sortait souvent ses outils pour les aiguiser ? Pourquoi est-ce que je m'étais sentie menacée ? Est-ce qu'il y avait eu pénétration ? Avec ou sans condom ? Est-ce que j'étais sûre que je n'avais pas déjà sorti avec Buddy ? Est-ce que j'avais un chum ? Est-ce que je devais de l'argent à Buddy ? Quand on irait chercher mes affaires tout à l'heure, est-ce que j'essaierais de prendre quelque chose que Buddy revendiquerait comme sien ? Est-ce que Buddy était encore d'accord pour que je vive chez lui ? Est-ce qu'il avait déjà manifesté le désir que je m'en aille ?

Le policier s'adressait à moi comme si je cachais des informations à dessein, comme si j'avais fait quelque chose de mal. J'ai voulu lui montrer les messages textes où Buddy s'incriminait lui-même. Le policier a répondu que ce ne serait pas nécessaire. J'ai insisté. Il a répété que ce n'était pas nécessaire. Je suis restée avec les messages de Buddy affichés sur mon téléphone, inutiles. Le policier m'a remerciée en se levant et il a quitté la salle. Je n'ai pas pu m'empêcher de penser que j'avais supprimé mes dick pics pour rien. Derrière la porte, je l'ai entendu dire à son collègue : Les femmes qui viennent de la ville, ça leur prend pas grand-chose.

— C'est fini, Sacha, a dit Crissy en remettant son manteau. Maintenant, je vais retourner au refuge, et toi, tu vas aller avec eux chercher tes affaires.

— OK, j'ai répondu.

— Est-ce que tu vas être correcte ?

— Oui.

Crissy et moi, on est sorties à notre tour. Le policier qui m'avait interrogée m'a demandé si j'étais prête. Oui. Je les ai suivis à l'extérieur, lui et son collègue, et on est montés, moi à l'arrière, dans un pick-up aux couleurs de la Gendarmerie royale du Canada. Pendant le court trajet, ils ont essayé de faire la conversation, l'un d'eux m'expliquait qu'il avait un cousin à Montréal, il m'a dit son nom et m'a demandé si je le connaissais, il allait à l'UQAM. J'ai répondu que je connaissais l'université, mais pas son cousin. Il a voulu savoir si j'étudiais, ce que je voulais faire plus tard. Je répondais sans m'étendre, en m'efforçant d'être sympathique. Quand j'ai revu la façade du Hobo Mansion, je me suis dit que c'était sans doute la dernière fois. La perspective de me retrouver face à face avec Buddy ne m'a rien fait. Je n'étais pas en mesure de ressentir quoi que ce soit. On est descendus du pick-up et ils m'ont précédée pour aller cogner à la porte. Buddy a ouvert presque aussitôt. J'ai eu l'impression qu'il les attendait. Je me suis assurée de ne pas croiser son regard. Je ne voulais pas me rappeler qu'il avait déjà été mon ami.

Un des deux policiers lui a demandé de sortir le temps que je récupère mes choses. Buddy a refusé.

— Je suis désolé, monsieur l'agent, je fais pas confiance à cette fille-là.

Le policier a répondu d'un ton amusé :

— OK, buddy, tu peux rester, mais parle pas à ta blonde, elle est pas de bonne humeur.

Tout le temps où on est restés dans la maison, les policiers l'ont appelé buddy. All right, buddy. OK, buddy. Take care, buddy. Ça resterait. C'est devenu son nom.

AU REFUGE POUR FEMMES de Dawson City, les portes se verrouillent automatiquement. Pour sortir, il faut demander à la personne de garde de nous ouvrir. Si on ne rentre pas, le soir, il faut téléphoner. On peut cuisiner et se servir dans le frigidaire. Il est interdit de rapporter de la nourriture dans les dortoirs. Le couvre-feu est à vingt-trois heures. La consommation de drogue et d'alcool est prohibée mais, si on est discrètes, les intervenantes ferment les yeux.

La première nuit, je n'ai pas pu m'endormir. Je suis descendue et j'ai vu Crissy à son bureau, au fond de l'aire commune. Elle luttait contre le sommeil, un livre fermé à la main, dont elle gardait la page avec son index. Je me suis figée, j'avais peur de la déranger – elle a repoussé son livre et m'a demandé si je voulais m'asseoir. J'ai hésité mais, sachant que je ne dormirais pas de la nuit, je me suis installée face à elle dans un fauteuil en velours bleu et bas sur pattes. J'ai ramené mes genoux contre ma poitrine. J'y ai passé plusieurs heures à trembler sans pouvoir parler. Crissy avait repris son livre puis l'avait reposé.

Je sentais qu'il était tard. Sans réfléchir, je lui ai demandé si elle avait vu les photos de moi sur Buy and Crier. Elle a hoché la tête, elle savait de quelles publications je parlais. Elle les avait vues, les photos, elle avait lu les accusations. Ça ne changeait rien. Je me suis mise à pleurer. J'ai essayé de me ressaisir, j'ai retrouvé mon souffle et j'ai articulé : Je l'ai pas volée, c'est mon chien.

— Je le sais, elle m'a dit. Si t'as besoin d'en parler, je suis là.

J'HABITAIS AU REFUGE depuis trois jours. Kosmas ne s'était pas encore manifesté. Je lui ai envoyé un long message de désespoir, où je lui écrivais tout ce dont je me souvenais dans le désordre. Il m'a répondu le lendemain, me disant de ne pas être trop triste s'il était distant, il avait besoin de solitude, de prendre soin de lui, de sa santé mentale. Mon message avait été très dur à lire pour lui, et il avait déjà du mal à se gérer en ce moment. Mais il voulait que je sache que, quand il avait entendu parler de mon histoire, il avait tout de suite su que Buddy mentait. Ce matin-là, il avait croisé Dylan au parc à chiens, qui lui avait demandé s'il savait ce qui s'était passé entre Buddy et moi. Kosmas lui avait donné sa parole : rien de ce que disait Buddy à mon sujet n'était vrai ; Buddy pouvait être violent, imprévisible, quand personne ne regardait ; Buddy l'avait poussé dans les escaliers du Hobo Mansion, même pas deux mois plus tôt. Ça avait convaincu Dylan, qui avait choisi de ne pas emménager avec lui. Kosmas avait aussi contacté le propriétaire du Hobo Mansion pour lui raconter mon histoire. Le propriétaire était consterné, lui-même avait entendu dire par le gérant du casino que Buddy avait agressé une croupière trois ans plus tôt. Apparemment que la fille avait pris le premier vol et quitté le Yukon. Le propriétaire avait traité Buddy de sale fils de pute et déclaré qu'il ne pouvait rien faire, Buddy payait son loyer chaque mois.

Kosmas concluait son message par : « Please feel well in this shit time. » Tiens bon, les temps sont durs pour tout le monde.

Les jours qui suivraient, je n'irais pas mieux. Je rédigerais mentalement d'interminables messages à l'intention de Flo, de Drake, de Jade, de Leah, de Rae, de Joy et de Tom, surtout de Tom. Je chercherais des manières de montrer ma bonne volonté, de dissiper les malentendus, de dire ma détresse pour qu'on me pardonne. Je n'éprouverais aucune colère. J'avais besoin de croire que les autres étaient de bonne foi et que, lorsque la vérité serait connue, on m'aimerait à nouveau. Je me suis trompée. Le monde est devenu un endroit terrifiant. Où que j'aille, quoi que je fasse, qui que je fréquente, ce qui s'est produit peut se reproduire. Quand je baise avec quelqu'un, je me dis que je serai peut-être punie pour ça, tuée ou violée pour ça, conspuée, ou qu'on s'en prendra aux êtres qui me sont chers ou dont j'ai la charge. Je vis avec cette vérité inscrite en moi, je vis mal avec, mais je vis encore.

LES INTERVENANTES étaient à l'écoute, elles me demandaient parfois comment je me sentais, mais n'insistaient pas. Une des femmes qui vivaient au refuge me faisait rire en me parlant de ses amants minables. J'étais en sécurité, ça ne changeait rien, on aurait dit que c'était pire. J'étais hantée par tout ce qui était arrivé durant cette année affreuse. Mon organisme n'avait plus à lutter, et tout remontait : la terreur, les regrets, la haine. Il y avait aussi la fatigue, mais je n'arrivais toujours pas à dormir. Il y avait aussi la faim, mais j'avais la nausée en permanence, et ma nausée empirait quand j'allais sur Facebook.

Le samedi, Buddy a organisé une soirée slam et musique au Hobo Mansion, animée par Jade. Ils ont publié les photos le lendemain. Des photos sans doute prises avec le dernier modèle d'iPhone, cool, d'une beauté nonchalante, un peu bâclées, certaines plongées dans un demi-jour jaune, d'autres éclatantes de lumière froide, lavées dans la blancheur du flash. Elles débordaient de vie, d'amitié, du chaos joyeux d'un groupe qui se retrouve et se fête. Jade avait appliqué le même filtre sur chacune, c'était comme regarder le monde à travers des verres fumés des années soixante-dix, un monde un peu sépia, un peu désaturé, pleinement conforme à son esthétique folk punk. Sur l'une d'elles, on voyait un feu de camp immense et un autobus scolaire jaune en arrière-plan, que Clara, Marine, Drake et Flo recouvraient à la peinture aérosol de graffitis, de motifs au pochoir, de slogans anarchistes ou de leurs tags. Sur une autre photo, Juliette, mandoline à la main, chantait sur la scène ; elle avait cousu sur son manteau de cuir une patch #FREEBRITNEY. Sur une autre, Kosmas serrait Buddy dans ses bras ; en dessous, Tom commentait : « C'est bon de vous voir réconciliés, les chums. » Sur une autre encore, Tom léchait la langue de Francis, qui faisait un Rock On ! de la main. « Crisse, vous l'avez facile, vous autres, le confinement », remarquait le Nageur, ajoutant l'emoji qui pleure à torrents. « On est dehors ! rétorquait Leah, pis on a pas de cas, ici. » « On est avec notre bulle, OK ? » écrivait Rae. Leur bulle était plus grosse que la mienne, j'ai pensé. Dylan, Larry, Rob, Ashley, Sawyer, Marine, Val, Sally étaient là. Ils étaient tous là.

J'ai eu une pensée pour Amber. Qu'est-ce qu'elle était devenue ? Est-ce qu'elle avait entendu toutes les horreurs qu'on avait racontées à son sujet ? Elle était partie de Dawson en juillet. Je me revoyais avec Tom, quatre ou cinq ans plus tôt, soûle au bar, à rire aux éclats pendant qu'il m'expliquait en quoi elle était la pire des chiennes. Je me souviens avoir pensé que les griefs de Tom étaient bidon, mais que sa colère était innocente, normale.

Le lendemain matin, Marvin m'a textée, il me demandait comment j'allais, il avait hâte de me montrer le nouvel autobus de la compagnie, un Econoline 2010, presque neuf, il l'avait pris à Whitehorse, une aubaine. La saison commençait dans plus d'un mois, à la mi-mai, mais je pouvais passer à la mine quand je voulais, il y avait toujours de quoi s'occuper au printemps. Je me suis dit que je lui répondrais plus tard et je ne l'ai pas fait.

LES SEMAINES ONT PASSÉ. Mes journées se ressemblaient, sans événements, confuses, plates, j'attendais quelque chose qui ne se montrait pas, qui était sans réalité. Aller mieux. Ça me semblait abstrait. Je ne ressentais plus rien, plus rien de vivant ou de sensé. La femme aux amants minables était partie vivre avec l'un d'eux. Un soir, j'en ai eu assez. J'étais écœurée d'attendre, écœurée de la douleur. J'avais mal partout, j'étais fatiguée, morte de fatigue, j'étais vide et paralysée par la stupeur depuis des semaines, des mois. J'ai fouillé dans le sac de ma voisine de dortoir. J'ai trouvé un flacon de zopiclone. Je l'ai vidé dans ma paume, une dizaine de petits comprimés bleu pâle. Il m'en restait autant de ma morphine, j'ai tout avalé, le plus vite possible, et je me suis assise sur le rebord de mon lit, où j'avais étendu mon manteau. La lumière du soleil couchant avançait dans la chambre, les rayons rose orangé ont embrasé les murs. J'ai déchiré l'emballage de mes rasoirs et entrepris de m'ouvrir les veines. J'étais étourdie, ma vue se brouillait, et je n'avais déjà plus de forces. Je n'entendais plus Crissy au rez-de-chaussée. J'espérais qu'elle ne monterait pas, qu'elle resterait à son bureau. Je n'avais pas réfléchi au geste concret de se trancher les veines avec un rasoir. J'aurais mieux fait d'utiliser mon exacto, mais il était resté dans ma voiture. Ça ne saignait pas assez, les plaies n'étaient pas assez profondes. Quel plan stupide. Les rasoirs sont tombés sur le plancher en cliquetant. J'ai jeté un regard vers la fenêtre, vers le ciel jaune strié de nuages turquoise, lavande, violet, pêche. Au loin, je devinais le fleuve, et, de l'autre côté, les collines de West Dawson, l'épave, les pins tordus et les hautes épinettes blanches, l'autoroute du Top of the World, les montagnes de l'Alaska. Je me suis laissée choir sur le flanc, mes yeux se sont fermés, et je me suis endormie dans la fourrure de mon manteau.

BLANC CASSÉ, les murs de la chambre, bleu baleine, les rideaux, et à travers le tissu perçait la lumière ambre du mois de mai. J'entendais les oiseaux chanter, j'ai cru entendre l'un d'eux foncer dans la vitre. Je ne sais pas à quel moment je me suis réveillée, ma conscience venait et repartait par vagues. Une voix m'a dit que quelqu'un viendrait me voir bientôt, j'ai fermé les yeux, les avais-je même ouverts ? Plus tard, une autre voix, qui m'a rappelé celle de ma mère, a prononcé mon nom. Cette personne sentait la rose et la cannelle, elle était assise sur une chaise à côté de mon lit, ou l'avais-je suivie dans son bureau à elle ? C'est un détail dont je devrais me souvenir, mais tant de choses se dérobaient à moi, j'avais perdu le compte des heures, des jours, des lieux et des visages. J'étais assise dans un lit étroit – je n'étais donc pas dans son bureau –, et je parlais ; je me suis interrompue, ayant oublié ce que je disais. La personne a repris, m'expliquant que j'étais arrivée à l'hôpital de Whitehorse dans la matinée, à bord d'un petit avion. Oui, ça me revenait, j'avais des images de cela, la civière, les sangles bleues que manipulait l'ambulancier au-dessus de moi. La psychiatre, elle était psychiatre, m'a informée qu'on était le 10 mai.

— Est-ce que tu savais que c'est la fête des Mères aujourd'hui ?

— Non, j'ai répondu, encore désorientée. T'as-tu des enfants ?

— Oui, deux.

— Bonne fête des Mères.

— Merci, Sacha.

— De rien.

— Sacha, est-ce que ton geste a quelque chose à voir avec ta mère ?

— Non, pantoute, je savais même pas qu'on était le 10 mai ni que le 10 mai, c'était la fête des Mères – fuck ! Ça veut dire que j'ai raté le break-up ? C'est sûr que oui.

J'ai expiré bruyamment. C'était la première fois depuis mon arrivée au Yukon que j'oubliais de parier sur la date et l'heure du break-up. La psychiatre n'a pas sourcillé.

— Ma mère a même pas fumé pendant sa grossesse, elle a pas bu d'alcool ni de café, elle a eu une conjonctivite pis elle a même pas voulu prendre d'antibiotiques…

J'ignore combien de temps j'ai continué à défendre ma mère.

— Pourquoi t'as essayé de t'enlever la vie ? a demandé la psychiatre après un moment de silence.

J'ai eu un mouvement de panique en prenant conscience que je n'avais pas réussi. Je me suis sentie comme dans *Kill Bill,* quand la Mariée s'éveille enfermée dans un cercueil, six pieds sous terre, encore vivante – à la différence que je n'avais aucun désir de sortir de ma tombe.

Je voulais rester sous terre. J'étais à fucking Whitehorse. J'ai eu honte en me rappelant ce qui m'avait menée ici. Je n'avais pas honte de vouloir mourir, seulement d'avoir à ce point raté mon coup. Je me dégoûtais, je me haïssais, je haïssais ma vie. Je n'ai pas pu m'empêcher d'éclater en sanglots, je me suis mise à hyperventiler, je n'entendais plus rien de ce que la femme disait, elle est sortie, puis elle est réapparue et m'a tendu deux comprimés dans un petit gobelet de papier et de l'eau dans un second gobelet, lui aussi en papier, en forme de cône. Elle m'a dit que c'était de l'Ativan. Ça m'était égal. J'ai tout avalé. La psychiatre m'a redemandé pourquoi j'avais fait ça. Je ne voulais pas raconter mon histoire. Personne ne me croyait. Elle a insisté.

J'ai régurgité quelques événements, comme une automate : la quarantaine, Marcel Villeneuve, Buddy, le poste de police. Depuis un an que je m'expliquais, me justifiais, m'excusais, que je m'acharnais à convaincre les autres de mes bonnes intentions, que je les suppliais de m'aimer encore. Je m'attendais à ce qu'elle m'ordonne de laisser Buddy tranquille et qu'elle me répète elle aussi qu'il n'était pas dangereux. Je tremblais. Je la haïssais. Elle prenait des notes pendant que je parlais. Lorsque j'ai eu fini, elle a continué à écrire sur son bloc-notes, puis elle a relevé la tête pour me regarder.

— Qu'est-ce que vous me prescrivez ? j'ai dit. C'est quoi, mon problème ? Je suis-tu schizophrène, psychopathe, borderline ?

— Vous n'êtes pas malade. Vous avez de mauvaises stratégies d'adaptation. Vous n'êtes pas la première femme à arriver ici avec ce genre d'histoire. Vous n'êtes plus en sécurité à Dawson.

— Je peux pas m'en aller.

— Là-bas, rien n'aura changé. Y retourner, c'est retourner dans le milieu qui vous a poussée à votre geste. Et qui sait si, la prochaine fois, nous serons en mesure de vous sauver ?

— Je veux pas vivre.

— C'est le genre de réaction à laquelle on peut s'attendre de la part d'une personne ayant subi autant de stress que vous. C'est compréhensible que vous ne vouliez plus vivre dans cet état, mais vous n'avez pas à mourir pour autant.

— Je sais pas où aller.

La tête me tournait. L'idée qu'il existe un monde à l'extérieur du Yukon et qu'il me faudrait aller y vivre me terrorisait. Je détestais le monde, c'est pour cette raison que j'avais abouti à Dawson.

— Nous allons vous garder quelques jours. Vous aurez le temps d'y penser.

La chaleur des Ativan se répandait dans mon ventre, la douleur s'assourdissait, mais continuait de couler, comme du sang, comme une rivière que je voyais encore mais n'entendais plus, qui aurait perdu sa couleur. Les mots exacts m'échappent, mais je me souviens que la psychiatre m'a dit que tout n'était pas terminé ; elle essayait de me convaincre que je pouvais changer de vie, que des ressources existaient pour m'aider. Je voulais la croire, mais j'ai pensé à Luna et j'ai tout de suite recommencé à m'inquiéter. Aucune nouvelle vie ne serait possible tant que la sienne serait aussi triste. Son collier devait être encore trop serré. Elle devait passer des jours, des nuits entières toute seule et, chaque fois, elle devait avoir peur, peur qu'on l'oublie si longtemps qu'elle mourrait de soif. Elle n'allait sans doute plus jamais se promener, parce que tout le monde la craignait. Elle m'est apparue, attachée toute seule derrière le Pit, à pleurer en silence, à attendre que, peut-être, Kosmas daigne sortir et lui offrir un morceau de morue et dix minutes de compagnie avant de rentrer vivre sa vie, la conscience soulagée. Please feel well in this shit time, Luna, ce sera plus simple pour tout le monde. Je ne voulais pas d'une nouvelle vie. Je voulais prendre soin de ma chienne, lui parler, la consoler. Je n'ai pas réussi à t'aider, Luna. Je t'aime. Je vais toujours t'aimer. Je n'ai pas réussi à te sauver, mais je vais essayer encore. Je sais que tu as peur et que tu ne comprends pas ce qui t'arrive, et que tu m'en veux peut-être. Je te demande pardon. Je sais que tu as peur et que les gens ne t'écoutent pas. Je ne sais pas comment je vais faire, mais on se reverra. On ira marcher sur notre sentier. Je te lancerai la balle et je te donnerai du hareng séché. On va allumer un feu et dormir en cuillère dans la forêt. Sois sage. Ne laisse pas leur négligence et leur stupidité venir à bout de ta patience. Si quelqu'un te fait du mal, si quelqu'un te frappe, tu ne dois pas te défendre. Tu ne dois pas mordre. Ça ne servirait qu'à confirmer tout ce qu'ils croient savoir sur toi. Ne leur donne pas cette satisfaction. Attends-moi. Je vais revenir. Je te le promets.

TABLE

Née en 1994, EMMANUELLE PIERROT a grandi en banlieue de Montréal. Entre 2012 et 2020, elle a vécu à Dawson City au Yukon, à Vancouver et dans la vallée de l'Okanagan en Colombie-Britannique, à San Marcos au Texas, à Berkeley en Californie et à La Nouvelle-Orléans en Louisiane. Elle a travaillé comme poète de rue, femme de chambre, cueilleuse de pommes et guide touristique. Elle vit entre le Bas-Saint-Laurent et Montréal. *La version qui n'intéresse personne* est son premier roman.

COLLECTION « ÉCHO »
Roman & nouvelles en poche

01 Geneviève Pettersen, *La déesse des mouches à feu*
02 Mathieu Arsenault, *La vie littéraire*
03 Hervé Bouchard, *Mailloux*
04 Patrick Brisebois, *Trépanés*
05 Patrick Brisebois, *Chant pour enfants morts*
06 Patrick Nicol, *La nageuse au milieu du lac*
07 Éric Plamondon, *Hongrie-Hollywood Express*
08 Éric Plamondon, *Mayonnaise*
09 Éric Plamondon, *Pomme S*
10 Alain Farah, *Pourquoi Bologne*
11 Patrick Roy, *L'homme qui a vu l'ours*
13 Vickie Gendreau, *Drama Queens*
14 David Turgeon, *Les bases secrètes*
15 David Turgeon, *La revanche de l'écrivaine fantôme*
16 David Turgeon, *Le continent de plastique*
17 Anne Élaine Cliche, *Jonas de mémoire*
18 Anne Élaine Cliche, *La pisseuse*
19 William S. Messier, *Le basketball et ses fondamentaux*
20 Éric Plamondon, *Taqawan*
21 Stéphane Larue, *Le plongeur*
22 Hervé Bouchard, *Numéro six*
23 David Turgeon, *Simone au travail*
24 Hervé Bouchard, *Parents et amis sont invités à y assister*
25 Christophe Bernard, *La bête creuse*
26 Stéfanie Clermont, *Le jeu de la musique*
27 Hervé Bouchard, *Le faux pas de l'actrice dans sa traîne*
28 Patrick Roy, *Les singes de Gandhi*
29 Alexie Morin, *Ouvrir son cœur*
30 Simon Leduc, *L'évasion d'Arthur ou La commune d'Hochelaga*
31 Éric Plamondon, *Donnacona*
32 Patrick Nicol, *Les manifestations*
33 Patrick Nicol, *Vox populi*

34 Rodolphe Girard, *Marie Calumet*
35 Alain Farah, *Matamore nº 29*
36 Anne Élaine Cliche, *La sainte famille*
37 Jean-François Vaillancourt, *Esprit de corps*
38 Éric Plamondon, *1984*
39 Éric Plamondon, *Aller aux fraises*
40 Lucy Fricke, *Les occasions manquées*

NOTICE TYPOGRAPHIQUE

La version qui n'intéresse personne est composé en LL Bradford Book 10,5 points sur 13,5. Créé par Laurenz Brunner sur une période de dix ans, commercialisé en 2018 par Lineto, le caractère LL Bradford est une réinterprétation contemporaine du Römische Antiqua. Dessiné par Heinz König, le Römische Antiqua est publié en 1888 par la fonderie allemande Genzsch & Heyse et se retrouve quelques années plus tard à New York, vendu sous le nom de Bradford Old Style par la A. D. Farmer & Son Type Founding Company. Caractère de synthèse, LL Bradford porte également l'écho de Plantin, gravé sous la direction de Frank Hinman Pierpont (1913, Monotype), et de Times New Roman, créé par Stanley Morison et Victor Lardent pour le journal anglais *The Times* (1932). Comme ses prédécesseurs, il consiste en un romain ancien modernisé, plus économe et plus noir, avec un œil plus gros et des jambages raccourcis. ¶ Né en 1980, LAURENZ BRUNNER vit à Zürich, où il a fondé Source Type, un centre de recherche sur la typographie. Il a aussi créé les caractères LL Akkurat (2004) et LL Circular (2013).

Achevé d'imprimer en juillet 2023
sur les presses de l'imprimerie F. Paillart S.A.S.
80103 Abbeville (Somme)
Numéro d'impression : 23523
Dépôt légal : août 2023

—

Imprimé en France